山県昌《まさ》景《かげ》

武田軍団最強の「赤備え」を率いた猛将

小川由秋

PHP文庫

○本表紙図柄＝ロゼッタ・ストーン（大英博物館蔵）
○本表紙デザイン＋紋章＝上田晃郷

山県昌景《まさかげ》❖目次

山県昌景関連図

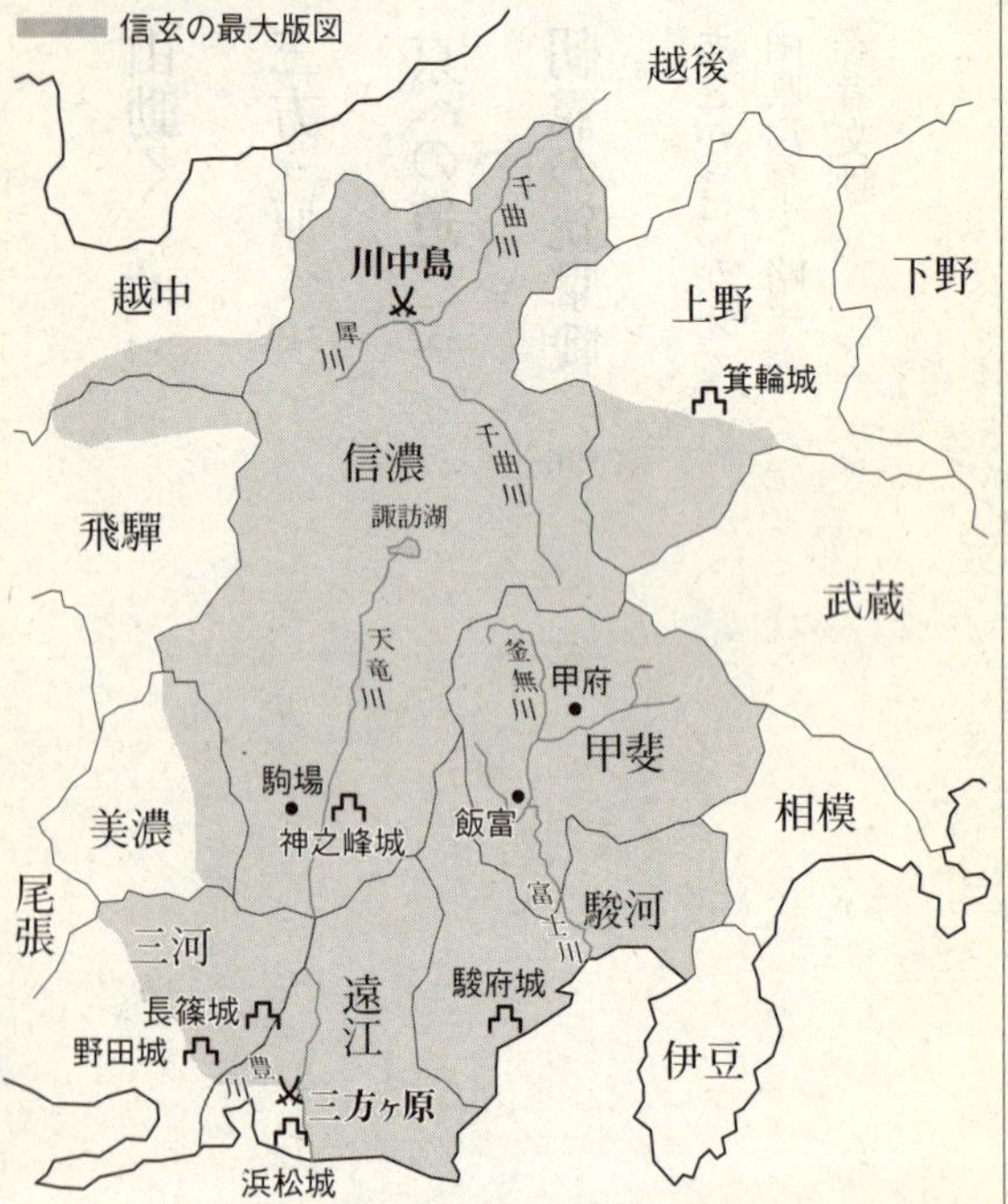
信玄の最大版図
越後
越中
川中島
千曲川
犀川
上野
下野
箕輪城
信濃
千曲川
飛騨
諏訪湖
武蔵
天竜川
釜無川
甲府
甲斐
駒場
神之峰城
美濃
飯富
相模
尾張
三河
富士川
駿河
長篠城
遠江
駿府城
野田城
豊川
三方ヶ原
伊豆
浜松城

赤い稲妻

一

「そなたは兄上さまのお名前を、決して汚してはなりませぬぞ」

源四郎は、自分の兄である飯富兵部少輔虎昌《おぶひょうぶしょうゆうとらまさ》の噂を、母親のおふさの口から何度となく聞かされて育った。そして兄虎昌の話の出た後は、母の言葉は決まってそう結ばれた。

父を早くに亡くしている源四郎にとって、虎昌は顔を知らない厳父《げんぷ》を連想させる存在であった。互いの年齢は十七ほども離れている。母を異にした二人の交流は、これまでほとんどないままできた。

源四郎が物心ついた頃には、虎昌は甲斐府中（甲府）躑躅《つつじ》ヶ崎館《さきやかた》の西南一里半（約六キロ）に位置する西八幡村（甲斐市竜王町《りゅうおうちょう》）に住んでおり、源四郎母子の住まう亀沢村（同敷島町）の家からはおよそ南に一里（約四キロ）余ほど隔たっていた。

甲斐守護職武田信虎《たけだのぶとら》の配下にあって、国内の内紛鎮圧をはじめ、駿河の今川氏、相模の北条氏、上野・武蔵の上杉氏など領土を接する有力大名を相手とする戦いに、虎昌は先陣を担《にな》って出陣することが多く、これまで源四郎が虎昌に親しく声をかけられたことは皆無といってよかった。

源四郎の記憶の中には、幼少時に誰とは知らない顔中髭《ひげ》だらけの男が屋敷を突然訪れてきて、いきなり源四郎の両肩を荒々しい手でわしづかみにしたのが、頭の片隅に残っている。

「このたび兄上さまが、そなたを八幡村の屋敷に呼んでおられる」

母にいきなり切り出されたとき、源四郎の脳裏に突然、その際の記憶が甦《よみがえ》った。

その相手が兄虎昌だったのか、いまでは記憶がおぼろげなままだ。それを母に尋《たず》ねたこともない。自分がそのとき、幼な心に微かに恐怖の念を抱いたのをおぼえている。

「武田家のご嫡男《ちゃくなん》太郎さまが十六歳を迎えられ、つい先日、めでたく元服《げんぷく》のお式を挙げられた。お名前も京の都の足利将軍義晴《あしかがしょうぐんよしはる》さまの一字を賜《たまわ》って、従五位下《じゅごいのげ》大膳大夫晴信《だいぜんのだいぶはるのぶ》さまとお名乗りなされるそうな」

「はい……」

源四郎は顔を上げて母の顔を凝視した。元服はつい先日、天文五年（一五三六）三月（旧暦）のことであり、そのことはすでに源四郎の耳に入っている。どこに行っても、噂を耳にしないことはない。府中近郊の村々にも、瞬く間に広がっていた。

それを母の口から、いまことさらに源四郎に伝えるのはどうしてなのか。

（自分になにごとかが訪れつつあるのか）

微かなおののきと共に、そんな予感がしきりにしていた。

「兄上さまのお話では、晴信さまの御近習《ごきんじゅう》として近くご家来衆の子弟の中から、お屋敷に出仕《しゅっし》する者が選び出されるそうな。兄上さまはその一人として、そなたを出仕させたいと考えておられる」

これまで母の口から、飯富の家がこの甲斐の国にあって、他に引けを取らない名門の血筋であることを、くどいくらいに聞かされてきた。

飯富《おぶ》家はもともと富士山麓の西方に位置する河内《かわうち》地方、富士川に面した飯富と呼ばれる地の出身である。鎌倉幕府の御家人で検非違使尉《けびいしのじょう》だった源季貞《みなもとすえさだ》の子息源太宗季《げんたむねすえ》がこの地の逸見冠者光長《へみのかじゃみつなが》のもとに養子として迎えられ、その名を宗長《むねなが》と改め、飯富の地名をみずから名乗るようになった。

逸見光長は甲斐源氏の祖新羅三郎義光《しんらさぶろうよしみつ》の四代の孫に当たり、その後武田家の祖と称されるようになる信義《のぶよし》の双生児の兄にも当たる人物である。まさに飯富家は武田氏発祥時において、その血筋を一つにする家柄なのだ。

もっとも、甲斐源氏の流れを汲《く》む国人たちは、甲斐国に限ってみても数多く存在した。信義の長男忠頼《ただより》は一条庄（甲府市）の地名を名乗り、頼朝の時代に信義とともに平家討伐や木曽義仲を滅ぼすのに抜群の功があった。だが強大な武力を持つが故にかえって頼朝に警戒され、鎌倉へ出仕中に暗殺されてしまう。信義自身もまた冷遇され、甲斐源氏の嫡流はからくも信義の五男石和五郎信光《いさわごろうのぶみつ》に受け継がれる。

甲斐源氏はその一方で、一条氏、逸見氏の血筋をはじめ、大井氏、今井氏、栗原氏など、子沢山だった信義の子孫から枝分かれし、甲斐の各地に蟠踞《ばんきょ》していくことになる。そうした同族同士の甲斐源氏の嫡流をめぐる争いは、鎌倉以後三百五十年の余にわたって何回となく繰り返されてきた。

甲斐の国はもともと耕地が少なく、嶮《けわ》しい山が幾重にも折り重なって行く手を遮《さえぎ》っている。各地に散った同じ血を分けた同族同士が、互いに割拠《かっきょ》・独立しやすい地形になっていた。そんなことから甲斐守護職の地位をめぐって、隙あらばこれを奪い取ろうと、親類縁者・同族間の争いが果てしもなく繰り返されてきた。

それは晴信の父信虎《のぶとら》の代になって頂点に達し、叔父・甥《おい》同士の血で血を洗う戦いとなった。甲斐一国の強固な支配権がようやく確立されはじめるのは、他でもない信虎の手によってなのである。

信虎配下の有力家臣たちにしても、穴山信友《あなやまのぶとも》、板垣信方《いたがきのぶかた》、甘利備前守《あまりびぜんのかみ》など中心人物と目されている者たちは、先祖をたどれば本家筋から出た家か、二重三重に姻戚関係を結び合った者同士だった。

飯富家は名門の出ではあるが、それらの有力家臣や一族・親族と比べれば、むしろ長い間忘れ去られていた存在と言えた。それが虎昌の代になって、猛将としての働きぶりが、気性の激しい信虎によって評価されるようになった。

いわば忘れ去られかけていた血筋を、ふたたび虎昌一人の力で、甦《よみがえ》らせつつあったと言えるのである。昨今では、虎昌が戦場にその姿を見せただけで、敵は皆〝赤い稲妻〟の出現と恐れおののいた。

母はことさらに、そんな噂を源四郎の前で語った。

「初めは虎昌殿一人が、甲冑《かっちゅう》をはじめ手にする槍や刀、馬の鞍《くら》まで赤一色で揃え、遠くからでも目に留まるようにと試みられたそうじゃ。それを見た板垣殿が、いっそのこと付き従う主な兵士たちも虎昌殿と同じ色に統一したらどうかと申され、さっそくに言葉どおりにされるようになったとのこと」

板垣殿とは、甘利備前守と共に武田の両職《りょうしき》（二人の家老職）を務める板垣信方のことだ。信虎の次女を妻にしている親族の穴山信友を別格とすれば、実力・分別ともに備えた最有力の家臣である。

同時に、いまや穴山、板垣、甘利と肩を並べる重臣は、飯富兵部少輔虎昌を措《お》いて他にないと噂されてもいた。もともと一族同士の戦いに明け暮れてきた信虎には、家柄や血筋を重視する考えは薄く、あくまで実力本位で側近や有力部将を登用した。

そうした点では、甲斐国外から積極的に人材を招き、つぎつぎに重要な役割を担わせている。「鬼美濃」と畏敬《いけい》されている原美濃守虎胤《はらみののかみとらたね》は、房総に君臨した千葉《ちばの》介常胤《すけつねたね》の後裔で、上総国《かずさのくに》小弓《おゆみ》城の城主原氏の一族であり、こちらも同族同士の内紛から城を追われ、父友胤《ともたね》に連れられて信虎のもとにやってきた。

また小幡山城守虎盛《おばたやましろのかみとらもり》は遠州勝間田の出身であり、同じく後に「甲陽の五名臣」と謳《うた》われるようになる横田備中守高松《よこたびっちゅうのかみたかとし》なども、近江の佐々木一族の出であるとされ、信虎によって重用されはじめた一人である。

信虎は十四歳のときに父信縄《のぶつな》の死に遭遇した。その際、父の弟である信恵《のぶよし》が信虎の祖父である信昌《のぶまさ》に可愛がられていたことから、若年の信虎を排して自分が武田の宗主の座に就こうとした。信虎はその機先を制して果敢に叔父に戦いを挑み、嵐の夜に信恵の館を急襲し、有無を言わさず惨殺している。

自分に刃向かう者は容赦なく殺し、意に従わない者はたとえ先代・先々代に仕えた功績のある重臣でも、みずからの手で首を刎《は》ね、あるいは問答無用で領外に追放してきた。家臣の多くは戦々恐々と信虎の顔色をうかがい、冷酷で気ままな性格に翻弄され続けてもいた。

そんな粗暴な主《あるじ》の下で頭角を現わすには、少しの油断も見せず、相応の働きを果たし続けていなければならない。

「飯富の家はこれまで男子が少なく、虎昌殿の下に生まれた方々も、成人前に亡くなられている。それだけに虎昌殿はそなたが十五歳になったのを期に、なんとしてもご嫡男の晴信さまのもとに出仕させたいお考えだと申しておられた」

おふさはちょっと居住まいを正すようにして、源四郎を見据えた。

「……」

源四郎は黙って母を見返した。

母の言わんとしていることは、口にせずともわかっていた。兄虎昌に会見する前に、その意に沿えるよう、いまから覚悟を定めておけということだ。

無言のまま強い目を向ける源四郎に、おふさは言いかけていた言葉を飲み込み、一瞬押し黙った。

それから、改めてこう言った。

「明日は早くに八幡村のお屋敷に向かいなさい。兄上さまはご多忙にもかかわらず、そなた一人を待っていてくださるとのお言付《ことづ》けじゃ」

二

翌朝源四郎は、辰の刻《たつのこく》（午前八時）頃に馬に乗って家を出た。厳しい冬も去って、着ている衣服を透して春の陽が、ぽかぽかと身体の中まで暖かく染み透ってくる。

馬の背に揺られながら歩をすすめる道の両側には、いつの間にか若草が萌え広がっていた。行く手の遥か遠くまで、鮮やかな緑に染まって見える。道に迷うことのないようにと、遠回りにはなるがいったん釜無川《かまなしがわ》に出て、流れに沿って土手道をすすんだ。

土手の上からは、遠くまで田畑の広がりが見渡せた。

「お屋敷のまわりに丈の高い樹木が植えられている。それを見落とさないように行けばよい」

そんな母の言葉が脳裏をよぎった。

虎昌の屋敷は、源四郎たちが住まっていた亀沢村のそれとは、比べ物にならない豪壮な構えであった。周囲をぐるりと大きく堀に囲まれ、要所には櫓《やぐら》がしつらえられている。正面の門構えは、外敵を寄せ付けない堅固な造りになっていた。

門前に立って案内を請うと、すぐに屋敷の中へ通された。奥の部屋でしばらく待たされた後、兄の虎昌が目の前に現われた。

「おまえはどんな心づもりをもって晴信さまにお仕《つか》えしようとしているのだ？　その存念をここで申してみよ」

虎昌は源四郎の顔を一瞥《いちべつ》するなり、傲然《ごうぜん》と言い放った。低い、腹の底から押し出されてくるような声音《こわね》である。丸顔の、顔半分が濃いひげに覆われ、見るからに気難しげな、他人を容易に寄せ付けない偏屈《へんくつ》な人間に思えた。

源四郎は居住まいを正し、深々と一礼しておもむろに口を切った。

「晴信さまのお役に立てるよう、なにごとにも油断なく、文武《ぶんぶ》の修練を積み重ねていく覚悟でおります」

用意してきた言葉を、源四郎は力を込めて言った。いまの自分の、率直な気持ちである。

それを聞いて虎昌の顔色が変わった。

「愚《おろ》か者め！　そんなことで近習のお役目が務まると思っておるのか！」

屋敷中に聞こえるかと思えるほどの激しい一喝《いっかつ》が、いきなり源四郎の頭の上に降ってきた。

「……」

無言のまま源四郎は、きっと兄虎昌の顔を見返した。

間違ったことを口にした覚えはない。動じることなく、兄の言葉に反論しようと身構えた。

「自分にどれほどの力量が備わっていると思っているのだ？」

虎昌は、皮肉ともあざけりとも取れる言葉を、源四郎に向かって放った。その辛辣《しんらつ》な口調は、源四郎の身体つきに向けられているかと思われた。

人並み優れた体格を、源四郎は持ち合わせてはいない。とはいえこれまで子供同士の喧嘩で、相手に組み伏せられたことは一度もない。だが二人、三人を相手に、たちどころに打ち負かせるだけの腕力も、備わってはいなかった。

上背はむしろ人より劣る。持って生まれたものと言えば、口唇《こうしん》の上部が裂けた、いわゆる兎唇《としん》と称されるものだけだ。幼児の頃はそれを、近在の悪童たちに幾度となく囃《はや》し立てられたものである。

だが少しも気に留めずにきた。自分に備わっていないもの、他人にあって自分にないもの、欠点などにとらわれていたのでは、自分が悔しい思いをするだけだ。

さんざん苦汁を飲まされた後、いつの頃からか、そう心に言い聞かせるようになってきていた。

馬を乗りこなす技量にかけては、誰にも引けを取らない自負がある。幼児のときから馬に親しみ、ことあるごとに馬の背に跨《またが》ってきた。武人として大切な心得と、絶えず母から言い聞かされてもいた。

母はどんなに暮らしに余裕がなくとも、馬の入手には手を尽くした。後でわかったことだが、そのために西八幡村の虎昌の家には、何度も足を運んでいた。

甲斐国はあちこちに、名馬を産み出す牧《まき》（馬の放牧場）が散在している。源四郎に限らず、武人の家に生まれた子供らは、互いに好んで荒々しく機敏に走り回る馬を選び、自分がその馬と一体になる技術を学ぶ。それを教える人間は、身近な何処にでもいた。

源四郎も、屋敷に出入りする作左衛門という五十歳を過ぎた男に、七歳になった頃からあれこれ細かい手ほどきを受けた。作左衛門は自己流ながら、自分が身に付けてきた技を熱心に伝えた。

気性の激しい馬ほど戦場では役に立つ。扱い方、接し方を知らない乗り手はしばしば振り落とされ、蹴《け》られ、噛《か》みつかれる。作左衛門の口癖は、

「馬は一頭一頭みんな違う。それをひと目で見抜けるようにならなければ、どんな馬もうまく乗りこなすことはできない」

というものだった。

その教え方は、一つひとつが理に適《かな》っていた。源四郎は上達するにつれ、作左衛門が以前口うるさく言い聞かせていたのはこのことかと、後になってその理由を悟らされることが度々だった。

たとえば、馬の足を速める際の手綱《たづな》の引き方、両足の踏み出し方一つを取って

も、その馬その馬の性格に添うような、微妙な息遣いを、自然に体得しうるまでに根気よく教え込まれた。

馬は乗り手の気性を鋭く見抜く。作左衛門は、ちょっとした馬の変化に気づくごとに、それが源四郎のどんな気持ちから出たことかをズバリと指摘した。同時にそれに反応した馬の気持ちを、手に取るように明らかにしてみせた。

そんな作左衛門の手で鍛えられたお陰で、いまでは教えられるほどのことはないと、作左衛門自身から言われるほどになっていた。

だがそんなことを、源四郎は虎昌の前で、得意気に述べ立てるつもりはなかった。虎昌の意図しているものは他にあるのだ。

「いまのおまえになにができるかなど、はじめから問うてはおらぬ」

しばらく源四郎を睨《にら》みつけた後、決めつけるように言った。

「近習は、仕える主人のためにはいつでも命を投げ出すものだ。その覚悟が、おまえにあるかを問うているのだ」

「あります」

きっぱりと言った。武人である以上、いつでも命を捨てる覚悟はできている。

そうでなければ戦《いくさ》になど出られない。なんの手柄も立てることはできない。

「たとえ無駄死にとわかってもか?」

虎昌の目は鋭かった。その場逃れや誤魔化しは、通用しないと思われた。

一瞬、源四郎は言葉に詰まった。無駄死にとわかっていても自分がそのことに納得できるなら、と言おうとした。

「晴信さまのもとに出仕したその日に、晴信さまからいきなりその場で死んで見せろと言われたら、おまえはなんとするぞ?」

「理由を質《ただ》し、それが納得できるのであれば……」

「無駄死にに、理由も納得もあるものか!」

ふたたび厳しい叱責《しっせき》の声が飛んだ。

「……」

そんなわけのわからないことで、自分の命を投げ出せはしない。源四郎は虎昌の顔を睨み返した。

「晴信さまは武田家のご嫡男だ。いずれは信虎さまの後を継がれる」

(そんなことはわかっている)

腹の中で源四郎は思った。たとえ後を継がれるお人であろうとも、理由もなしに命じることに、ただやみくもに応じられるものではない。

「晴信さまの元服時に側近く仕えるということは、一蓮托生《いちれんたくしょう》、将来の領国を共に背負って立つということだ。相手がどんな人間かをことごとく呑み込み、その腹中を察して手足となり、一歩も二歩も前を歩くことぞ。晴信さまのめがねにかなわぬとなれば、この国においてはもはや死んだも同然になる。死ねと言われたらいつでも死ねる。それだけの覚悟を、いまから十分肝《きも》に据《す》えておけ！」

近習衆の候補ともなれば、それにふさわしい若者たちが選び出されてくる。だが、その者がひとたび役に立たない人間と見做《みな》されれば、容赦もなく見捨てられる。

多くの競争者たちの中で、どう抜きん出ていくか。虎昌はそのことを語って聞かせているのであろう。

「信虎さまはこれまで何人もの家臣や、重臣と目されていた者たちを、理由もなくみずからの手にかけ、あるいは領外に追放して顧《かえり》みずにきた。信虎さまにしてみれば、自分の意に従わない者たちはすべて無用の者だ。容赦なく切り捨てる。

他の者の目から見れば理不尽に思えることでも、お屋形の考えとなれば、ここではそれが正しいことになる。理由も納得も、そんなものはなんの意味もない」

「しかしそれでは……」

源四郎が言いかけたところで、虎昌はそれを遮《さえぎ》った。

「主の器量を、臣下が問うことはできぬ。だが、心通い合った者同士となれば、それはまた別だ」

「心通い合った者同士？」

「穴山の家は室町の初期に、武田宗家の第四子が穴山郷（韮崎市《にらさきし》穴山町）一帯に住み、その地を支配することになったのが始まりだ。その後も跡継ぎが絶えると宗家の第二子を迎えて跡継ぎとすることを繰り返してきた。現在の当主である信友も信虎さまの次女を正室に迎え、武田の名乗りを許されている。血縁を結ぶのであれば、徹底してこれと結び、なんの疑心も持たれないようにうまく立ち回ることだ」

皮肉めいた口調になって、虎昌は舌打ちした。

穴山氏は武田の親族衆筆頭といってよく、現在は富士川下流両岸の河内《かわうち》地方一帯（南巨摩郡《みなみこまぐん》・西八代郡《にしやつしろぐん》）を支配地としており、かつての飯富家発祥の地であった飯富の地も、いまでは穴山氏の支配に組み込まれてしまっていた。

虎昌の代になって飯富の家は甲府の西方、西八幡村・亀沢村などの一帯を領有していたが、穴山氏に対する思いは複雑なものがあった。母の日頃口にする不満もまた、先祖の土地を失ったことにあったから、源四郎にも虎昌の心のうちは察しがついた。

「飯富の家も、もともとは穴山などに引けを取らぬ家柄だった。しかし如何《いかん》せん、先祖が無骨者ぞろいだったと見えて、うまく立ち回れぬままできた。だがわしは穴山などに負けぬくらいに、戦《いくさ》の上で役に立っている。お屋形もいまでは、誰よりもわしを頼りにされている。主と心を通わせるためには、縁を結び合うことも一つ。それから、他に抜きん出て主の役に立つ人間になることも一つだ。そのことをおまえは、これからも決して忘れるではないぞ」

虎昌の一番言いたかったことは、この一言であったに違いないと、源四郎は心のうちに思った。

三

「兵部からその方のことは、いろいろ聞いている」

源四郎の顔を見るなり晴信は言った。躑躅ヶ崎館に隣接した晴信の屋敷に初《はっ》出仕《しゅっし》した日のことである。

晴信の近習衆は、すでに何年か前から出仕していたと思える者も含めて八人いた。それぞれ得意とする役割があるのか、屋敷内の二つの部屋に分けられていた。

身の回りの雑事や書物の収集・整理などの内務的な役割と、乗馬・弓・剣の修練といった武にかかわるお相手、それに武田の重臣や寺社などへ遣《つか》わされる使《つか》い番《ばん》、そのほか晴信の指令による見聞役《けんぶんやく》などが主な役目と思えた。

初の目通りに際し、源四郎はあらかじめ耳にしていたそれらの役割を、あれこれ想像してみた。果たして自分は近習の一人に選ばれるのか。いささか自信を失いかけていた。雑事や文書の扱いといった内勤には、自分は適していない。

使い番や見聞役なども、どこまで役目をこなせるのか。また武にかかわること
に関しても、体力に勝る者たちが呼び集められているとなれば、これまで励んで
きた自分流の技量でどこまで通じるであろうか。
兄虎昌の話では、それらのすべてを習得するのが近習の当然の役目であるとい
う。なにが得意でなにが苦手、で済まされる問題ではない。
「なにごとも臆《おく》するな。なんでもできると思っていればよい」
兄からはそう言い渡されてもいた。
「武にかかわることには、ことのほか熱心に修練を積んでいるそうだな。これか
らわしの相手になってもらおう」
「はっ」
と平伏したものの、内心安堵《あんど》する気持ちになった。なにより武を磨くことが第
一と、これまで励んできた。その道に、まずは踏み出していけそうである。
「源四郎は強くなりたいのか？」
晴信はなにを思ってか、微かに笑みを浮かべながら言った。丸顔の、一見柔和
な顔つきながら目は大きく見開かれ、なにもかもを見通そうとするかのように光

っていた。じっと相手の顔を見つめながら話す表情には、その裏になにごとか別の思いをめぐらせているような、底の知れない思慮《しりょ》の深さが潜んでいるかにも見えた。

「はい、誰よりも」

思わずそんな言葉が、源四郎の口から飛び出していた。

これまで口には出さなかったものの、いささかの衒《てら》いもなかった。正直な気持ちであった。

自分より体格のよい、筋力に勝った者は他にいくらでもいる。だからこそ、そうした者たちに負けない武の修練を積みたいと、密《ひそ》かに思ってきた。

「誰よりもか？」

晴信は源四郎の言葉に、ほうっと感嘆した。

からかっているふうではなかった。身体つきも腕力も、人より優れているとは到底言えない。それでもそんな言葉を口にする源四郎に、興味をおぼえたのであろう。

ただ口先だけの者と見ている様子はなかった。兄虎昌の血を引く人間と思ってのことなのか。

「源四郎は強さを、どんなものだと思っている?」

妙なことをお尋ねになると、一瞬、源四郎は思った。

この甲斐の国の周辺でも、連日のように戦が引き起こされている。境界を接した隣国同士の戦いや、同じ領国内での豪族同士・血族同士の戦いが毎日繰り返されてきた。強くなければ領国も家族も、自分自身すらもこの地に生き残ってはいけない。

いわば命の限りを尽くした、生き残りのための知力と体力を総和したものが、その人間の強さだ。端的に言えば、戦いに勝つための手段、ということになる。

そう考えて、源四郎はありのままに答えた。

「うむ。それではその強さは、いったいどこから生まれてくるものと、源四郎は見ているのだ?」

「相手を恐れぬ気概と、なにより鍛錬によって技量を積むことからと……」

「自分より遥かに体格に勝る相手に対してもか?」

「知力や修練を積んだ技をもってすれば勝てます」

「知力とはなにか？」

「どんな相手にも必ず弱点があります。その弱点を衝《つ》き、相手の油断を引き出すことです」

源四郎が日頃そう自分に言い聞かせていることを、そのまま口にした。

「なるほど。では源四郎はその知力を、どのようにして高めていけばよいと思っているのだ？」

晴信の追及は執拗《しつよう》だった。それによって目の前の人間がどんな資質を持った者であるのかを、自分の眼で確かめようとしているかとも思えた。

源四郎は自分より一つ年上に過ぎない晴信の、奥深いまなざしに軽い戸惑いをおぼえていた。

このお方はそもそもどんな考えを持った人なのか。日頃なにを思っているのか。つぎにいったいどんなことを言い出すのか。源四郎は皆目見当がつかなかった。

（なにより人間を知ることだ）

と、源四郎はそのとき突然、ひらめくものを感じた。そのままそれが口をついて流れ出た。

「武の鍛錬を通して、さまざまな人間のことごとくを、知り尽くしていくことが大事かと思っております」

「ほう！」

晴信は意外な言葉を耳にするといったように、まじまじと源四郎の顔を見つめた。それからその言葉の真意をさらに問い質《ただ》そうとするかのように、こう言い添えた。

「人間を知ることとは、自分自身をも含めてのことか？」

意味ありげな物言いだった。そのことこそが最も重要ではないかと、暗に示唆しているようにも思えた。

さまざまな人間とは、あくまで自分以外を指しての言葉である。晴信があえて言い添えたのには、なにか特別の意味があるのだろうか。

源四郎は晴信の顔をじっと見返した。

「源四郎は、士の勇怯《ゆうきょう》は兵の勢いから生まれる、という言葉を耳にしたことがあるか？」

「いいえ」

「強さには一人の人間の持つ強さもあれば、多くの者を結集した強さもある。戦場において敵と対峙《たいじ》した際、兵士一人ひとりに勇気や怯懦《きょうだ》な振舞いが生じるのは、軍の勢いにかかっていると兵法書は説いている」

（兵法書？）

源四郎は晴信の口にしたその言葉に驚いた。

そうした書物が明国《みんこく》から伝わっているということは耳にしていたが、目の前の晴信がすでにそれらの内容にまで精通しているとは！

「ものの勢いが兵の強さや弱さを左右するとなれば、強さは敵味方を含め、なにより一人ひとりの心からも生まれるということになる」

これまでもずっと、一人考え続けていたことなのか。晴信の言葉は、自分自身への問いかけのようにも聞こえた。

（強さは心から生まれる？）

源四郎は心の中でつぶやいた。

これまで一度もそんなことを、考えたことも聞いたこともなかった。強さは相手を上回る物理的な力の行使である。弱点を暴いてこれに付け入り、容赦なく屈服させる手段でもある。心など、なんのかかわりがあろう。

「心のうちこそが、強さや弱さを生み出す源だ」

晴信はポツリと言った。

「……？」

源四郎はとまどった。晴信の言葉は、次第に意味不明なものになっていくように思えたからである。

「強さは必ず弱さも併《あわ》せ持っている。弱さは強さの裏面でもあるのだ。心が絶えず変化し、捉《とら》えどころがないように、強さや弱さも捉えどころがない。一瞬にして反転してしまうこともある」

なにやら独り言めいた口調ながら、源四郎を見つめる晴信の目には、親しみが込められていた。晴信の口にした言葉は、どれも源四郎にはそのまま理解できないことばかりだった。

それでも晴信との初対面において、二人の間になにかが強く通い合うような、目の前に大きく道が開かれていく予感めいたものを感じることができた。

「心を通じ合わせる」

兄虎昌の言った言葉が、この時ふいに、脈絡《みゃくらく》もなく源四郎の脳裏を掠《かす》めて過ぎた。

四

それからの毎日は、源四郎にとってめまぐるしいものとなった。

同じ部屋に寝起きする者同士でも、めったに口を利き合うことはない。屋敷内での無用な会話が禁じられていることもあったが、お互いに対する競争心と警戒心が、必要以上に働いたからである。

晴信に仕えることが第一となれば、役目を奪い合うようにして任務を果たさなければならない。その競い合いの中から、自《おの》ずから晴信の目に留まる者と、脱落していく者とが選別されていく。

漫然と、晴信から声がかかるのを待っていたのでは、なんの仕事も回ってこない。そのことを、誰もが早い時期に思い知らされた。かといって、うるさく晴信にまとわりついているだけでは、たちまち屋敷から追い出されてしまう。

なによりも晴信の毎日の所作・振舞いを細かく観察し、つぎになにをしようとしているか、なにを望んでいるかを逸早く察知することが肝要だった。ぐずぐずしていれば、他の者に後れを取る。済んでしまってからそれは自分の役目だったと、抗議してもはじまらない。そのときその場にいなければ、他の者に回されてしまうのだ。

たとえ人が嫌がるような仕事でも、誰もが奪い合うようにして自分のものにしようと励む。油断なく機会をうかがい続けていなければ、無用の人間と見做《みな》されかねない。

そんな毎日の中で、晴信にとってなにより役に立つ人間が選び出されていく。あくまで晴信の嗜好《しこう》に沿ったものだが、同じ近習同士にとっては、重大な意味を持つことになる。それはまさに、その後の運命を決定付ける大いなる岐路《きろ》になるのだ。

源四郎にとって幸運だったのは、晴信が乗馬の訓練を日課とし、その相手に決まって源四郎を名指ししたことだ。晴信はすでに、十分馬を乗りこなせるだけの技量は身に付けている。それでも、文字通り人と馬とが一体になったような源四郎の馬の扱いには、晴信の心を捉えるものがあったのか。

「どの馬も、ひと目で源四郎を好いてしまうようだな」

不思議そうに晴信が言った。その秘密を、晴信自身、見極めんとしているかのようであった。

そんなこともあって、自ずから晴信に接する機会が多くなり、直接源四郎に向けて晴信の命がしばしば下された。それは時には使い番の役目であったり、近郊近在の寺院などに出向いての、書物の借り出しであったりした。その往復には馬が使われた。

源四郎にしても、たとえ弓や剣の修行が中心とはいえ、来る日も来る日も屋敷の内部に籠ってばかりいるよりは有り難かった。寺の僧や重臣の誰彼となく目通りできるのも、人を知るという意味では、なにより修行になった。

また晴信が手にする書物に接するうち、どんなことが書いてあるかなど、自然耳に入るようになっていった。

そんな毎日が続く中で、その年の十一月、兄虎昌から源四郎は晴信の初陣の話を洩れ聞かされた。晴信の遣《つか》いで、虎昌の屋敷に親書を届けに行った折りである。

晴信の手紙になにが書いてあったのかは明かされなかったが、源四郎が帰る段になって虎昌がこう語った。

「どうやら晴信さまの初陣が決まったようだ」

「えっ！」

思わず源四郎は驚きの声を上げた。

「誰にも洩らすではないぞ」

虎昌の声は低かった。

晴信はすでに十六歳になっている。いつ戦場に赴《おもむ》くことになっても不思議はない。

屋敷内や源四郎が遣いに行った先のあちこちでは、その時期がいつになるかで持切りになっていた。元服が済んだとなれば、つぎはなにより初陣である。

源四郎が最も気になっていたのも、やはり晴信の初陣のことだった。近習の者たちの誰もが同様である。誰一人口には出さないものの、晴れの戦場に自分もお供できるのではないかと、内心密かに競い合っていた。

「わたしもお供できるよう、さっそく願い出ます」

目を輝かせて源四郎が叫んだ。

「それはならぬ。今度の戦《いくさ》にはお屋形さまは、晴信さまをお連れするつもりはなかった。それを板垣殿が何度も申し上げて、ようやく承知されたと聞いている。晴信さまの旗本の兵もまだお決めになっておられぬから、このわしが警護することになった」

「近習の中からせめて一人でも、随陣《ずいじん》させていただきたく……」

源四郎は、必死で虎昌に食い下がった。

「勝手な申し出は許されぬ。たとえご嫡男であろうとも戦となれば、お屋形さまの下知《げち》に黙って従わなければならぬのだ」

取り付く島のない返答だった。

屋敷に帰って数日が過ぎても、晴信からは初陣の話は素振りにも出なかった。

あの話は虎昌が勝手に思い込んだことなのかと、疑ったほどだった。

だが、その月の二十一日に信虎の率いる八千の兵が、信濃国の南佐久にある海《うん》ノ口《のくち》城に向けて出陣した。晴信のまわりを固めるのは、飯富兵部少輔虎昌の三百の兵のみである。源四郎の願いは届かなかった。兄の口から厳しく言い渡されていた以上、なに一つ言い出せないまま、晴信の初陣を黙って見送るしかなかった。

その後ひと月余りの間、海ノ口城攻めは続けられた。だが、はかばかしい戦果は得られない模様であった。雪混じりの悪天候が続き、敵方もそれを見越して城内に閉じこもり、じっと武田の兵が退却するのを待つ作戦に出たからである。

信虎にしてみれば、甲斐国内の同族同士の争いがみずからの手で平定され、肥沃な土地の広がる信濃国に、ようやく目を向けられるようになった。

とくに八ヶ岳山麓から野辺山高原を通過して佐久平へと通じる途中の一帯は、大小の城や砦が散在していた。これら一つひとつを陥れて行けば、佐久平からさらに上州へと道が開けてくる。

信虎にとって海ノ口城攻めは、信濃進出への手始めとなるものであり、なんとしても戦果を上げたいところであった。それだけに敵が予測していない時期を狙っての出陣となった。だが、城将平賀源心《ひらがげんしん》の籠る城方の抵抗は予想に反して頑強で、ついに信虎はなすすべもなく、兵を返すこととなった。

師走も押し詰まった二十八日になって、信虎の率いる本軍が韮崎《にらさき》近くにまで帰ってきたことが、早馬をもって甲府に残っていた重臣たちに伝えられた。

だがそれに続いて、驚くべき一報が飛び込んできた。

「晴信さまと飯富兵部さまの兵のみで海ノ口城に戻り、これを早暁一気に攻囲陥落させ、平賀源心を討ち取った！」

という知らせであった。

後でわかったことだが、退陣の命が下されたとき、晴信から殿軍《しんがり》を引き受けたいとの願いが出され、信虎から許可が出た。

信虎は、そのとき、

「この大雪の中では敵の追撃はあるまい。それを見越しての形ばかりの殿軍を申し出るとは、情けない奴よ」

と苦々しげに語ったという。

退却に際し、最も難しい役割を担うのは古来より殿軍の将とされてきた。味方の兵を無事戦場から離脱させた後、最後まで残って少数の兵で敵の追撃を退け、みずからもそこから脱出しなければならない。

冷静沈着な、戦上手の者でなければ勤まらず、それだけ名誉な働きとされてきた。だが信虎は晴信が、ただ自分の初陣を無為に終らせたくないがために言い出した、形だけの演出にすぎないと見たのである。

晴信は早々に兵を引き、いったんは戦場から遠く立ち去ったと見せかけた。そしてその日の日没を待って、わずか三百の兵を連れ海ノ口城に取って返した。敵を追い払ったと喜び、油断していた平賀源心らに一気に襲いかかった。

あと数日で新年を迎えるとなれば、敵味方の兵たちの気持ちはすっかりそちらに向かってしまう。その一瞬の隙《すき》を衝《つ》くように、晴信の作戦は敢行された。

源四郎の脳裏に、このとき兄虎昌を中心とした真っ赤な鎧兜《よろいかぶと》に身を固めた兵士の一団が、朝靄《あさもや》の立ち込める雪原を一直線に海ノ口城へ向かって突入していく姿が、鮮やかに映し出されていた。

その先頭にはもちろん、黙々として馬を疾駆させる若き晴信の姿があった。

五

晴信の初陣での手柄は、しかしながら領内では不評に終った。父の信虎が、晴信の働きを一顧だにしなかったからである。これまでも、

「ご嫡男の晴信さまを、お屋形さまは内心では疎《うと》んじておられるというが……」

そんな噂がまことしやかに囁《ささや》かれていた。

敵将平賀源心を討ち取ったものの、その後城を手に入れるでもなく、晴信は建物を破壊し去っただけで、その日のうちに兵を引き上げた。率いる兵が少なかったとはいえ、信虎の指示を待つこともなく、ただ城を落とし、源心を討ち取ったという実績を明らかにして見せただけだった。

それだけのことでわざわざ敵地に取って返したのには、いったいどんな意味があったのか。

「兵部少輔が側に付いていながら、なんとしたことだ！」

信虎の虎昌に対する信頼も、大きく損なわれる格好になった。これについて

は、虎昌の弁明はいっさいなく、晴信も多くを語らなかった。その意図するところがどこにあったのかがはっきりしないままに、この一件は人々の口に上らなくなっていった。

一部の者の間には、

「たとえ城を占拠し、兵をそのまま留め置いたところで、周囲の反武田の豪族たちが逆に城を包囲することになる。雪に閉ざされているいまの時期は兵糧も不足するから、手始めとして武田の兵の強さを周辺の土豪たちに見せつけるだけでよかったのだ。今度の出陣で、武田軍が手も足も出せずに、むなしく引き上げたという印象だけが残っては、再度この地を攻めるときの大きな支障となる。だからそれなりの役目は果たせたのだ」

というふうな、晴信の行動を陰で擁護する意見も云々された。だがそれもこれも信虎の手前、表に出ないままうやむやにされた。なんといっても、信虎の逆鱗《げきりん》に触れることが、当の晴信にとっても、決して得策ではなかったからである。

今度の一件では、晴信の将としての器が云々されるのではなく、むしろ信虎、晴信の父子の確執《かくしつ》そのものが目の前に曝《さら》け出される格好になった。たしかにそれまでも、確執の噂はごく一部の者の間にしろ、密《ひそ》かに懸念《けねん》されてはいた。

信虎にしてみれば、腹の中でなにを考えているのかわからない晴信より、次男の信繁《のぶしげ》の方が好ましく思えるようだった。信繁は性格がまっすぐで裏表がなく、思慮深さと聡明さを生まれながらに備えていた。

誰からも信頼される、人の上に立つにふさわしい人間と言えた。それは信虎に限らず、重臣たちの誰もが認めるところである。信虎はそんな信繁を側に置くことで、自分の粗暴《そぼう》さを補ってくれると見てもいたのだろう。

晴信も信繁も母は同じであり、共にこの母に似て学問好きだった。だが同じ学問好きでも、その傾向は異なるところがあった。晴信は詩歌《しいか》に興味を抱き、神仏を敬うことにも深い関心を示した。これに対し信繁の方は、もっぱら法制や歴史といった論理や筋道を尊ぶ学問を好んだ。

信虎にとっては自分にない、人を敬服させる資質の備わった信繁に、どうしても期待が高まる。その点晴信には、自分に似た傲慢《ごうまん》さと、それとは裏腹の心底を決して人に悟らせない、ある種の不気味さがまとわりついている。

晴信の初陣後も父と子の関係は、表面上は何事もなく推移していくかに思えた。源四郎ら近習の者たちにとっては、現在の武田家の宗主である信虎と、その跡継ぎである嫡男晴信との仲がどうなっていくのかは、なににも増して重大な関心事だった。

翌天文六年（一五三七）二月に入って、信虎の長女が隣国今川義元《いまがわよしもと》のもとに嫁入りすることとなった。前の年の三月に、それまで信虎との間で戦火を交えていた今川氏輝《うじてる》が二十四歳の若さで急死し、子がなかったためその後を弟二人が争った。信虎は逸早く善得寺《ぜんとくじ》に入っていた五男の承芳《しょうほう》（後の義元）を支持し、承芳は異母兄の恵探《えたん》を滅ぼすことに成功する。これによって今川家との間は親密となり、その縁をさらに太くするため、姻戚関係を結ぶことになったのである。

信虎の婿となった義元は、京の公家衆とも縁が深かったから、武田家の嫡男晴信の嫁として、権大納言《ごんだいなごん》三条公頼《さんじょうきんより》の娘を斡旋《あっせん》した。晴信は天文二年十三歳のときに、すでに関東管領上杉朝興《かんとうかんれいうえすぎともおき》の娘を娶《めと》っていたが、その翌年、この幼な妻は晴信の子を懐妊し、難産がもとで亡くなっていた。

当時飯富兵部をはじめ武田家の重臣たちの間では、扇谷《おうぎがやつ》上杉朝興と手を結ぶことに反対の声が上がっていた。

上杉朝興はこの頃相模の北条氏に江戸城を追われ、武蔵国河越城に逃げ込んでいた。重臣たちは落ち目の上杉勢に加担することの不利と、北条氏からの脅威を感じ始めていたのである。

朝興は信虎の歓心を得るため、美女の誉れ高い山内上杉憲房《やまのうちうえすぎのりふさ》の後室を強引に信虎のもとに斡旋し、同時に嫡子晴信との縁を深くするため幼い自分の娘を送り込んでいた。だがこの婚姻政策は、不幸にして実を結ばずに終った。

将軍義晴の一字と大膳大夫の官職名を賜《たまわ》り、さらには三条公頼の娘をも正室に迎えたことで、晴信の武田家嫡男としての地位は一見、揺るぎないものになったかに思えた。誰もが、晴信の身辺を飾る格式の華やかさには圧倒された。

だがその実、父子の間の亀裂《きれつ》はじわじわと広がりつつあった。信虎が躑躅ヶ崎館にたびたび招くのは、明らかに信繁ばかりになった。それに反し、晴信の方は重臣たちを交えての新年の初顔合わせの際など、ごく限られた儀礼的な集まりを除いてほとんど招かれることがなくなっていた。

晴信の方にしても、あの初陣を境として、連日歌の会を催してみたり、みずから詩や短歌を作り、これを詠じたりすることに熱中する日が多くなった。

「公家の娘を迎えたことで、すっかり京の高貴な衆の一員にでもなった気分でおるのであろう」

信虎の皮肉交じりの述懐《じゅっかい》であった。

一年が経ち、二年が過ぎるにつれ、信虎のわが子に対する痛烈な言動が、しばしば人々の耳に洩れ聞こえてくるようになった。そんな声を耳にしながらも、しかし晴信は少しも意に介する素振りは見せず、近頃では奥の部屋に閉じこもっていることが多くなった。

そしてその一方で、晴信が馬を責め、弓を射る姿は、まったくといってよいほどに見られなくなっていった。

そんなある日、源四郎は武田家の職《しき》（家老）である板垣信方から、自分の屋敷にくるようにとの呼び出しを受けた。名指しされることに驚きを覚えながら、兄虎昌に関連することなのかと思い直した。

晴信の許しも得て、源四郎は徒歩で躑躅ヶ崎館に近い板垣信方の屋敷へ向かった。信方の屋敷は豪壮な造りながら、質実を旨とした堅固なもので、通された部屋もなんの飾り気もない殺風景な一室だった。

奥から姿を現わした信方は、源四郎の前に座るとしばらくはなにも言わずに、じっと腕を組んだまま源四郎を見つめた。それからややあって、突然こう言った。

「こちらからいつ目通りを願い出ても、晴信さまはわしの前に姿をお見せにならぬ。そこで今日は是非にもこのわしの拙《つたな》い歌を、源四郎の手から直接、晴信さまに渡してもらいたいのだ」

「板垣さまのお歌を、ですか？」

源四郎は自分の耳を疑った。思わずそう尋ね返していた。

「近頃晴信さまは武芸全般はおろか、戦《いくさ》ごとにかかわる書物にもいっさい関心を示さず、詩歌《しいか》を吟《ぎん》じることにばかり熱中しておられると聞いている。かつて晴信さまの御守役を仰せつかっていたこの信方であれば、共に歌などを作り、少しでもそのお役に立たねば相済まぬ。だが今日の日まで、無骨一点張りで生きてきたわしのこと。どこまでその手本をお見せできるか心もとないが、これからも晴信さまが、それをお続けになられるとなれば是非もない。このわしも、なんとしてもごいっしょにその道を学び続けていかねばと、覚悟を決めたところなのだ」

信方はそう言って源四郎の眼を、じっと見つめた。

源四郎はおもわずその視線を外し、信方の歌が記されているという、手紙の始めの部分に目を落とした。そこにはなにやら、短歌とおぼしき何行かの文字が、いかにも剛直な筆致で書き記されていた。

二十歳の足軽隊長

一

板垣信方の、晴信への働きかけが功を奏したのか。あるいは天文七年（一五三八）に正室三条殿との間に長男太郎（後の義信《よしのぶ》）が誕生したためか。晴信の都人《みやこびと》気取りの華やかな生活振りは、いつしか下火になっていった。

源四郎が手紙を託された後、無骨一点張りだった信方が本気になって和歌を作り、ときには晴信の屋敷で開催されている歌会に、みずからも出席したいと申し出てくるのに辟易《へきえき》したためでもあったろう。

いずれにしろ近習の源四郎らにとっては、なにより胸をなでおろす思いであった。その一方で、源四郎の目には晴信の突然の都人狂いともいえる変身振りには、もう一つの隠された意図があるようにも思えた。

それがなにか源四郎にはわからないながら、時折ふっと見せる晴信の目の底に、心ここにあらずといった様子が、一瞬垣間《かいまみ》見えることがあった。父信虎との間に、表面上からはうかがい知れない確執がまだ続いているのか。

また守役の板垣信方や兄虎昌に、そのことを気遣っている気配も感じられた。

だが天文九年（一五四〇）五月に、信虎はふたたび晴信を伴って信州佐久地方に出兵した。板垣信方、飯富兵部少輔虎昌らを先頭に武田の兵総勢八千が、一度は晴信の手で陥落させた海ノ口城をはじめ、沿道に点在する砦や小城をつぎつぎに手中にし、佐久郡一帯を席巻《せっけん》した。

このときの様子は、後に武田軍の兵によって口々に、

「一日三十六の城を攻略した」

と喧伝されたほどだった。

またその年の八月には、信虎の手によって佐久郡海野宿《うんのじゅく》に伝馬《てんま》の制《せい》を敷くとの触れも出された。伝馬の制とは、宿駅ごとに常時駅馬を備えさせ、公用の物資の

輸送を担わせるものだ。流通を活発化させる狙いがあってのことだが、同時に兵や軍事物資の移動を容易にさせるためでもあった。

こうした一連の動きの先に、信虎がなにをもくろんでいたのか。

天文十年（一五四一）五月、武田軍は突如として八ヶ岳山麓沿いの野辺山を経て佐久平へと兵をすすめ、古くから滋野《しげの》一族が支配していた小県《ちいさがた》郡海野平《うんのだいら》へと、一気に侵入を開始した。

これに先立って信虎は、これまで信濃守護職小笠原長時《おがさわらながとき》と共に武田の膨張策を警戒し何度か甲斐国境に侵入してきたことのある、諏訪上社《すわかみしゃ》の神官諏訪頼満《すわよりみつ》と和睦した。そしてその頼満が天文八年に死んで、孫の頼重《よりしげ》が後を継いだ。

信虎はこの機会を捉えて自分の三番目の娘禰々《ねね》を頼重のもとに嫁入らせ、両者の関係を強固なものにした。頼重は当時まだ二十四歳であり、これを手なずけるのは容易と信虎は見たのである。

五年前に、今川家の後継をめぐって内紛が起きたとき、逸早く義元を助けた。その後、長女をその正室に送り込んで姻戚関係を結んだやり方を、信虎は諏訪氏にも踏襲した。

それまで猛将の名をほしいままにしてきた信虎だった。だが、相手に警戒心を呼び起こさせるより、互いに縁を結ぶことによって強固な同盟を結び、これを梃《て》子《こ》に周辺に割拠している小豪族を、各個撃破していく方が得策と読んだ。

信濃国の中でも、甲斐、上野と境を接している東方の佐久郡、小県郡は、そうした意味から言えば、信虎の狙いとするところにぴったりと合致していた。

とくに小県郡の東南一帯に六百年の長きにわたって勢力を扶植《ふしょく》してきた滋野の一族は、海野《うんの》、禰津《ねづ》、望月《もちづき》の三家に分かれ、千曲川の南と北を中心に互いに手を結び合って牧《まき》を営み、共に繁栄してきた。

長い歴史を経てきた同族同士の絆は、互いの警戒心を薄め、その向こうに広がる隣国への備えをも手薄にさせ勝ちだった。信虎は早くから、密かにこの一族に目を向けていた。そして、海野平の西北部に隣接する埴科《はにしな》郡の村上義清《むらかみよしきよ》に働きかけ、ついに同盟者に引き入れることに成功した。

村上氏にしてみれば、自領の中心部をなす上田平の東と南に望月・禰津の領地があり、さらには自領の防壁の役目を果たす戸石《といし》城のすぐ東の足元に、真田《さなだ》の庄《しょう》が続いているのである。

真田の庄は菅平口《すがだいらぐち》から鳥居峠を経て上州口へと向かう交通の要衝《ようしょう》に位置している。これを支配下に置くことは、村上領のさらなる伸張のためには絶対の要件だった。

これまでは、それぞれの領分を守って共存共栄することが、なによりの安全策と思われてきた。いたずらに紛争の火種をかきたてるより、おのれの分を守るという牧歌的な相互不可侵こそが、互いの平和を保つ知恵と思われていたのである。

だがその一方で、周辺各地から流れてくる新たな動きからは、ただ安閑と無事を願っているだけでは、いつ足元をすくわれるか知れないという情況が生み出されてもいた。

身近な例を見れば、当の信虎の行動そのものが、それを暗示していた。

その動きは甲斐一国の中で繰り返されていたに留まらず、隙あらば今川領や相模の北条領への侵攻も、何度か企てられていた。そうであれば、油断のならない信虎の動きを見据える必要がある。

義清は話に乗ったと見せて信虎の動きを牽制した。同時にいつしかこの機会に、自領を広げてみようという気にもなっていた。

武田、村上、諏訪の連合軍は一体となって滋野一族に襲いかかった。周囲の不穏な動きに警戒はしていたものの、境を接した村上義清までが襲ってくるとは思いも及ばなかったのだろう。海野の兵は、たちまちのうちに敗退し、上州に向けて敗走した。

また望月の兵は信虎の軍門に下り、禰津氏は同じ神家の一員でもあったことから諏訪頼重を通じて信虎に降服を願い出た。信虎はこれを許し、頼重の下に服属させることとした。

海野平を一瞬のうちに掌中にしたことで、信虎は上機嫌で甲府（甲斐府中）に凱旋した。今回も出陣することを許されなかった源四郎ら晴信の近習たちは、板垣信方や飯富兵部の兵に守られるように帰陣した晴信を出迎え、歓呼の声を上げた。

一段と日焼けして、たくましさを増した晴信の馬上姿は、源四郎にはまばゆいものに映った。長い間いっしょに弓馬《きゅうば》の訓練を積んできた源四郎にしてみれば、自分がどんどん晴信に置いていかれるような焦りを覚えた。

数日後、晴信の使いで兄虎昌の屋敷に赴《おもむ》いた折に、源四郎は虎昌に向かってこう申し出た。

「つぎに晴信さまがご出陣なされる際には、是非にも兄上の隊に、この源四郎めをお加え願いたく……」

切羽詰った表情で、源四郎は言った。

だが虎昌は、むっつりと押し黙ったままである。源四郎の申し出など、問題にもならないということか。

戦のことは、すべてが信虎の差配《さはい》するところだ。そのことは源四郎とて、十分承知している。

だが兄の隊に加えてもらうのであれば、特別に許されないではないと思えた。

自分はもう二十歳を迎えている。十八や十九で戦場に出ている者は、源四郎の耳にする限りでも大勢いる。

(自分は明らかに出遅れている)

そんな思いが、近頃では付き纏って離れなくなった。

「板垣殿が、晴信さまの旗本隊のことをさかんにお屋形に申し上げているのだが、いっこうに耳をお貸しにならぬらしい」

虎昌の口から、そんな言葉が洩れた。

「晴信さまの旗本隊！」

これこそが源四郎をはじめとする近習衆の間で、このところ毎日のように口にされる話題である。武田家の嫡男である晴信に、専属の旗本隊がついていても、もはや不思議はない。いや、それが存在しないのが不思議なくらいなのだ。

「お屋形は、人に指図をされるのがなによりお嫌いなお方だ。板垣殿もわしも、それゆえにこのことにはあまり触れないようにしてきた。お屋形にしてみれば、ご自分の息のかかった者を隊長に送り込もうとしているのだろう。だが人選については若手を中心に、晴信さまにお任せするのでなければ役には立たぬ」

「お屋形さまは、いまだに晴信さまを嫌っておられるのでしょうか？」

「うむ……。少なくとも、心を許してはおられぬようじゃ」

「晴信さまのあの初陣以来、それが続いていると？」

「近頃では、溝はますます広がっている。表面上は何事もなく振る舞っているが、晴信さまに落ち度があれば、それを口実になにかをなそうとうかがっている気配がある。このことは、わし一人が感じていることではない」

虎昌は、ふっとあたりを気遣う様子を見せた。虎昌にしても、いまは信虎と晴信との仲が、一番気になっている様子である。しかしそれ以上はもう言うことはないというように、口を閉ざした。

源四郎は自分の気持ちが、宙に浮いたままの思いにとらわれながら、虎昌の屋敷を後にした。

二

海野平から帰還した後、信虎は上機嫌で祝宴を張った。自分の思いどおり事が運んだことに、すっかり満足しきっている様子だった。

その勢いを駆ってなのか。あるいは前々から先方からの誘いがあってのことか。信虎は突然、護衛の旗本隊を引き連れて駿河に出かけると言い出した。これには誰一人、異を唱える者はいなかった。

信虎の計画は即座に実行に移され、つぎつぎに段取りがすすめられた。いまの信虎の鼻息を前にしては、誰一人逆らうことなどできない。駿河国の太守、今川義元にしても同様であろう。信虎の娘を四年前に正室に迎えている以上、大いに舅《しゅうと》を歓待しなければならない。

使いの早馬があわただしく発せられ、折り返し歓迎する旨が伝えられてきた。両者の間には、今川領と境を接する河内地方を支配する穴山信友が立ち、何度か日取りの折衝が続けられた。義元への手土産品を積むため、数台の荷車も用意された。

六月十四日、信虎は意気揚々、娘婿の待つ駿河府中の今川館に向けて出発した。途中、今川領の入口である河内境まで、護衛を兼ねた飯富兵部の騎馬の兵が、信虎の行列に付き添った。

源四郎は虎昌が躑躅ヶ崎館を出発する際、晴信と共にその物々しい護衛の一団を見送った。鎧兜に身を包んだ赤一色の騎馬兵の群れには、心なし緊迫感がみなぎっていた。夏の強い日差しの下で見る赤い色には、気持ちを激しくかきたてるものがあった。

その強烈な印象に浸っていると、馬上姿の虎昌が単騎晴信に近づいてきた。馬から下りることなく晴信に軽く会釈をし、すぐに馬首を返した。晴信は終始無言のまま、ただその姿を無表情に見上げているばかりだった。

源四郎は、虎昌がなにやら晴信に向かって、

「無事、お見送りを果たしてまいります」

と、口に出して挨拶を交わしたようにも見えた。晴信の側で一行を見送っていた板垣信方も、それに応えるように大きく頭を下げた。

辰の刻（午前八時）頃に、信虎の一行と護衛の兵は躑躅ヶ崎館を後にした。去っていく姿が見えなくなるまで見送った後、晴信は板垣信方、甘利備前守の両職を伴い、晴信の屋敷に戻った。

信虎の留守中、事が起こったときに備えての打ち合わせかと思えた。奥座敷に入ったまま、三人はいつまでたっても出てこなかった。なにやら込み入った打ち合わせが続いている模様だった。

やがて座敷の外に姿を見せた板垣、甘利の二人は、ただちに自分の屋敷に戻っていった。しばらくして、それぞれ配下の兵を集結させているとの報が伝わってきた。それを伝え聞いて晴信の近習たちは、一様に驚きの声を上げた。

いったいなにが起こっているのか。

（お屋形さまの身になにかが……？）

互いに顔を見合わせていると、奥座敷の晴信から声がかかった。

揃って顔を出すと、床の間を背にして座っている晴信が、無言のまま近くに寄るようにと手招きした。

「その方らに、あらかじめ申し伝えておくことがある」

いつもの晴信の声と違って、重々しい響きがあった。なにごとかと耳をそばだてていると、源四郎の耳にまったく信じられない言葉が飛び込んできた。

「今夕刻頃に河内境を出るわが父信虎は、二度とこの甲斐国には戻れぬことになった。このこと、追って早馬にて知らせが届くことになっている」

平然とした晴信の言葉に、近習たちはただ呆然としていた。

即座にその意味するところを理解した者は、一人も居なかった。

源四郎は晴信の顔をまじまじと見つめているうちに、ようやくその意味するところの重大さに思いが及んだ。

「二度と甲斐国に戻れぬことになった」

そんな晴信の言葉を頭の中で繰り返しているうちに、馬上から晴信に向かって会釈を送った兄虎昌の顔が思い浮かんだ。そして板垣信方の、それに応えるような素振りも……。あのときの一連の動きには、なにやら源四郎に胸騒ぎを起こさせるものがあった。

それがなにを意味しているのかには、まったく思い至らなかったが、たしかに源四郎はあの一瞬に、なにかを感じ取っていた。

「父信虎は、駿河に退隠《たいいん》と決まった」

その言葉が晴信の口から発せられると、いっせいに、

「ええっ」

と、皆の口から叫びとも、驚きとも取れる声が上がった。

異様な感動が、たちまちのうちにその場を押し包んでいった。だがしばらくして、互いの顔を見つめ合うばかりとなった。

晴信が口にした言葉は、よくよく考えてみると、わからないことばかりである。

（これまで絶大な権力を振るってきた一国の領主を、隣国に追いやるなど果たし

て現実にできることなのか）

それも相手は、猛将と恐れられてきた信虎その人を、である！

（ご自分から退隠を申し出られたのか？）

一瞬、そうも思ってみた。だが、そんなことがあり得ようはずもない。晴信の、

「戻れぬことになった」

という言い方からしてもそうだ。自分から退隠を決意したのであれば、

「戻らぬことになった」

と、言うところだろう。

またつい先日、海野平を自分の思いどおりに手に入れて、意気揚々と凱旋してきたばかりではないか。父子の確執が密かに言われている中で、どうしてこの時期に自分から退隠など言い出すであろう。退隠を考えていたのであれば、今日までそれを口にしないはずもない。

だが人一倍猜疑心《さいぎしん》が強い信虎を放逐し、嫡男とはいえまだ二十一歳になったばかりの息子が、その地位に取って代わることなど果たしてできるであろうか。

信虎の息のかかっている者が、どこにいるかわからない。計画が洩れていないと、誰が断言できよう。とっさに皆がそう思った。それだけ信虎の恐ろしさを、思い知らされていたと言っていい。

源四郎の脳裏にこのとき晴信の弟、信繁の姿が映し出された。冷静かつなにより頭脳明晰で、信虎本人からも信頼されている。この信繁が、黙って兄晴信の今回の行動を見過ごしにするであろうか。

いや駿河に出向いた信虎自身が、今川義元のもとにおとなしく退隠などしているはずがない。晴信の意図を知った後は、今川の兵を借りてでも、必ず晴信を滅ぼしに攻め上ってくるに違いない。

そうなれば、甲斐国内に残っている信虎派の者たちが、信虎に呼応して兵を挙げる。甲斐国は、即刻内乱状態に陥ってしまう。

（そのことをなにもかも、ご承知の上なのか）

だが晴信はいま、目の前に平然としているばかりである。

源四郎は自分の気持ちを静めることに躍起になった。あれこれ考えてみたところで、どうなるものでもない。つぎの事態がはっきりするまで、晴信の側についているしかない。そう腹をくくるしかなかった。

夕刻になって、早馬の知らせがあわただしく晴信の屋敷に駆け込んできた。

「河内境において、信虎さま一行を今川領に送り出した後、信虎さまの旗本隊は一人残らず無事飯富兵部さまの隊に収容されました！」

「うむ」

晴信は使い番の兵を凝視しながら、大きくうなずいた。

「そのときの様子を詳しく申してみよ」

落ち着いた口調であった。

「はっ」

使い番が息を整えるのを、晴信はじっと待った。

近習の者たちは、全員逸《はや》り立っていた。

「河内境の関所において、はじめに信虎さまの駕籠とお付きの女中衆ならびに荷車を通過させました。その後ただちに今川方の兵が関所を遮断し、信虎さまの旗本隊は飯富兵部さまの一隊がピタリと側に寄り添って取り囲み、その者たちの国許の身内全員をすでに晴信さまが人質にしていると告げました。晴信さま、板垣・甘利の両職さまならびに今川義元さまもすべてこのことはご承知の上と言い渡し、信虎さまの駿河ご退隠を馬上からはっきりと明言なされました！」

少しの淀みもない使い番の口上だった。

このたびの一連の行動が、ごく一部の者たちによって秘密裏に計画され、少しの破綻もなく実行に移されたことが、この口上の内容によってもはっきりとうかがえた。

誰がこの計画を考え出し、采配を振るったのか。

源四郎は、少しの興奮も見せていない晴信の表情を、まじまじと見つめていた。ここ数年の間、父信虎に疎《うと》まれながらもときに都人の優雅な暮らしぶりにあこがれ、詩歌管弦に熱中し、弓馬《きゅうば》のことを疎んじる様子さえ見せた。

また父が弟の信繁をことさらに自分より上に立てようとする態度にも、動ずる気配を見せないできた。源四郎の目には、晴信の行動はすべて油断なく目配りがなされ、この日のために一つひとつ慎重に手が打たれてきたようにさえ思えてきた。

この当日の詳しい経緯については、日時が過ぎた後も誰の口からも、いっさい語られることはなかった。口裏を合わせたように、一人としてそれを語りたがらなかった。重臣たちの誰と誰までがこの計画に加わり、実際にどんな役割を担ったのか。結局、最後まではっきりしないままに終った。

だが源四郎は後日、兄虎昌の口からこんなことをふと洩れ聞かされた。それが唯一、実際にこの件にかかわった人間から、直接源四郎が耳にした生の声であった。

「信繁さまのことは、誰もが一番心配したことだ。家中にも信繁さまに心服している者が多くいた。あの時点で信虎さまが信繁さまを立てようとされているのには、表向き反対の者はいなかった。だがそうなれば、いつまでも信虎さまは居ったままになる。信繁さまには父親を排除するお気持ちは生まれてこないと見たのだ。いまから思えば、晴信さまがご自分から信繁さまに計画を打ち明ける決心をされたときが、最も危うい瞬間だったと言える……」

三

信虎の駿河退隠については、領内のどこからもこれに反発する声は上がらなかった。当初、皆の目は信繁の行動に集まった。だが、晴信が翌日躑躅ヶ崎館に移ったとき、信繁が第一番に兄の前に参上した。その様子には少しの動揺もなく、むしろ兄晴信とともに、手を携えてこれからの領国の運営に力を尽くそうとしている態度が、はっきりと見受けられた。家臣や領民の間には、信虎の粗暴さと独善的な振る舞いを嫌う者が多く、新しいお屋形さまの誕生に歓喜するばかりだった。

信虎の隠居先となった駿河国にしても、婿の義元にとってはなにを考え出すかわからぬ油断のならない存在である信虎より、若い晴信の方が御《ぎょ》しやすいと見たのだろう。あるいは今回のことで晴信に貸しを作っておけば、後々なにかと役に立つと思ったのか。

さらには舅《しゅうと》を人質に取っていると考えれば、隣国同士の絆は一段と今川方に有利に展開する。そう受け止められているようであり、義元からは取り立てて異議は発せられなかった（この後、信虎の駿河退隠については、晴信から義元宛に不自由のない隠居料が送られるが、義元が桶狭間で信長に討たれ、その後武田と今川が手切れとなった後は今川家に居られなくなり、信虎は一時京都などに滞在した。信玄が死んだ後は孫の勝頼《かつより》によって高遠城に迎えられ、その地で八十一歳で病没している)。

いずれにしても、晴信の甲斐守護職就任は、領内挙げて歓迎された。

これに伴い、それまで晴信の近習として仕えていた者たちも、それぞれが新しいお屋形の側近衆として新たな役割を担うこととなった。

なかでも飯富源四郎は、晴信直属の旗本隊創設に加わり、いきなり足軽百五十人の隊長に大抜擢《だいばってき》されることになった。二十歳の足軽隊長誕生である。

源四郎は、躑躅ヶ崎館の晴信のもとに呼ばれ、直々に命を下された。

「わしの命、そなたに預ける」

晴信はまっすぐ源四郎の目を見つめながら言った。なんのためらいもない、信頼しきった口振りだった。

「ははっ」

思わず、源四郎は平伏した。

旗本隊の人選は、晴信直々のめがねにかなった者たちを中心に、名だたる家臣たちの子弟から、若者を中心に編成された。

「旗本隊の役目は、最後の一兵となるまで主を敵の攻撃から守り抜くことにある。それは同時に領国を守り抜くことでもある……」

兄虎昌と顔を合わせたとき、虎昌が源四郎に向かって言った。

「しかし、わしらが先陣を切るような華々しさは、なにひとつ伴わない。人に先んじて手柄を上げる機会もない。ただひたすら、本陣に留まって動かぬばかりだ。騎乗の兵は少なく、足軽を中心とした編成になる」

虎昌はそう言って、源四郎の目をじっと厳しい眼差しで見据えた。

そして、さらにこう続けた。

「だがこのことは忘れるな。ここに集められた兵は、いずれも将来を約束された者たちばかりだ。それを育て上げる役目が、隊長であるおまえに託《たく》されている。その手腕がおまえにあるかどうか。これからじっくり見極められることになる」

「はい……」

緊張の面持ちで、源四郎はうなずいた。

自分にはこれといって、人より優れたものが備わっているわけではない。腕力も体力も上の人間はいくらでもいる。輝かしい旗本隊の隊長として、晴信があえて自分を指名したのには、どんな意図があるのか。

いくら考えても、答えは出せなかった。

(兄虎昌に、あやかってのものなのか)

たしかに、赤い稲妻と異名を取る虎昌の勇猛ぶりは、いまや甲斐一国に留まらず、近隣の国々にも知れ渡っている。

また母の口癖を、嫌というほど耳にしてきている源四郎である。

兄とは気性も身体つきも明らかに異なる。虎昌には、目の前のものをことごとく焼き尽くさないではいられない、炎のような激しさがある。中背ながら、がっしりとした巌《いわお》のような筋骨に覆われてもいる。

見るからに猛将の風格がある虎昌に引き換え、自分はどうか。一見したところ、畑で働いている農夫と少しも変わらない身体つきと言われる。母親に似て丸顔の、穏やかな顔をしていると評する者もいる。

少なくとも、これまで初対面の相手をたちまち恐れさせるような、いかつい人間と見られたことは一度もない。自分では気に留めていないつもりでも、どこかに自分を見る相手の目を、瞬時に見抜こうとする心の揺れがある。

相手の目が自分の唇の上に注がれたときに見せる微かな蔑《さげす》みを、これまで決して見逃すことはなかった。それに負けまいとの強い意志も、反発心も人一倍ある。だがそれは、逆に自分の心の弱さでもあると思ってきた。

晴信は初対面の瞬間から、それを見抜いている。虎昌にあやかってのものであれば、とうに見放されていても不思議はない。

（それなのに、なぜ？）

どう考えても、源四郎には思いつくものはなかった。

「もう一つおまえに言っておく」

虎昌は、去り際にこう言った。

「お屋形をお守りしてじっとお側にいるということは、お屋形と同じところから、戦場全体を見続けていられるということだ。そのことを肝《きも》に銘《めい》じておけ」

「……！」

源四郎は一瞬、自分の目の前の視界が大きく開けていくのを、見たように思った。

（そうだ。そのとおりだ）

源四郎は改めてまじまじと、兄虎昌の顔を見つめ直した。

「ただお守りしているだけではない。お屋形の目になって、同じものを眺められるかどうかだ。お屋形の心の動きを一瞬のうちに見抜けるようにならなければ、このお役目に抜擢された意味はない」

虎昌はそう言って、源四郎の前から去った。

晴信の近習として出仕する日、源四郎は母の口から聞かされている。

「甘利備前さまは、信虎さまが十五歳の折に甲斐守護職の座を狙っていた叔父の油川信恵《あぶらかわのぶよし》殿の館を襲った際、行動をともにしたお人じゃ。以来、信虎さまの気心を最もよく知っておられ、戦場においては心を一つにしたようなお働きを、つねに見せてきたお方と聞いている」

母は、それにあやかれと言いたかったのであろう。武田家の「職《しき》」として重きをなし、信虎でさえ一目置いてきた人物である。武田の始祖信義の長男一条忠頼の二男行忠《ゆきただ》が、甘利郷に住んで甘利を名乗ったのが始まりの、由緒ある家柄でもあった。少年信虎におのれの命運のすべてを託し、果敢に打って出た若き日の備前の面影が、源四郎の脳裏を行き交った。

甘利備前は、これまで晴信の屋敷にもしばしば顔を見せた。弓馬剣術の稽古には、みずから手をとって源四郎らを指導した。厳しさの中に、若者たちを熱心に教育しようとする姿勢がうかがわれ、源四郎も心を打たれてきた。

備前の晴信を見る目は、つねに冷徹そのものだった。信虎の見つめる先を最もよく見抜いてきたかれが晴信の側に付いたということが、あるいはこのたびの一件に大きく作用したのではないか。

源四郎はいま、改めてそう思った。

四

みずから甲斐守護職の地位に就いた晴信の行動は、源四郎の目から見ても、以後大きく変わっていった。

領民の多くは領主が交代したことで、信虎のときのように好んで武田の兵が戦場に出て行くことは少なくなるであろうと見ていた。しかしその期待は外れ、これ以後、十数年の間、武田軍の信濃へ向けた戦いは、息つく暇もないほどのものとなる。

晴信の旗本隊を率いる源四郎は、それを側近くに在って見つめていくこととなった。

信濃国への侵攻は、父信虎によって一方で同盟を、また一方で容赦のない併呑《へいどん》を企てる形ですすめられてきた。だが晴信のめざしたものは、初めから同盟策をかなぐり捨てたものになった。

しかもその矛先は、他でもない晴信の妹禰々の嫁ぎ先である諏訪氏に向けられた。その裏には、信虎の駿河追放の知らせを受けた小笠原長時の、頼重に対する働きかけや村上義清の不穏な動きがあった。甲斐の混乱に乗じてこれに介入しようとの狙いである。

この三者の連合は、同盟策を推進していた信虎に同情してのものと受け取れた。だがそれらは、多分に噂の領域に留まるものでもあったのだが、晴信はこれを逆手に取るかのように、天文十一年（一五四二）六月諏訪上原城へ向けた軍事行動を開始した。

この頃諏訪氏一族の間では、内訌《ないこう》が顕在化していた。上伊那郡の高遠《たかとお》城を拠点とした高遠頼継《よりつぐ》は、もともと先祖が諏訪家の嫡男の家筋だった。にもかかわらず惣領職を継げず、その弟が諏訪上家を継いで頼重の代になっているのを不満に思っていた。

この頼継に諏訪下社《すわしもしや》の大祝金刺《おおはふりかなさし》氏が同調した。金刺氏もかつては上社をしのぐ勢いを示していたのだが、このところ影が薄くなっていた。この両者に、同じく頼重に不満を持つ上社の禰宜《ねぎ》（神主に次ぐ地位）矢島満清《やじまみつきよ》が加わって頼重に叛旗《はんき》をひるがえした。そしてこれに、さらに晴信が加担《かたん》したのである。

武田の兵が上原城に向けて進軍中との知らせに、頼重は、

「義兄の晴信が自分を攻めるはずはない」

と油断していた。実際に武田軍が上原城のすぐ近くに迫って、あわてて城から後退し、桑原城に避難した。そこでただちに晴信に和議を願い出た。

頼重は晴信が頼継になにかを吹き込まれているに過ぎないと見て、自分が話せばわかってもらえると思い込んでいた。だが晴信は頼重を躑躅ヶ崎館に呼び寄せ、むりやり腹を切らせた。

晴信の真意を理解できないままに、頼重は禰々との間に生まれたばかりの男子

虎王丸と、前妻との間にできた姫を残して死んだ。この諏訪の姫が晴信の側室となり、諏訪四郎勝頼《かつより》を生むことになる。だが、それはもう少し後のことだ。

頼重を自刃させた晴信は諏訪領を手中にする。そして今度は、自分が諏訪家を継げるものと思っていた頼継が、晴信に騙《だま》されていたことを知って兵を挙げる。晴信は虎王丸を前面に押し立て、諏訪家の重臣たちを味方に引き入れて頼継を下した。

いったんは高遠城に逃れたものの、頼継はその後天文十四年（一五四五）四月に城を追われ、武田軍は労せずして高遠城を手に入れてしまう。

晴信の強引なやり方に不満の矢島満清、伊那福与《ふくよ》城の藤沢頼親《ふじさわよりちか》なども晴信に反抗するが、たちまち城を包囲され降服する。こうして諏訪地方と上伊那地方を、晴信は一気に手に入れていく。

だがこれによって晴信は、その背後の敵を呼び寄せることとなる。

背後の敵とは信濃守護職小笠原長時であり、もう一人北信濃の豪族村上義清である。小笠原長時は諏訪領と境を接しているだけに、これまでも諏訪氏との間に小競り合いが続いていた。

頼重が晴信に滅ぼされて、今度は小笠原と武田が直接領土を接する形になった。また藤沢頼親の妻は長時の妹でもあったから、頼親は晴信に屈してはいたものの、長時の援護があればいつでも晴信に反撃する覚悟でいた。

小笠原家は、もともと甲斐源氏の流れを汲《く》む家である。武田信義の弟加賀美遠光《かがみとおみつ》の二男長清《ながきよ》を祖とし、後に七代貞宗《さだむね》の時（南北朝時代・足利尊氏傘下）に信濃守護職となり信濃府中（松本市）の林城と深志《ふかし》城に拠点を置いていた。

鎌倉以来両家の間には二度、三度と姻戚関係が結ばれ、絆《きずな》を深くしてもいた。信虎の代までは両家が戦火を交えることはまったくなかった。

この小笠原・村上の両氏との本格的な対戦を前にして、晴信は天文十五年に佐久地方の内山城を攻めて城将大井貞清《おおいさだきよ》を、さらにこれに続いて天文十六年閏《うるう》七月、志賀城の笠原清繁《かさはらきよしげ》を包囲した。

源四郎も、晴信の旗本隊を率いてこれに加わった。

内山城、志賀城とも上野国《こうずけのくに》と境を接し、内山城は内山峠を越えて甘楽《かんら》郡南牧《なんもく》地方に、また志賀城は内山城のすぐ北に位置し、ともに上野国に通じる街道の入口に当たっていた。

特に笠原清繁は関東管領上杉憲政配下の、上野国甘楽郡の豪族高田憲頼《たかだのりより》父子が親戚筋に当たっていたことからこれを後ろ盾《うしだて》とし、武田に屈することを潔しとしていなかった。また信虎によって佐久地方が蹂躙《じゅうりん》された後、晴信の関心はもっぱら諏訪一族の平定に向けられていたから、当然こちらが手薄になっていた。

さらに海野平から追われた海野一族も、関東管領配下の上野国箕輪《みのわ》城主長野業政《ながのなりまさ》を頼って逃げ込んでいた。かれら海野一族も、いったん信虎に追われた地に復帰することを願い続けていた。

武田軍は頑強に抵抗する大井貞清を下し、続いて笠原清繁が上野国からの援軍を頼りに抵抗を続けているのを、城内の水の手を断ち切り、城兵を一人も逃げ出せないように包囲した。

その上で、碓氷《うすい》峠に近い小田井原に上杉の援軍そのものを待ち伏せして全滅させ、数百の首を志賀城のまわりに竹槍に刺し貫いて晒《さら》して見せた。これによって城兵の意気はたちまち消沈した。

笠原父子、高田父子は捕らえられ首を刎《は》ねられ、城に籠っていた女子供も、二貫文から十貫文の金銭でその者の縁者や武田の家臣に売り払われた。

抵抗する者は容赦なく攻め滅ぼすという、見せしめとも思われる晴信の残酷きわまる強行手段が、源四郎の目の前で展開された。

晴信の旗本隊の働きは、兄虎昌が以前語ったとおり、激しい戦いの連続であったにもかかわらず、あくまで守りそのものに主体が置かれた。どの戦場においても、華々しい活躍の場はなかった。

それでも源四郎は、晴信の心の動きそのものを、側近くで必死に読み取ろうと努めた。目の前の戦況を晴信と同じ視点から見据え、同時に絶えず晴信の表情とその動きに意を払い続けた。どんな些細《ささい》な変化にも目を凝らした。

目の前で、城攻めや間近く戦闘が繰り広げられているとき、晴信はじっと床几《しょうぎ》に座ったまま動かなかった。両手を前に組み、気息《きそく》を整え、少しの動揺も表に出さないようにしているかに見えた。

晴信は禅宗《ぜんしゅう》に帰依《きえ》していて、座禅を組むことを日課のようにしている。戦場においても、意識的にそれを取り入れようとしているのであろう。心の動きを、外に露わにしない努力をしているようにも見えた。

目は半眼に開き、視点を一点に集中させることのないよう、意を払っている様子が感じられた。それでも源四郎は、思わず膝を乗り出す動きにつれて、晴信が視線を釘付けにする方角を見逃すことはなかった。

戦局の動きをどう読もうとしているのか。どの局面を最も重視しているのか。晴信のわずかな手足の動きにも、源四郎はなにかを読み取ろうと細心の注意を払った。

佐久地方の攻略には、兄虎昌に率いられた赤備えの一隊が、つねに先陣を切ってすすんだ。それに続くように板垣信方、甘利備前守、穴山信友、小山田信有《おやまだのぶあり》など、重臣、一門衆の隊が続いた。

虎昌の動きは、本陣から眺めていても、一番目についた。あるときはひとかたまりになって、またときには一筋の糸のように伸びて、遠目にも鮮やかな火の玉のようにも、また優美な赤い糸のようにも見えた。

晴信がそれを、目を細めて眺めている様子を、源四郎は何度か目撃した。

信虎と一度は手を組んだ村上義清だったが、晴信の目が佐久地方に向けられてきたことに伴い、両者は真っ向からぶつかり合う形になった。

内山城や志賀城の攻撃中にも、さかんに物見の兵が近くに押し寄せ、一触即発の危うい場面に遭遇しそうになることもあった。

そして源四郎が驚いたことにはこの頃、かつて海野平を信虎と村上義清に追われた真田幸隆《さなだゆきたか》と名乗る男が晴信に臣従を誓い、村上領に対する工作を担うことになった。

滋野の一族の長海野棟綱《うんのむねつな》の二男で、村上領と境を接した戸石城の東隣、真田の庄の豪族だった男だ。父と兄を失い、上州箕輪城の長野業政の下に庇護されていたが、晴信の誘いに乗って、その傘下に入ってきたのである。

晴信にしてみれば、村上義清を攻めるとなればなによりこの地の事情に詳しい人間を、味方に付ける必要があった。一方の幸隆にしてみれば、長い間平和に暮らしていた滋野の一族を追った武田は敵である。

だが、直接自分たちを追ったのは義清であり信虎であって、晴信ではない。一族をもとの海野平に復帰させるとの条件であれば、これに賭けてみるのも大きな手掛かりとなる。

幸隆の頼った関東管領上杉憲政は、相模の北条氏に次第に圧迫され、つい先頃、河越城において大敗を喫したばかりである。時代の流れは、若い晴信に味方しているとと読んだのだろう。

そして村上義清との戦いは、この幸隆によって大きく動かされていくことになる。

五

幸隆の村上領に向けた工作は、初めに海野平に散っている滋野の一族を対象に開始された。海野、禰津、望月、矢沢といったいずれも幸隆にとっては先祖を同じくする者たちに密かに接近し、晴信への同心を働きかけた。

かれらの多くは、いったんは信虎に臣従を誓っていた。だが信虎が駿河に追放された後、武田の関心が諏訪や上伊那に注がれているのを好機と見た村上義清が、つぎつぎに自分の統治下に引き入れていた。

おまけに義清は、志賀城兵に対する晴信の過酷極まりない仕打ちを言い立てて、恐怖心をあおり続けていた。

幸隆は修験僧に身を変えて、これらの者たちの家を一軒一軒訪れ、武田に付くことの利を説いて回った。晴信は残虐一方の人間などではなく、少し前に「甲《こう》州法度《しゅうはっと》之《の》次第《しだい》」という、領主と家臣領民との間に二十六ヶ条（後に五十七ヶ条）にわたる約束事を定め互いにこれを守り合うことを誓った、なにより相互の信頼を重視する優れた棟梁《とうりょう》であると説いて回った。

　またそれのみに限らず、義清の本拠地更級《さらしな》、埴科《はにしな》両郡にも足を伸ばし、義清の本城葛尾《かつらお》城の背後に割拠する豪族や地侍たちへも工作の手を広げた。

　村上氏は、信濃源氏の名族であり、古くから小笠原氏と信濃の豪族を二分する勢いを示してきた。同族でもある高梨、井上、室賀、清野、栗田といった土豪が枝分かれし、ときには同心し、またときには対立し、覇《は》を競い合ってきた。

　義清は幸隆の密かな調略を警戒しつつ、晴信の佐久、小県への進出を断固阻止しようと行動に移った。このまま足元を崩されていったのでは、どこまで敵を増長させてしまうか知れたものではない。

　そうした危機感が、義清を奮い立たせた。義清は全力を挙げて晴信の前に立ち塞がった。一方の晴信にしても、諏訪、上伊那を手に入れたところで、一気に信濃へ雪崩《なだ》れ込む意気込みでいた。

幸隆の調略がまだ十分効果を発揮し始めないうちに、両軍は義清の膝元である上田原において激突した。

天文十七年（一五四八）二月十四日、雪曇りの空の下で展開された激烈な戦いは、地の利を知り尽くした義清の巧妙な作戦によって武田軍は翻弄《ほんろう》された。村上軍は逃げると見せて敵を窪地《くぼち》に誘い込み、反転して、追撃してくる武田軍を各個に撃破した。

この戦いで戦巧者《いくさこうしゃ》と謳われた板垣信方、甘利備前守の両名が命を落とした。武田を支えてきた両職（二人の家老）を討たれたことは、晴信にとって決定的とも言える痛手だった。本来であれば、武田軍は大きく崩れ立ち、甲斐に敗走するところであったろう。

だが晴信は、歯を食いしばって耐えた。本陣から一歩も後退することなく、断固として留《とど》まり続けた。

その姿を目の当たりにした源四郎には、これまでになく大きく動揺している晴信の様子が見て取れた。床几から立ち上がり、目をむいて戦場の一点を凝視し、ときにいらだたしげに足を踏み鳴らした。顔面は蒼白となり、指先を何度も口のあたりに運ぶしぐさが目撃された。

これまで一度として見せたことのない晴信の心の揺れが、そこには露わになっていた。それにもかかわらず、晴信自身、それを決して認めたくないようだった。

（こんなはずはない。こちらが負けるはずはない）

心の中で、そう叫び続けていたに違いなかった。源四郎には、そんな晴信の気持ちが見えるように思えた。

晴信の心に、いつの間にか油断が生じていたのであろう。父を追放した後の六年間、つぎつぎに試みられてきた策が、ことごとく晴信の思い描いたとおりに実現した。

諏訪頼重を自殺させてその娘を側室とし、二年前にこの諏訪の姫との間に、晴信の四人目の男子である諏訪四郎勝頼《かつより》をもうけている。晴信の信奉する、軍神として全国に知られた諏訪大社を司《つかさど》る神家を、早々に勝頼に継がせてもいた。

そしてなにより信濃侵攻の拠点として、上原城に晴信の最も信頼する板垣信方を入れ、いよいよ信濃全域に乗り出そうとした矢先の戦いでもあったのだ。

神仏を尊び、武勇を磨き、学問に励み、なにより不動心をわがものとし、一歩一歩着実に国を富ませていくことが、自分に課された天命と思い定めている節があった。それらはいつか絶対の自信となって晴信の心を占めるようになってもいた。

だがそうしたことのなにもかもが、晴信の目の前で脆《もろ》くも潰《つい》え去ろうとしていた。板垣、甘利の両職を失ったことは、それが自分自身の心の隙から生まれたことであるだけに、どうしても自分で認めたくはなかったのであろう。

(足元が大きく崩れていくような思いの中で、それでも晴信さまは必死に踏みとどまろうとしているのだ)

源四郎には、そう思えてならなかった。

村上義清の一隊は、何度か晴信の本陣近くまで突入してきた。源四郎は旗本隊を鼓舞し、敵の攻撃を断固撥《は》ね返す隊形を保ち続けた。だが結局、敵は本陣にまで攻め込んではこなかった。村上方は大きく勝利したとはいえ、実力はそこまでだった。

晴信は二十日余りも戦場にとどまり続けた。まるで兵を引くことが、そのまま自分の敗北を認めることになると、恐れているかのように……。そして晴信の母がみずから戦場の近くまで出向いて説得するに及んで、ようやく兵を返す気になった。

躑躅ヶ崎館に引き上げた後、晴信は自室に籠り切りになった。誰とも口を利かず、徒《いたずら》に日が過ぎていった。

晴信の攻勢になすすべのなかった信濃の豪族たちは、小笠原長時、村上義清を中心に互いに結び合い、反武田連合軍を結成する勢いを示した。

上原城の板垣信方が戦死したことで、諏訪地方一帯は大きく動揺し、藤沢頼親はふたたび晴信に叛旗をひるがえした。村上義清、小笠原長時に同心する安曇《あずみ》郡の仁科修理《にしなしゅり》とともに諏訪下社、続いて上社の祭礼をかく乱する動きに出た。

晴信の権威をずたずたに引き裂き、諏訪領全域を混乱に陥れようとの作戦である。

こうした動きに対しても、晴信はひたすら沈黙を守り、完全に自信を喪失しているかに見えた。

だが天文十七年七月十一日、信濃連合軍の諏訪領侵入の報に、晴信は重い腰を上げた。みずから兵を率い、上原城に向けて進軍を開始した。

源四郎は晴信の側近く従い、それとなく晴信の様子をうかがい続けた。どこかやつれた表情が見られるものの、時折見せる遠くに向けた視線には、一瞬鋭く光るものが垣間《かいまみ》見えた。

上田原の戦場で見せたあの必死の表情は消え、ただ黙々と考え続けている中に、なにかを突き抜けた後のような、覚悟といったものが感じられた。

晴信の進軍は、しかしながらひどく緩慢《かんまん》だった。甲府から諏訪までは二日の行程だが、これに武田軍は八日間もの日時を費やした。まるで敵にどう対峙したものかと、ぐずぐずと迷い続けているかのようにも見えた。

小笠原長時は晴信出陣の報を受けて、みずから五千の兵を連れて諏訪領から上原城一帯を見下ろす塩尻峠《しおじりとうげ》に陣を敷いた。ここから武田軍の動きをうかがっていれば、敵の動きに応じていつでも兵を展開できると思っていた。

(晴信は自信喪失に陥っている。その行軍振りにすべてが露顕している。絶対有利な地点に陣取って、敵が恐れをなすか、逆に無謀な攻撃を仕掛けてくれば思う壺である。今度こそ武田の息の根を止める絶好の機会である)

長時はそう思っていたであろう。そして長時の余裕は、小笠原軍の全兵にいつしか行き渡っていった。

晩夏とはいえ、ひどく蒸し暑い夜になった。ほとんどの兵は鎧《よろい》も着けずに寝入っていた。その日の夕刻、ようやく晴信に率いられた兵が上原城に入るのを見届けたばかりである。まさか武田の兵がその夜のうちに、ふたたび行動に移るはずもないと思い込んでいた。

夜半、密かに上原城から出撃した武田軍は、まだ明け切らぬ峠下から一気に小笠原軍を急襲した。ほとんどの兵が武具を着け終る暇も与えない間につぎつぎに襲いかかり、大混乱のうちに勝利した。

小笠原長時は林城に逃げ込んだものの、その後二年経って武田軍に信濃府中を追われ、村上義清を頼って落ち延びていくことになる。こうして信濃連合軍はもろくも崩壊し、晴信のめざす相手は、村上義清ただ一人となっていく。

そしてこの方面の戦いは、真田幸隆の活躍によって、まず村上方の要衝《ようしょう》戸石城が謀略によって一滴の血も流されることなく落とされ、続いて義清の本城葛《かつら》尾《お》城もまた天文二十二年（一五五三）四月に、周辺の村上方の豪族たちの大半が武田側へ寝返ることによって自壊させられてしまう。

源四郎は、こうした戦いを通じて晴信が大きく成長していく姿を、つぶさに自分の眼で眺め続けることができた。それは同時に源四郎自身をも、大きく成長させるきっかけを与えてくれた。

「強さは心から生まれる」

かつて近習として初めて晴信に出仕した折に耳にした、晴信自身の言葉の意味が、自分にもいま、ようやくほんの少し理解できるようになった気がしていた。

だがそれだけに、源四郎の胸に新たな思いが生まれてもいた。

(自分もいつか兄虎昌のように、先陣を切って敵の陣営に、まっしぐらに斬り込んで行ってみたい)

そんな機会が果たしていつの日かに、自分にも訪れるのであろうか。

望むべくもないこととは思いながら、そんな願いを容易に抑え切れないでいた。

神之峰城

一

源四郎の願いをかなえる機会が、源四郎が三十三歳になった折に訪れた。

それは一つには武田軍の戦いの矛先が、大きく北と南の両方面に向けられることになったからである。というのは、小笠原長時、村上義清を信濃から追ったことによって、その背後にいる越後の長尾景虎《ながおかげとら》(後の上杉謙信《うえすぎけんしん》)が、新たに武田軍の前に立ちはだかることになった。

天文二十三年(一五五四)のこの年、二十五歳の青年武将景虎は、六年前に兄晴景《はるかげ》に代わって越後守護代の地位を継ぎ、春日山城の城主となっていた。兄がてこずっていた土着の豪族たちをたちまちのうちに平定した。

天文十九年（一五五〇）には、それまで名目上の守護だった上杉定実《さだざね》も没して、景虎が事実上の国主の座《こくしゅ》に就き、越後統一を果たしていた。信越国境付近の信濃国高井郡中野城に居た高梨政頼《たかなしまさより》は、この景虎と血縁関係（景虎の叔母の子）にあり、武田の脅威が自分の身に及ぶにつれ、信濃を追われた村上義清とともに景虎を頼った。

善光寺平と呼ばれる川中島周辺ならびに奥信濃一帯にいた豪族たちは、真田幸隆の働きかけによって、武田に臣従を誓う者が多く出ていた。だが、高梨政頼は武田に屈することを潔《いさぎよ》しとしなかった。

景虎は信濃を追われた諸将の願いを聞き入れ、天文二十二年の八月に越後軍を信濃に侵入させた。甲越両軍は、川中島の更級郡布施《ふせ》において戦闘を交えた。晴信は、景虎の容易ならざる敵であるのを即座に見抜き、極力正面からぶつかり合うのを回避した。

各所で小競り合いは続いたものの、九月二十日に越後勢は撤退し、甲府に帰った晴信はふたたび越後軍が攻め寄せてくることを予想して、この方面の防御の態勢を最優先で整えていった。

こうした信濃北部での武田軍の動きを、密かにうかがい続けていた男がいた。伊那南部の、神之峰《かんのみね》城を本拠とした知久頼元《ちくよりもと》である。頼元は同じ下伊那の豪族座《ざ》光寺《こうじ》一族とともに、反武田の旗色を鮮明にした。晴信はこの頼元の平定に向け、ただちにみずからが出陣することになった。

「このたびの出陣では、源四郎にひと働きしてもらわねばならぬ」

源四郎を奥の一室に招いて、晴信が言った。

（ひと働き？）

源四郎は一瞬、首をひねった。

これまでもずっと晴信の側近くにあって、本陣を敵の攻撃から守ることに専念してきた。ことさらにそんな言葉をかけられたことは一度もない。いわば、敵の攻撃から晴信を守ることこそが、唯一の役目と言っていい。敵の出方次第の働きとも言えた。

「知久頼元の動きをこのまま見過ごしにしていたのでは、せっかく落ち着いている伊那地方が騒がしくなってしまう」

口調はあくまで穏やかだった。だが、一点を見据えたままの晴信の目は、鋭く光っていた。

これまで武田軍が、伊那南部にまで足を踏み入れたことは一度もない。神之峰城に近い松尾城や鈴岡城には、小笠原長時の弟信定《のぶさだ》がいた。もともと小笠原氏は、府中の小笠原氏と伊那の小笠原氏の二家に分かれて併立《へいりつ》していたが、長時の父長棟《ながむね》の代になって一つに統一され、松尾城には信定が入っていた。

長時が信濃を追われ上伊那地方は武田の支配下に入ったが、これまで晴信はこの下伊那方面には手を出さないできた。信定が反武田を鮮明にしないのであれば、あえていま、これを討つ必要はないと見ていた。

だが知久頼元が、公然と武田に刃向かう姿勢を露わにしたとなれば、放置しておくわけにはいかない。北の越後勢に総力を挙げて対抗しなければならない時期に、遠い南の外れとはいえ、せっかく収まりかけている伊那方面のみならず、信濃の各地が動揺しかねないからである。

事実、上野国境に近い佐久地方でも、ふたたび小豪族たちの不穏な動きが伝えられてきていた。

武田の主力が深志城《ふかし》の馬場信春《ばばのぶはる》（信房《のぶふさ》）、塩田城（上田原の南西）の飯富兵部、戸石城の真田幸隆を中心に、川中島周辺へと視点が移されている折である。これ以上兵力を分散させるわけにはいかなかった。

「この際源四郎には、騎馬の兵百五十騎を預ける。秋山伯耆守《あきやまほうきのかみ》と共に、わしの先陣を務めくれ」

「はっ」

と、その場に平伏したものの、源四郎はわが耳を疑った。

晴信みずからが出陣となれば、大事の一戦という思いがあろう。その先陣を命じられるということは、どういうことなのか。

この時期、嫡男義信の初陣に、あえて飯富兵部をつけ、佐久地方の鎮圧に向かわせてもいた。そんな中で、これまで一度も敵と刃《やいば》を交えたことのない源四郎を、みずからが乗り出して行く兵の先頭に立たせるというのだ。

騎馬の兵一人には、徒歩立ち《かちだ》の兵三名から多いときは六名ほどが付き従う。百五十騎を率いるということは、少なくとも七百前後の兵を引き連れることになる。

今度の出陣の主力を担うのは、源四郎より五歳年下の秋山伯耆守信友だ。兵力がいくらあっても足りないいま、本陣を守ることよりも、敵に攻めかかることこそを重視しての処置なのか。

信友の家は、武田の始祖信義の弟加賀美次郎遠光の長男、秋山太郎光朝《みつとも》から始まっている。頼朝が甲斐源氏の力を恐れたことから、光朝は殺され、その子供は母方の小松内府《こまつないふ》（平重盛《たいらしげもり》）の小松姓を名乗って世を忍んでいた。父新左衛門信《のぶ》任《とう》の代になって、ようやく武田一門として旧姓に復し、信虎に臣従するようになった。

信友は天文十五年（一五四六）、二十歳のときに晴信から騎馬の兵五十騎を預けられ、家代々の伯耆守の名乗りを許されて侍大将となった。以来、高遠城に入ってこの地方一帯の守衛に当たってきた。信友は晴信の期待に応え、伊那地方をこれまでなにごともなく治めている。

「知久頼元に対しては、これまで何度も使いをやって、武田に臣従するよう誘いをかけてきた」

晴信は一瞬、遠くを見る目になった。

源四郎も知久頼元の噂は、すでに幾度となく耳にしてきている。諏訪一族から分家した家で、晴信に城を追われた高遠頼継とも結びつきが強かった。

「名うての頑固者で、こちらの誘いをこれまでことごとく拒否し続けている。だが今度のように、あからさまに敵意をむき出しにしてきたとなれば、もはやこのまま放置しておくわけにはいかぬ」

武田の足元を見据えての頼元の動きとなれば、なんとしてもこれを討ち取ってしまわなければならない。いまようやく源四郎にも、晴信の胸中が見えてきた。これは言わば、ギリギリの選択でもあるのだ。

「伯耆守殿とともに、必ず頼元を討ち取ってご覧に入れます」

胸の昂《たか》ぶりを抑えながら、源四郎が言った。

「神之峰は、伊那山脈が折り重なって続いているその西側の丘陵地帯に、この山だけが独立して裾野を広げて聳《そび》え立っていると聞く。遠くから眺めると、その姿が神の住まう峰のように神々《こうごう》しく見えるそうだ。頂上からの眺めはよく、攻め寄せる敵兵の一人ひとりの姿まで、ことごとく見分けることができるという。山頂付近に三つの曲輪《くるわ》をしつらえた、堅固な山城だ」

源四郎はまだその地に、一度も足を踏み入れたことはない。晴信とて同様であろう。もちろんその付近の詳しい情報は、晴信のもとに伝えられている。

「山頂には井戸も掘られており、水は豊富だ」

となれば、山の周囲を取り囲んで兵糧攻めというのも難しい。

「食料の備えも十分と見てよい。恐らく八百余の兵が城に籠るに違いあるまい」

晴信が続けた。

城攻めには城方の十倍の兵を要する。ましてや水も食料も十分となれば、それ以上の兵力が必要だ。だが、それは望むべくもない。

「それを見越しての頼元の旗挙げだ。おまけにあの付近には、小笠原信定のいる松尾城や鈴岡城もある。座光寺一族や下条ら土着の豪族たちも、戦況次第ではこぞって背後から攻め寄せてもこよう」

「城攻めの猶予は幾日くらいとお考えで?」

「一月の余もない。手間取れば、駒ヶ岳を隔てた西側の木曽義康《きそよしやす》も動き出す。南が騒がしくなれば、信濃の西も東もそのままでは済まなくなる。北の景虎も指をくわえて見ているはずはない」

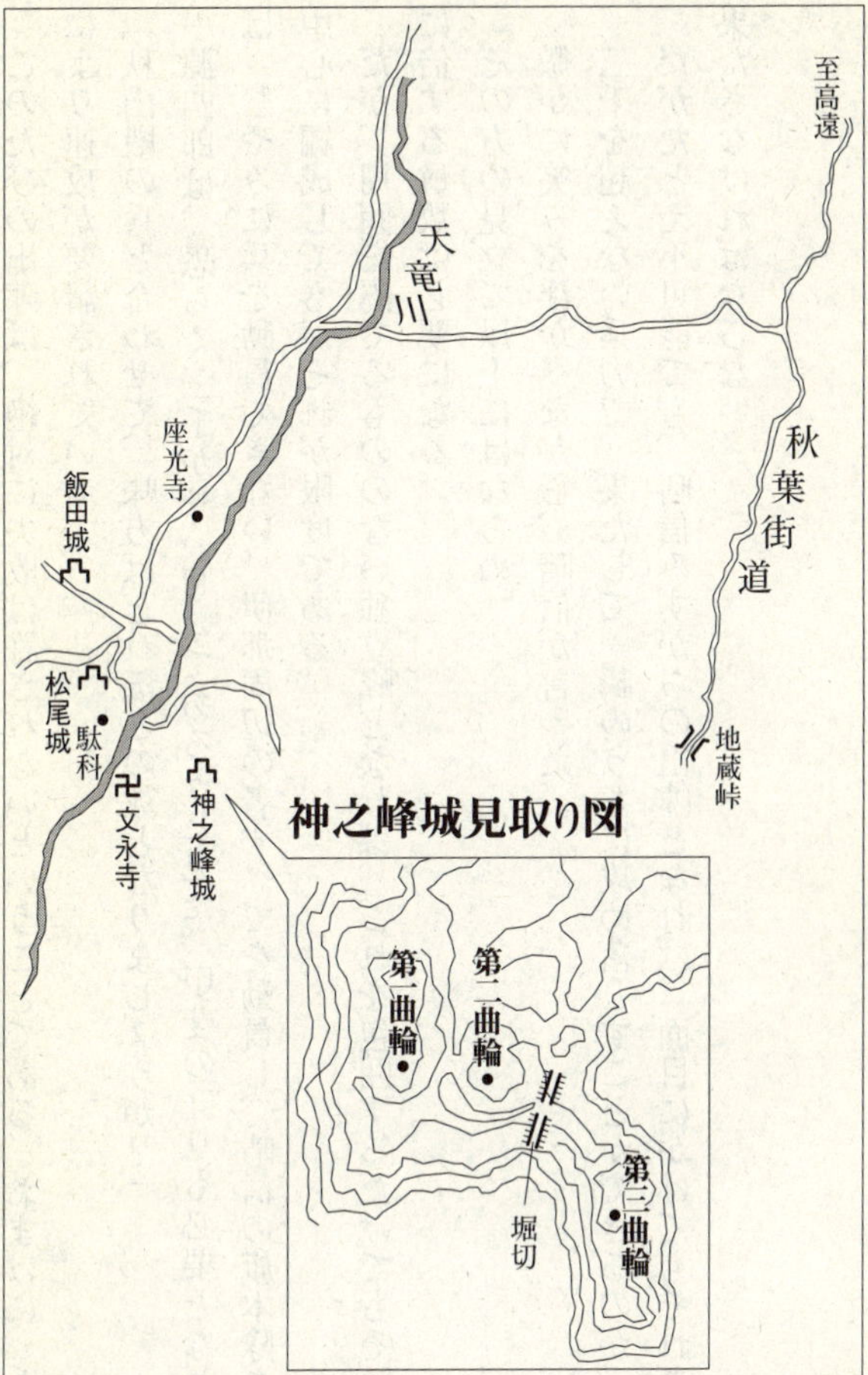
至高遠
天竜川
秋葉街道
座光寺
飯田城
松尾城
駄科
文永寺
神之峰城
地蔵峠
神之峰城見取り図
第一曲輪
第二曲輪
第三曲輪
堀切

このたびの出陣は、絶対に失敗は許されないということである。おまけに、なにより速攻が要請されている。

「秋山殿の兵と合わせて、味方はどれほどの数となりましょうか？」

源四郎は、恐らく三千がせいぜいであろうと見た。甲斐の守りも必要となれば、むやみに兵を動員できない。伊那周辺の者すべてを動員し、晴信の旗本隊を中心に編成しても、それが限度である。

だが、周囲を隔てるもののない独立峰となれば、これを包囲するだけでもそれに倍する員数は必要になる。

「その方の見立て以上にはならぬ」

微かに笑みを浮かべながら、晴信が言った。

三千を超えない兵力で、果たして一瞬のうちに攻め落とすことができるのか。

だがたとえ不可能でも、晴信みずからの出陣となれば、面目にかけてもそれを果たさなければならない。

二

伊那の守りを任せている若い秋山信友を先陣に立てるより、この際、源四郎の戦いぶりを目の前で見るのも悪くない。晴信は、そう思い立ったのだ。

武田軍はいま、先陣を務める将を増やしたい。源四郎と同様晴信の近習として十年前に出仕させた春日源助《かすがげんすけ》(後の高坂弾正《こうさかだんじょう》)や信友らの若い力を大きく育てようとの思惑がある。

振り返ってみれば、自分が晴信のもとに初めて出仕してから、すでに十八年の歳月が経っている。源四郎よりさらに五歳年下の信友や源助をはじめ、晴信が大事に育てようとしている若者たちはまだまだ他にもいた。

源四郎の起用は、そうした思惑を大きく包み込んだものなのだ。そんな晴信の考えに思い至り、源四郎は、

(そうであればこの役目、なにがなんでも果たして見せなければ……)

熱いものが、胸に沸き立ってくるのを覚えた。

「ところで源四郎」

晴信が突然、話題を変えた。

知久頼元を攻めるに当たってのことかと思っていると、晴信の口からは、思いがけない言葉が飛び出してきた。

「虎昌から聞いたのだが、そなたの母は、是非にも源四郎に嫁を迎えたいと申しておるそうな」

晴信は、表情を和らげながら言った。

「母がそんなことを……」

まったく考えてもいなかったことを、晴信の口から聞かされて源四郎は狼狽《ろうばい》した。

このところ、母の住んでいる亀沢村の家には、ほとんど顔を見せたことはない。旗本隊の隊長ともなれば、どんな事態が出来《しゅったい》するかわからない。それでなくとも、躑躅ヶ崎館に近い馬場などでの若い隊士たちとの弓馬の訓練は、一日として休むことはできない。

どんな敵と対峙《たいじ》するかわからないとなれば、寝ても覚めても武の鍛錬こそが大事である。身体を鍛えること以上に、自分の気持ちを少しの間もそのことから、離れないようにするためだ。

(自分には人に秀でたものが、特別備わっているわけではない)

源四郎はいつもそう思ってきた。身体つきも、筋力も、人に劣るものばかりである。技そのものもまだまだだ。

そうであればせめてそのことを、自分が一瞬の間も忘れないことだ。

(その上で、少しでも自分を強くするための鍛錬を、人一倍積み上げていくしかない)

さまざまなことに気持ちを振り向けていたのでは、晴信から旗本隊を預けられた甲斐がないというものである。

「嫁を迎えることなど、無用のことです」

源四郎は即座にそう答えた。

「虎昌の家も子が少ない。生まれた男子は一人のみで、それもまだ幼い頃に病死したと聞いている。飯富の家を栄えさせるためには、そなたが妻《めと》を娶らなければどうにもなるまい」

それは源四郎とて承知の上だ。だが、女のこととなると勝手が違う。母以外に親しく口を利いたこともない。第一母そのものが、どうにも頭の上がらない存在なのである。

「そなたの母は、家柄よりもなによりも、まずは器量のよい娘でなければならぬと申しておるそうだ」

ニヤニヤと含み笑いを浮かべながら、源四郎をからかうように言った。面白がっている晴信の様子に閉口しながらも、源四郎は母の気持ちを察した。

これまで源四郎の容貌について、一言たりとも口にしたことはない。武人の家に生まれた以上、そんなことに関心を向けるなど恥である。そんな気持ちは強い。だがその一方で、源四郎に対する負い目もあるに違いなかった。

源四郎自身は、母のそんな気持ちをいつの頃からか察していたから、もはやなんとも思っていなかった。だが母の心には、ずっとそれが引っかかっていたのだろう。

若い頃のおふさは美人だった。誰もがそれは認めるところである。気丈《きじょう》に振舞っていても、他人から憎まれるようなことはいっさいなく、源四郎とて口でやり込められながら、心はいつも温かくなってしまったものだ。

それは言葉のきつさとは裏腹に、生き生きとしたよく変わる表情の豊かさと無邪気な気性とに、つい見惚れてしまうからである。

いまは年を取ったものの、顔も目も口も造作が小ぶりで、色白のしっとりとした頬のふくらみが、なんともいえない色香を感じさせた。とくになにかを言って聞かせようと真剣になっているときの目が一途に輝いて見え、いつの間にか、黙ってその目に見入ってしまうほどだった。

「自分には、まだ果たさなければならないことが山ほどあります。そんなことに目を向けている暇はありません」

源四郎は、晴信の揶揄《やゆ》を受け流すように言った。

たしかに源四郎の毎日は、配下の兵たちの激しい訓練に明け暮れていた。旗本隊の訓練は、本陣の守備を担うだけに槍や刀の扱いが中心となった。なにより目の前に肉薄する敵の勢いを撥《は》ね返す、強靭《きょうじん》な精神力を養うことを第一に想定して行われた。

だが源四郎の訓練は、決してそればかりに留まらなかった。馬の扱い方、接し方を機会あるごとに懇切丁寧《こんせつていねい》に教え込んだ。自分が若い頃に作左衛門に教え込まれたすべてを、若い隊士たちに伝え続けたのである。

どんな場面や状況に遭遇するかわからないだけに、晴信もこの源四郎の方針に賛成していた。戦場における馬の活用は、まだまだ十分とは言えないと源四郎も晴信も、共に思っていた。

源四郎はまた晴信が出陣するたびに、どんな敵城を攻める際にも部下たちと共に、その周辺の地形や縄張りに意を注いできた。互いにその攻め口について議論を闘わせ、ときには夜を徹して激論を交わすこともしばしばだった。

自分の一方的な考えだけではなく、あらゆる可能性を引き出し、敵城の弱点を細心の注意を払って互いに見極めさせた。

旗本隊とはいえ、ただ本陣の守備に徹していればよいという考えに、源四郎は満足してはいなかった。その根底には自分に預けられた兵たちが、どんな戦場にいきなり投げ込まれても動揺したりしないよう、一人ひとりを鍛え上げておくという考えがあった。

それは暗黙のうちに感じ取っている、晴信の意思そのものでもあると確信していた。

「いや、若者たちを鍛えることも大事だが、なにより自分の後を継がせる者を、そなたの年では二人や三人はもうけていなければなるまいぞ」

そう言う晴信には、この頃すでに七人もの子供がいた。武田の家を継ぐことになる嫡男の義信はもう十六歳になり、一昨年秋に今川義元の娘を嫁に迎えている。また諏訪頼重を滅ぼした後その娘を側室に迎え、四男勝頼を産ませてもいた。

ほかにも武田の一門に繋がる油川家の娘などを、側室に迎えたばかりである。いやそればかりではない。奥近習の一人として側近く仕えさせている春日源助が晴信の男色の相手であるとは、公然の秘密であった。

源四郎とて、女性にまったく興味を抱かないわけではない。むしろ女性そのものは、好もしい存在と思っている。だがそれだからこそ、そちらに関心が向かってしまったら、気が散ってしまうというものである。

母を悲しませたくなかったから、自分が好む女性が自分をどう見るかなど、一度も口にしたことはない。第一、母を見慣れた源四郎の目には、気持ちを大きく動かされるような対象に出会うことなど稀《まれ》といってよかった。

無意識のうちに培《つちか》われてきた源四郎の美意識は、ずっと自分を抑え付けてきていただけに、必要以上に厳しいものになってしまっていたのである。

「頑固者のその方ゆえに、母の言うことなどいっこうに耳に入れようとせぬと、嘆いてもいたそうだ」

「わかってくれていれば、それでよいのです」

早々に話を切り上げたくて、源四郎は座を立とうとした。

「虎昌やその方の母の願いとあれば、わしが嫁の世話をしなければならぬと考えているところだ」

晴信にそう言われて、源四郎はあわてた。

晴信の口から、この娘はどうかと切り出されたのでは、断るわけにはいかなくなる。母と兄虎昌が仕組んだことではないかと、源四郎はいまになって思った。

「そなたの母の願いをかなえられるよう、わしも心がけようぞ」

からかうような口ぶりで、晴信は明るく言い放った。

「好きな女や子ができると、心に未練が生じると思っていようが、それだけでは決してない。それらの者たちのためと、いっそう励む気持ちになる。また、後を託せる者がいるとなれば、かえって未練も吹っ切れる。覚悟をもって前へすすめるようになる。兵を率いる人間であれば、兵士たちの気持ちもつかんでいなければならぬ」

晴信にそう言われて、源四郎は一言もなかった。

「そなたが気に入らなければ、わしが側室に迎えてもよいと思えるような娘を、必ず見つけ出して見せよう」

冗談とも本気とも取れる口調で、晴信は話を結んだ。

一人になって源四郎は思った。晴信は虎昌から聞いたおふさの話を口実に、源四郎を一人前の侍大将に育て上げようとしているのだ。

誰よりも強くなりたいという源四郎の思いをまっすぐに受け止めて、それを大きく伸ばそうと真剣に考えているに違いなかった。

源四郎にとっては、それはなによりありがたいことである。同時に晴信としては、その思いが源四郎一人に限らず、自分を取り巻くさまざまな人間一人ひとりにも向けられているのであろう。

信友にしても源助にしても、さらには源四郎と同年輩の工藤昌豊《くどうまさとよ》（後の内藤修理亮《ないとうしゅりのすけ》）などに対しても、それは明らかにうかがえるのである。

昌豊の父下総守虎豊《しもうさのかみとらとよ》は信虎時代の老臣だったが、信虎の乱行に対して諫言《かんげん》し、それが原因で誅《ちゅう》され、工藤の家は絶えていた。晴信は父信虎を駿河に追った後、天文十五年になって昌豊を召し戻し、工藤の旧領を継がせて侍大将に取り立てていた。

源四郎とはウマが合って、互いに競い合うように晴信に仕えてきた。昌豊はどちらかといえば地味な性格ながらも、預けられた兵たちの後ろに立って必要な働きを果たさせることに長《た》けた人間である。

一方の源四郎は、自分が先頭に立つことによって、部下たちを奮い立たせることをつねとしてきた。二人の持ち味を活かしつつ、晴信は黙って互いに学ばせようとしているのだ。

今度のことにしても、源四郎に身を固めさせることによって見えてくるものを、教えようとしているのかも知れないと思った。

三

天文二十三年（一五五四）七月、晴信の率いる兵二千は甲府を出発した。その先頭には、飯富源四郎の姿があった。黒地に白い桔梗紋《ききょうもん》を染め抜いた旌旗《せいき》を掲げさせ、見るからに堂々たる行進ぶりである。

一隊は諏訪上社の本殿に参拝した後、杖突峠《つえつきとうげ》の急坂を踏み越え、高遠城へとすんだ。そこで秋山信友の兵一千余と合流し、そのまま下伊那へ向かった。天竜川沿いに南下し、途中、座光寺一族の籠る砦をつぎつぎに蹴散らした。

先陣を担う源四郎の一隊は、敵の城や砦を目の前にしても、少しもひるむところがなかった。叛徒は武田軍の断固たる攻撃を前にして、形だけの抵抗を見せたあと、後退するばかりとなった。

やがて座光寺一族は、本格的な戦闘を交えることなく、武田軍に降伏を願い出た。晴信はただちにこれを許した。源四郎の隊の先駆けとして編入し、道案内を務めさせた。この一族は知久頼元に引きずられて叛旗をひるがえしたに過ぎず、武田軍の侵攻がこれほど早く、また厳しいものとは予測していなかったのである。

晴信は一族の長である座光寺三郎左衛門を引見し、神之峰城の内情を探り出した。

それによれば、城の麓に当たる天竜川東岸の下久堅《しもひさかた》と呼ばれる一帯には、各所に砦や居館、寺院などが点在し、防備を堅くして武田軍を待ち伏せており、また天竜川を挟んだ西岸沿いの松尾城や鈴岡城などには、小笠原信定の兵が息を潜めて武田軍の動静を見守っているという。

いまは無抵抗を装ってはいるものの、戦況次第では城を囲んだ武田軍を背後から襲うであろう。さらには座光寺一族の中でも、反武田強硬派の数十名が神之峰城に逃げ込んでおり、徹底抗戦を叫んでいるとのことだった。

三郎左衛門から情報を引き出した後、晴信は源四郎を側近く呼び寄せた。

「城からは、われわれの動きが手に取るように見渡せるようだ」

これをどう攻めるのか。源四郎の腹のうちを問うた。

初めに晴信が、自分の考えを明らかにして見せることはない。いつでもまず諸将の考えを問い質す。とくに先陣を命じられている者に対しては、真っ先にその心積りを明らかにさせる。

源四郎はこの地にくるまでの間、ずっと考え続けていた。

兵糧攻めは通用しない。しかも、攻城側の動きがことごとく敵に知られてしまうとなれば、どんな策が考えられるか。

率いる兵の数は、籠城軍のせいぜい四倍だ。どんな不手際も許されず、短期間の攻略が要請されてもいる。

（力攻めしか残された手段はないのか）

何度も何度も、源四郎はそこに考えが行き当たった。それ以外に策はないとなれば、それも止むを得ない。真っ先駆けて突きすすむのを、恐れているわけではない。

自分が敵陣に斬り込むことで、味方の兵を奮い立たせ、敵を怖気づかせることができるのであれば、なんらためらう必要はない。だがそれは一歩間違えれば、味方を決定的な敗北へと導いてしまう危険が伴う。

（それを切り札にするにしても、もう一つ確実に敵を追い詰める方策はないか）

馬の背に揺られながらも、源四郎の頭はそのことでいっぱいだった。

「籠城している兵も、麓に残った兵も、さらには小笠原の兵たちも、武田の戦いぶりがどんなものか、自分の目で見てはおりません」

「うむ……」

晴信がうなずいた。それから源四郎をじっと見つめた。なにを言い出すのかと、心を動かされている様子だった。

「城からわれわれの動きがことごとく見渡せるとなれば、それを逆手にとって、こちらから見せ付けてやりましょう」

「どういうことだ?」

「城に逃げ込んだ座光寺の一味も、武田の兵の手応えは十分感じ取っているはずです」

「………?」

「麓の砦や居館に籠って抗戦を試みようとしている者たちを、逃げ出す暇も与えず包囲して討ち取ります」

「……」

晴信が源四郎を見据えた。

しばらくして、その狙いを理解したようだった。

「山上からつぶさに見ることができるとなれば、われわれの攻撃がどんなものか、手も足も出せないままにいやというほど見せ付けられることになりましょう」

「抵抗しても無駄だということを、思い知らせるためか……」

「はい」

晴信の目が光った。

「よし！　源四郎の思いのままにしろ」

翌朝、辰の刻（午前八時）を過ぎて、座光寺一族を先頭に、追い立てるように源四郎の隊が天竜川を渡河した。武田軍を水際で阻止しようとする動きはなかった。先鋒隊はつぎつぎに向う岸に渡り着いた。

城の西一里余、天竜川東岸の河岸段丘《かがんだんきゅうじょう》上には、知久氏の平時《へいじ》の城があった。

この付近に多くの兵が集まっている模様である。

周辺の砦や居館に籠って、互いに連携をとりながら最後の抵抗をともくろんでいた知久の兵は、たちまちのうちに源四郎の率いる一隊に各所で包囲された。間髪を与えず激しい攻撃が開始され、正午近くまで激戦が繰り返された。

敵兵を次第に一箇所に追い込んだ後、そのまわりに燃えやすい木材や藁屑《わらくず》がうずたかく積み上げられ、つぎつぎに火が放たれた。初秋とはいえ太陽の光は強く、その白日の下、真っ赤な炎と黒煙があたり一面を覆いつくした。

煙の中から決死の覚悟で打って出てきた者を、待ち構えた武田の兵が容赦なく斬り捨てた。ほうほうの態《てい》で脱出できた者も、恐怖におののいた表情で、狂ったように走り去っていった。炎と渦巻く煙が風にあおられ、遠く山頂にまで流れていくかと見えた。

武田に降った座光寺の先鋒隊は、ただ呆然と、そのすさまじい光景に見入っているばかりだった。

その後数日かけて、源四郎は兵を動員し、近郷の農家をはじめあらゆるところから燃えやすい雑木や枯れ枝を集めさせた。それを馬を使って三つの曲輪《くるわ》の在る山頂付近まで、つぎつぎに運び上げさせた。

大手門口と思える山頂北側に通じる道を、何頭もの馬が往復した。

最も高い頂に在る第一の曲輪とそれよりやや下ったところに在る第二の曲輪付近へと達するこの大手門口とは別に、第二の曲輪から東南寄りに少し離れて、第三の曲輪が在った。三郎左衛門の話では、この方面に搦手門口《からめてもんぐち》ともいえる通路が通じているという。

源四郎は、搦手門にも雑木を運び上げさせた。その付近には、居館と思えるいくつかの屋敷や寺などが散在していた。すでに人影はなかったが、その周囲にも藁《わら》などが積み上げられた。

数日来雨も降らず、風もない日が続いている。明らかに風の吹き上がる日を選んで、火を放つものと思われた。

「このまま待ち続けるのか？」

晴信が源四郎に問うた。

「いましばらく」

「果たしてうまく風が吹いてくれるか……」

「風が吹かずとも、そのうち向こうから打って出てまいりましょう」

「うむ？」

源四郎の腹のうちをさぐるように見た後、晴信は大きくうなずいた。

敵を心理的に追い込んで、しゃにむに出撃してくるところを討ち取ろうとの作戦である。数日前に、遥かに見渡せる麓のあちこちで、味方の兵が焼き殺されていく様子を、なすすべもなく見せ付けられているのである。

山頂付近が集中的に火に煽《あお》られれば、逃れ出るところはない。籠城兵の誰もが、その惨状の真っ只中にいる自分の姿を、生々しく思い描くに違いない。

「いつ風が吹き始めるか」

それをおののき恐れつつ、じっと待ち続けることに、どこまで耐えていられるであろう。

源四郎は大手門口の下に、多くの兵を集結させた。そしてみずからは百名ほどの精鋭を率いて、搦手門口に回った。

(敵の主力はこちらから出撃してくる)

そう読んだのだ。

座光寺三郎左衛門の話では、城からの出撃路は北と東の二つのみである。まわりの斜面を伝って尾根道へ出ることもできるが、それらは足場が悪く、人数もごく限られたものになる。

東側の道は、過去に敵の襲撃を受けた際、搦手門から大手門口の背後に回って敵を脅かし、あるいは物資の補給路として使用し、またいよいよとなれば城を捨てて脱出する際に使われていたという。

四

源四郎は表向き大手門口に兵を集結させ、風の吹き立つのをじっと待ち続けているかのように見せかけた。

これを目前にした城方は、大手門口に武田軍の注意を引き付けておいて、搦手門口から一気に出撃してくるに違いない。包囲勢を蹴散らし、勢いに乗じて大手門口に回り込もうとする。たとえ大手門口に至らなくても、なんとか脱出口を確保したいと思うだろう。

それが籠城兵の心理である。いまは野分《のわき》の季節だ。いつ風が立つか知れないとなれば、なおさらである。晴れた日が続いており、足元に積み上げられた木材の山は、誰が見てもカラカラに乾き切っている。

源四郎は夜のうちの出撃はないと見ていた。月もない暗夜となれば、どうしても松明《たいまつ》の明かりが必要になる。誤って雑木に火が移ってしまわないとも限らない。夜の明け方か日没頃の、包囲軍の気の緩みを突いて、ふいに襲ってくる。

大手門口が騒がしくなった際が、搦手門からの出撃のときだ。源四郎はそれを、搦手門口に回った兵の一人ひとりに周知させた。

神之峰城を完全に包囲して五日が過ぎた早暁《そうぎょう》、大手門口から大勢の兵の叫び声が上がった。

「いよいよ出てくるぞ！」

源四郎が抜刀しながら、低い声で叫んだ。

「先陣の兵をやり過ごし、分断して背後から襲いかかる」

全員が黙ったまま、大きくうなずいた。

源四郎の言ったとおり、裏門が押し開かれて、つぎつぎに槍や刀を振りかざした城兵が飛び出してきた。

一団となって坂道を駆け下るのを見送った後、二手に分けた一方の兵がいっせいに搦手門に殺到した。門の近くにいた城兵は仰天《ぎょうてん》し、一瞬、城の奥へ逃げ散ろうとした。それを追って源四郎は、第三の曲輪に向かって走った。

もう一方の兵が、初めに出撃した敵兵の後を追い、周辺に積み上げられた木材に火を点じた。つぎつぎに火の手が上がると、出撃した敵兵は後ろを振り返って動転した。

木材を取り払おうとする者、武田の兵に打ちかかってくる者、あるいはそのまま麓に向かって駆け下る者や城内に戻ろうとする者などが出た。互いに統制を失い、バラバラの行動になった。

源四郎は逃げ惑う敵兵を追って、本丸と思える第二の曲輪に迫った。背後から起こった火の手に、城内は大混乱に陥った。大手門口を守っていた知久軍の兵士たちもたちまち不安に陥った。

飯富源四郎による神之峰城一番乗りは、武田軍の士気を大いに高めた。続々とこれに従う者たちが出た。大きな犠牲も伴わず、第三の曲輪、第二の曲輪と激流が大きな岩を打ち砕いていくように、つぎつぎと陥れていった。

逃げ惑うばかりの敵兵は、源四郎たちが百名に足らない兵数であることに、誰一人として気づいてはいなかった。ひたすらその勢いを恐れ、われがちに味方のいる方に逃げ込もうとするばかりだった。

頂上に構築されている第一の曲輪まで逃れて、最後まで降伏を拒み続けていた知久頼元をはじめ、その長男頼龍《よりたつ》や次男頼氏《よりうじ》なども激しい戦いの後に捕らえられた。

戦いが終って、父子は晴信の前に引き据《す》えられた。四十半ばの、細面で端正な顔立ちの頼元は、傲然《ごうぜん》と顔を上げて晴信を睨みつけていた。

「最後まで意地を通し抜いたか」

あざけるような口調で晴信が言った。

「敵に情を懸《か》けないのが武田のやり口と聞いている。そんな相手に命乞《いのちご》いなどしても無駄だ」

「これまで降伏の機会はあったはずだ」

「なにゆえ武田に服さねばならぬのだ。これまでこの伊那谷にずっと平穏に日を送ってきたわれわれ一族を、なんのいわれがあって滅ぼそうとする！　高遠頼継は武田に騙《だま》されて滅ぼされた。だが、神家の一員でもあるわれら知久一族は、力ずくで他を屈服させようとする相手には、最後の一人となるまで戦う。死して後も、その誇りを失うことはない」

一徹なその言葉には、信念とも思える強い意志がほとばしっていた。

そしてさらに頼元は、

「神家を騙し討ちにした武田には、必ず天罰が下る。知久の人間は、それを見届けるまで生き延び続ける」

恐れ気もなく、そう言い放った。

「それ故、おめおめと腹も切らずに縄目の恥を受けたか」

このとき晴信の目には、強い憎悪の色が浮かんでいた。頼元の放った言葉が、晴信の神経を逆撫《さかな》でにしたのか。冷静な晴信には、珍しいことである。

諏訪大明神を尊崇《そんすう》することにかけては、晴信自身、他の誰にも負けない。その ことは側近く仕えてきた源四郎には、わかり過ぎるほどわかっていた。知久頼元ごときにののしられたことが、晴信の逆鱗《げきりん》に触れたに違いなかった。

源四郎にはこのときの晴信の様子が、異様なものに思えた。

頼元の言葉の裏には、七年前の晴信による志賀城攻めの噂が、この地方にも知れ渡ってしまっていることを示していた。

あの年二十七歳になったばかりの晴信には、一方で広く領民と自分との相互契約とも言える「甲州法度之次第《こうしゅうはっとのしだい》」を制定し、晴信自身がもしこれに違背《いはい》していると思えるなら、誰でも目安《めやす》を以《もっ》て申し出よと宣言してもいた。そこには、中国古代の王道政治の一端をめざすかのような、若々しい意欲が息づいていた。

同時に、武田に頑強に反抗する佐久地方の笠原清繁の籠る志賀城を包囲し、これを救援にきた上野国平井の関東管領上杉憲政の兵数百を討ち取り、首を槍先に刺し貫いて城のまわりに打ち並べて見せた。

その際の晴信の残酷な仕打ちを、頼元は言っているのである。以後の城攻めは、それによってかえって各地に頑強な抵抗を引き出す結果となった。いままでは、晴信はそうした過酷なやり方を繰り返してはいない。

だが一度流れ出た噂は、容易には消せないのだ。

諏訪氏の流れを汲む知久一族は、鎌倉・室町の時代を経て、この地方一帯に長く勢力を張ってきた。独立の気概も強く、天文二年の頃には、京都の醍醐《だいご》寺理性院《じょうしょういん》の僧を招き、山頂近くの屋敷で頼元みずからがもてなしをしていた。

伊那の山中とはいえ、京の都との交流はしばしば行われており、また晴信に滅ぼされてしまった諏訪神家の一員としての誇りは、失ってはいなかったのである。

晴信は知久親子を荒縄で縛り上げ、逃げ出せないようにと首に鉄の輪をはめて引き連れ、城から下山した。武田軍は八月十五日に城の西側にある名刹文永寺《めいさつぶんえいじ》を焼き、勢いを駆って南下した。

下条村の吉岡城に籠る下条一族など、そのほかの群小豪族たちのことごとくを帰服させ、そのまま矛先をふたたび北に転じた。小笠原信定らの入っている松尾城、鈴岡城に向かうためである。

武田軍の北上の知らせを受けると、信定らは城を捨てて一人残らずいずこともなく姿を消してしまった。こうして下伊那地方一帯はすべて武田軍の支配下に入った。

知久父子は甲府に引き立てられた後、河口湖畔の鵜《う》の島《しま》へ移された。そして翌年五月に、捕らえられた一族のことごとくが斬首《ざんしゅ》された。最後まで、武田に降ることを拒み続けた結果である。

この後源四郎は秋山信友とともに、下伊那地方の中小豪族たちの統制に当たった。新しく手に入れた城のいくつかを渡り歩き、それぞれの地が落ち着くまでの警備に専念した。

年が明けて、源四郎は何度か甲府に足を運び、晴信の前に顔を出した。晴信は神之峰城一番乗りの感状をみずから源四郎に手渡し、これを惜しみなく賞賛した。

源四郎の勇猛さは一躍有名になった。この後敵国にまで、その名が知れ渡っていった。

そしてこの下伊那平定後、晴信の関心は伊那の西、駒ヶ岳の高峰《こうほう》に隔てられた木曽福島に向けられることになる。

五

晴信の口利きによって、源四郎はついに嫁を迎えることになった。

「武田の勇者が、いつまでも嫁を迎えずにはおられまい」

晴信のこの一言が、源四郎に有無を言わせない格好になった。

一番喜んだのは、亀沢村にいるおふさである。このところ、ほとんど顔も見せたことのない源四郎だった。嫁を迎えるとなれば、どこなりと拠点を設けなければならない。

いまは甲府に帰っても、躑躅ヶ崎館の一室や近くの寺などに仮住まいするだけで、その後は下伊那や高遠城に向かってしまう。ましてどこかで戦いが始まったりすれば、旗本隊を率いて即刻、戦場に出かけていくことになる。

「嫁を迎えても、いっしょに暮らしている暇はありません」

初めに晴信から言い渡されたとき、源四郎はそう抗弁した。

「そんなことは言い逃れに過ぎぬ。そなたの母を、いつまでも一人で放っておくつもりか」

「まだまだ母は元気です」

「もうすぐ五十に手が届こう。なにより孫の顔を見せてやらねばならぬではないか。勇者の血筋を絶やすことは、武田にとっても大きな損失だ」

真剣な表情になって、晴信は言った。

「娘の父親は、上田原の戦いで戦死した勇士だ。板垣信方が目をかけていた男だが、残された子供はその娘一人きりだ。母は先頃再婚して、十七になるその娘はいつでも嫁に行ける身になった。源四郎といっしょになれば、源四郎と娘の父親の血を受け継いだ子が生まれてくる。上田原で死んだ信方も、これで安堵《あんど》するだろう」

源四郎の腹はそれで決まった。

容姿も家柄も、それ以上詮索《せんさく》する必要はなかった。源四郎も信方にはかつて短歌を認《したた》めた手紙を託されたのをはじめ、使い番をしているときに何度か会っている。厳格な人柄ではあるが、晴信の人となりを最もよく見抜いた人物でもあった。

信虎の後の武田のすすむべき道を、理解し尽くしていた人間とも思えた。

信方の見込んだ者の娘とあれば、源四郎とて願ってもない相手である。当分の間、母の住んでいる亀沢村の家を改築して、そこにいっしょに住まわせればよい。

甲府には馬を使えば半時《はんとき》(一時間)もかからない。いずれは躑躅ヶ崎館近くに仮の住居を建てるにしても、しばらくはそのままでよい。これまでどおり、武の鍛錬をこそ第一と心得る自分には、いっしょに暮らす機会は少ない。

だがなにより母を安心させ、自分の血筋を受け継ぐ者をこの世に誕生させることができる。そう思うと、源四郎はなにやら自分がこれまで、遠回りをしていたような気持ちになった。

晴信の引き合わせによって、源四郎は躑躅ヶ崎館の一室で、その娘おこうを初めて目にした。小柄な身体つきながら、いかにも健康そうな娘である。母一人子一人の生活を五年以上も過ごしていたとは思えない、明るい眼をしていた。

源四郎がひと目で気に入ってしまったのは、晴信や源四郎を目の前にしていても、少しも物怖じしない様子が感じられたことだ。

源四郎をまっすぐ見つめた際、心の中まで見通そうとするかのような目に、一瞬のかげりも生じなかった。むしろ源四郎は、その澄んだ瞳にたちまちとりこになったような思いがした。

（この娘であれば、母のおふさとも気心の知れた者同士になる）

とっさに源四郎が感じた娘の第一印象であった。

事実、兄虎昌の屋敷で、内輪だけの婚礼を挙げた際、おふさの口から、

「源四郎にも、このわたしにも、文句のつけようのない嫁だ」

という言葉が、笑顔の端から零《こぼ》れ落ちるように、何度となく口を突いて出た。

その言葉を源四郎は、耳に心地よく聞いていた。

初めて床をいっしょにする段になって、源四郎はひどく戸惑《とまど》った。話にはいろいろ聞かされてはいたものの、相手は自分より十六も年下の娘である。どう扱ってよいものやら、困惑するばかりだった。

「馬や兵士を相手にするわけではないぞ。いつもの源四郎のように、乱暴に扱ったりしたら、たちまち壊れてしまうからな」

すでに妻子のいる同年輩の工藤昌豊が、さかんに面白がって言い立てた。それを聞いているだけに、源四郎は余計ぎこちなくなった。

布団《ふとん》の中に入ってしばらくは、ただ仰向けに寝ているばかりだった。

変に身動きもできずじっとしていると、娘の手がためらいがちに動いた。思わず源四郎がその手を握り締めると、されるがままになった。

（こんなに若い娘に対して、この瞬間から自分のような者が、話に聞いたような

ことを果たしてしてもよいものなのか)

なんとも後ろめたいような、それでいてひどく甘美な思いが、源四郎の胸の中を行ったり来たりした。

だがこのとき驚いたことに、娘の方から二人が握り合った手を、自分の胸にそっと運んだのである。柔らかい、弾力のある胸に触れると、源四郎はもう自分を抑えることができなくなった。

後になってそのときのことを、おこうは恥らいつつ、こう言い訳のように言った。

「母がたった一言、そのときはこうしなさいと、わたしに向かってきつく言い渡していたのです」

なにもかもが無事に済んだ後のことだったが、源四郎はそのとき改めて、この娘を自分は生涯かけて守らなければならないと心に誓った。

だがそんな二人だけの平穏な日々は、ひと月とは続かなかった。

この年、天文二十四年(一五五五)は十月に弘治《こうじ》と改元されるが、それに先立つ四月二十三日に、越後の長尾景虎との間で川中島を挟んで二回目の対戦が引き起こされたからである。

この間晴信によって、越後の内部分裂を策す動きが密かになされており、かねてから景虎に不満を抱いていた刈羽《かりは》郡の北条高広《きたじょうたかひろ》が景虎に叛旗《はんき》をひるがえした。だがこの挙兵は失敗に終り、武田の援軍のないままに、北条高広は降伏した。そんなこともあって、景虎は出陣の決意を固めたのである。源四郎もただちに旗本隊を率いて、晴信と共に参陣した。

新婚の嫁を母のもとに託し、亀沢村の家を出た。覚悟はしていたものと見え、おこうもかいがいしく出発の準備を手伝った。

無事を祈りつつ、黙って夫を見送った。目が合ったとき、一瞬、幼な顔が垣間見えた。あどけなさの中に、父を見送った遠い日のことが、甦《よみがえ》っているかのようにも見えた。源四郎はその年はそのまま、おこうと顔を合わせることがほとんどない有様となった。

景虎は五千の越後兵を率いて善光寺脇の横山城に本陣を構えた。先に葛尾《かつらお》城を追われた村上義清をはじめ、高梨、井上、須田、島津といった川中島四郡（更《さら》級《しな》・埴科《はにしな》・上水内《かみみのち》・上高井《かみたかい》）の豪族たちも越後軍の先陣として加わり、犀川《さいかわ》を挟んで両軍が対峙《たいじ》した。

このときの戦いは、景虎の本営を側面からうかがう形となる善光寺の西南十町（約一キロ）の旭山城に善光寺堂主栗田氏が籠り、この栗田氏を晴信が味方に付けていたことから、景虎も容易に動くことができなかった。

両軍の対陣はそのまま十月十五日まで二百余日にもわたることになり、この間晴信は、旭山城に武田の援軍三千と弓八百張、鉄砲三百挺を送り込んだ。

両軍の直接の対戦は、七月十九日に村上義清などの先陣が、しゃにむに犀川を渡って武田軍と激しい戦闘に及んだが、結局、このときは武田側の優勢に終った。その後両陣営とも、自分から戦いを仕掛けることはなく、引くに引けないまま睨《にら》み合《あ》いが続いた。

まったくの膠着状態《こうちゃくじょうたい》に陥ったところで、晴信は今川義元に講和の斡旋《あっせん》を依頼し、景虎との間で交渉が続けられた。

こうした戦況の中で、晴信は両面作戦に打って出た。越後軍を強力に牽制《けんせい》した上で、みずからは密かに陣営を抜け出し、三千の兵を率いて木曽谷に向かった。

神之峰城をはじめとする下伊那地方一帯を手中に収めたことによって、南信濃は木曽谷を除いてすべて武田軍の支配下に入った。残るは木曽義康《きそよしやす》ただ一人、天険を恃《たの》んで降伏を拒み続けていた。

木曽氏は源平の時代に平家を滅亡へと追いやった木曽義仲の末裔《まつえい》と称し、福島城（木曽町城山）を拠点として独自の世界に閉じこもっていた。

木曽谷は、木曽路（中仙道）の中心地点であり、美濃を通って尾張に抜け、京都へと繋がっている。いずれ武田軍が中央との繋がりを太くしていくために、なんとしても支配下に置かなければならないところでもあった。

この年一月下旬にも一度、晴信は雪を押して軍勢を送り込んでいたが、福島城は落ちなかった。義元に景虎との間の和議の斡旋をすすめさせながら、八月十日、飯富源四郎、秋山信友らを先陣として、晴信みずから木曽谷に侵入した。

一方の義康は、武田軍が川中島で身動きが取れなくなっているものと油断していた。各所で糧道《りようどう》を断たれ、ひと月足らずのうちにたちまち音《ね》を上げる格好になった。晴信はこのときは、義康の和議の申し出に対し驚くほど寛大な処置に出た。

義康の嫡男義昌《よしまさ》に晴信の三番目の女子を嫁入らせ、木曽谷一帯をそのまま領有することを許した。その上、武田の親族の一員として優遇することになった。知久一族とはまったく対照的な対応をとることによって、晴信のもう一つの側面を近隣諸国に周知させようとしているかとも思えた。

だが源四郎は、これは晴信の容易ならざる決意の表われであると見ていた。ほかでもない、景虎との対決こそが武田の将来にとって、いや晴信の密かにめざしている王道政治への接近にとって、決定的な影響を与えるであろうと、晴信自身が予見したに違いなかったからである。

源四郎は、木曽谷からふたたび川中島へと向かう山道を馬の背に揺られながら、そんなことを考え続けていた。

越後の飛龍

一

(景虎を容易ならざる敵と見たのには、景虎の気質にお屋形との大きな違いがあることを、ご自身が即座に見抜いたからではないか)

源四郎には、そう思えてならなかった。

十五歳になった年に、源四郎は近習として晴信に仕え、その後使い番を経て、旗本隊創設に際しては最初の足軽隊長に抜擢《ばってき》されている。以来、晴信の一挙手一投足に注意を払い続けてきた。

兄虎昌に言われたこともあるが、たったいま晴信がなにを考えているか、つぎにどんな行動に出るかを絶えず考え続けてきた。初めのうちは自分の予測とは大きく外れることがしばしばだった。

最近ではその幅が小さくなっているように思える。要するに晴信の気性と思考回路を、自分なりに呑み込みつつあったからだ。

「景虎という男は、かなり神経質なようだな」

晴信が初めて景虎と対峙したときに、本陣から遠く越後軍の動きを眺めやりながらつぶやいたのを、源四郎は耳にしている。

「だが、戦局を見る目に抜かりはない」

部隊の配置や無駄のない一人ひとりの兵の動き、急戦を仕掛けてくる際の苛烈《かれつ》さをじっと観察する中で、その背後にいる景虎の気質を見通しての述懐《じゅっかい》だった。

その後晴信は、越後軍との戦いの最前線に立つ真田幸隆や馬場信春、山本勘助《やまもとかんすけ》などから、景虎の人となりを丹念に聞き出している。

「義を重んじ、この世に存在する悪を毘沙門天《びしゃもんてん》に代わって、おのれがことごとく討ち滅ぼすとの意気込みを持っております」

「この世の悪とはどんなものと、景虎は思っているのだ？」

幸隆の意見に対し、晴信がすかさず問うた。

「秩序を乱し、おのれの欲望のおもむくままに他を排する者、と考えているようです」

「秩序とはいまの世の秩序か、それとも天の秩序か？」

「景虎は先年上洛《じょうらく》し、足利将軍に拝謁《はいえつ》いたしております。また先頃北条氏康に国を追われた関東管領上杉憲政を庇護《ひご》し、噂によれば憲政から関東管領の職を譲り受けたとも聞いております」

関東管領とは、足利幕府から関東の全権を委ねられている関東公方《くぼう》（将軍）を補佐し、関東甲信越に及ぶ東国の守護職を統括する権限を与えられた者である。だがすでに、実際上は有名無実化していた。

「なにより自分を信じ、権威を重んじる直情型の人間のようだな」

「はっ……」

「これまでの戦いぶりはどんなものだ？」

「聞いた限りでは、迅速《じんそく》、果敢《かかん》、策を弄《ろう》するよりもむしろ、一閃《いっせん》して勝敗を決することを選ぶ傾向があると……」

「おのれの身を敵の刃の下に置くことを、少しも恐れぬということか」

苦々しげな晴信の口調だった。

他方、晴信はと言えば、

「お屋形の学問好きは、母親仕込みのご気性でもあろう」

虎昌がずっと以前に、源四郎に向って語ったことがある。

晴信の母は大井信達《のぶさと》の娘である。大井氏は南北朝の時代の武田の宗家信武《のぶたけ》の次男信明が大井荘（甲府の西方二里半余、南アルプス市）に移って家を興し、信虎の代になって信達・信業《のぶなり》父子が勢威をふるった。

永正十二年（一五一五）には駿河の今川氏親と組んで信虎に反抗した。その後信虎と信達との間に講和が成立して、信達の娘が信虎に嫁した。二人の間に晴信や信繁など一女三男が生まれている。

「大井の家は守護に繋がる家として、学問を好んだ。晴信さまを産んだ大井夫人は晴信さまや信繁さまを幼児のころから大井氏の菩提寺《ぼだいじ》だった長禅寺の岐秀元伯《ぎしゅうげんぱく》のもとに入れ、さまざまな教えを授けられたと聞く」

虎昌がそうも語った。

近習として奉公したばかりの頃、源四郎もたびたび晴信の使いで、甲府近郊の寺々に馬を走らせている。晴信に命じられるままに書物を借り、あるいは晴信自身が出向いていく際の供をしたりした。

岐秀の教えによって、晴信は中国の王道思想を学び、天の秩序ということを念頭に置くようになった。

岐秀の、

「天の声に耳を傾けよ」

という教えがその基本であり、

「民の声は天の声である」

として、つねに民を主体に考えることを提唱してもいた。

若き晴信の理想はそこにあった。粗暴さのみで学問というものをまったく信用していなかった父信虎を駿河に追放し、民衆の声を聞こうともしない信虎に代わって自分が為政者の立場に立った。父を追放したすぐ後に公布した「甲州法度之次第」には、領民との間の約束事として掲げたものを、領主である自分自身もこれを守ると宣言していた。

さらには甲府盆地を流れる釜無川《かまなしがわ》、御勅使川《みだいがわ》、笛吹川《ふえふきがわ》の三つの川が大雨のたびに氾濫《はんらん》を繰り返し民を苦しめている現実を直視し、すぐさまその大々的な堤防工事に着手した。同時に、治水の技術に知恵の限りを尽くし続けてもいた。

天を敬う気持ちは、寺社仏閣をなにより尊重し、禅や学問に励むことを自分に厳しく課しているところからもうかがえるのである。身近に仕えている源四郎には、単なる形式ではない、晴信自身の真摯《しんし》な気持ちが手に取るように伝わってきた。

晴信はまた、孔孟《こうもう》の教えのみならず、現実に目の前に展開されている世の動きを、

「戦国の世」

と見定めていた。自分の理想を実現するための手段・方法として、合理的な学問と言える「孫子《そんし》」の教えにも傾倒した。

源四郎はしばしば晴信の口から、この「孫子」の言葉が語られるのを耳にしてきた。

「戦わずして勝つ」

これが晴信のよく口にする「孫子」の根本的な考えだった。

「現実に戦いが始まれば、国力は疲弊し、民の嘆きを生む」

「しかしながら、『孫子』は戦いの仕方そのものを教える兵法書ではないのですか?」

源四郎が初めて晴信の口からこの「孫子」の一節を聞かされたとき、思わずこう尋ねたのを覚えている。

「そうだ。しかしながら孫子の教えはすべて、やむを得ず戦うときのことのみを説いているのだ」

「……」

納得しかねる顔でいる源四郎に向かって、晴信はこう続けた。

「孫子はこうも言っている。百戦して百勝するのが良策なのではなく、戦わないで敵兵を屈服させることこそが最良の策なのだ、とな」

「戦わないで勝つ?」

そんなことが現実に可能であろうか。源四郎は首を傾《かし》げざるを得なかった。

「つねに自分の国を安全に保ちつつ、天下に覇権を争う。それが〃最上の戦いは敵の策謀《さくぼう》を打ち破ること〝そして同時に謀《はかりごと》をもって敵を屈服させるということにつながる」

このときに晴信の語った、戦わずして勝つための方策が、この後つぎつぎに打ち出されていった。この数年の間の晴信の動きは、この一点に集約されるのであり、源四郎にもその一つひとつが思い当たるのだった。

景虎を容易ならざる敵と断じた晴信は、自分の背後を襲いかねない勢力とつぎつぎに手を結び、また講和し、あるいは屈服させていった。領地を接した大国、駿河の今川氏との結びつきの強化と、相模・武蔵を領する北条氏との同盟である。

これまでにも今川義元のもとに晴信の姉定恵院が正室として送り込まれており、その後定恵院が三十二歳で病死すると、その結びつきが薄れてしまうのを恐れた晴信は、嫡子義信の嫁として義元の長女を迎えている。

このいとこ同士の結婚は仲睦まじく、さらには新たに義元の軍師太原崇孚《たいげんすうふ》の斡旋によって、北条氏康の嫡男氏政《うじまさ》の正室として晴信の長女黄梅院が嫁し、氏康の長女が義元の嫡男氏真《うじざね》のもとに嫁ぐことになった。

ここに三国間の強固な同盟が成立し、互いに後顧《こうこ》の憂《うれ》いを払拭《ふっしょく》させた。南信濃の知久一族を伏し、木曽義昌に晴信の三女をやって親族の一員に取り込んだのも、北の強敵景虎に対する態勢を整えるためだったのである。

それればかりではない。晴信は越後の内情を草の者（忍者）や旅の僧侶、行商人などの口から聞き出し、景虎に不満を抱いている武将たちに内応を働きかけ、越後国内に内紛を起こさせようと謀《はか》ったりもした。

自分が戦うことによってこの世の悪を絶とうとする景虎と、謀略《ぼうりゃく》の網の目を張り巡らし戦わずして敵の兵を屈服させようと図る晴信との戦いは、こうしていっそう激しさを増していくこととなる。

二百日余にもわたる両軍の硬直した睨み合いを、今川義元を仲介者に立てることによって講和に導いた晴信は、その後も手を緩めることなく、敵陣営の切り崩し策を実行していった。

その鋒先《ほこさき》は、睨み合いの際景虎が陣を敷いた善光寺の北方、背後に当たる葛山《かつらやま》城に向けられていく。

二

義元の仲介によって兵を引き上げた翌年の弘治二年（一五五六）、景虎は突然越後の諸将に向って、自分は隠居して高野山に入ると言い出した。二百日余の長陣に嫌気がさし勝手に戦場を離れたりした者が出て、その後も諸将の統制が取れないことに景虎自身腹を立てたのだ。

奥信濃の豪族たちが晴信によって領地を追われ、その苦難を見過ごしにできず、またこれを放置していたのでは越後の国境も侵されかねない。川中島からおよそ十二里（約四十八キロ）しか離れていない直江津《なおえつ》の越後国府や春日山城そのものも、危険に曝《さら》されてしまうのだ。

「自分の利害のみを言い立てて、景虎に不満をぶつける者ばかりなのだろう」

景虎に同情するかのような晴信の口ぶりだった。

源四郎は意外に思いながらも、晴信特有の皮肉でもあろうかと思った。二十七歳の景虎には、自身が潔癖な気性であるだけに、我慢がならなかったのではないか。源四郎にも、そんな景虎の気持ちはわからないではなかった。

こうした越後の内情を抜かりなく探り続けていた晴信は、着々とつぎなる手を打ち続けていた。

善光寺の別当栗田氏は里栗田家と山栗田家の両家があり、大御堂主里栗田家は景虎に属し、小御堂主山栗田家は晴信の側に付いていた。今度の講和の条件の一つ、山栗田氏の籠っていた旭山城の破却が実行され、犀川以北の善光寺を含めた一帯のすべては越後側の手に帰していた。

しかしながらこの付近一帯の豪族たちの去就《きょしゅう》は、内心では大きく揺れ動いていたのである。同じ豪族たちの内部を見ても、栗田家と同様景虎の側に心を寄せる者もいれば、晴信に付く方が有利ではないかと思う者もいた。

「葛山城を中心とした、葛山衆と呼ばれる落合一族も同様です」

幸隆からの情報を、晴信はすでに入手していた。

落合氏の総領は二郎左衛門尉《じろうざえもんのじょう》だったが、落合遠江守と三郎左衛門尉の二人は、必ずしも総領の意に従っているばかりではなかった。

先に旭山城に籠って晴信の味方についた山栗田の当主から、さらにその内情を

詳しく聞き出した晴信は、

「その遠江守と三郎左衛門尉に近づく手立てはないか？」

と探りを入れた。

「葛山城の中腹にある、茂菅《もすげ》の静松寺《せいしょうじ》の住職に、密かに手紙を届けさせてはいかがでしょうか」

山栗田の当主はそう答えた。

「なるほど妙案だ」

晴信はさっそく手紙をしたため、山栗田の当主の名前で住職宛に届けさせた。

「この度両名が武田に付いてくれるのであれば、この先、総領の二郎左衛門尉が武田に服従するようになっても、両名を後々まで厚遇する」

という内容だった。

どっちに付いたらこの先有利か迷っている相手に、すかさず好意を寄せて擦《す》り寄《よ》るというやり方を、晴信はこの他にも真田幸隆などを使ってさかんに展開していた。

こうして一方で落合一族の結束をガタガタに崩しておいた上で、越後軍が雪に閉ざされて出撃できない弘治三年（一五五七）二月の時期に、深志城の城将馬場民部信春（信房）に六千の兵を与えてこれを攻めさせた。

城を守っていた落合二郎左衛門尉は激しく抵抗し、城に籠った城兵はほとんど全員が討ち死にを遂げた。葛山城が武田側の手に落ちたことで、長沼城の島津氏も上水内郡の大倉（長野市豊野町）へ退却した。

講和の約定を一方的に破って善光寺に進出した晴信に対し、景虎は怒り狂い、

「なんとしても晴信を引き出し、一戦を遂げる」

と叫んだ。雪解けを待って信越国境を越え、四月二十一日に善光寺に陣を据えた。

景虎は一時本気で隠居する覚悟でいたのだが、景虎の姉婿で対立していた長尾《ながお》政景《まさかげ》をはじめ重臣たちが必死で思いとどまるよう説得し、景虎の命に従うと誓いを立てたことでこれを取り止めにしていた。

だが雪が深く、すぐには部下が集まらなかった。この間にも晴信は下水内《しもみのち》方面の飯山城に押し寄せた。この城に居た高梨政頼らは、さかんに景虎の出陣を乞い、

「早く援軍を派遣してくれなければ、城を持ちこたえられない」

と助けを求めた。

景虎が善光寺に陣を敷くと、武田軍はこれとぶつかり合うことを避け、景虎のいないところばかりに兵を出して牽制《けんせい》した。

晴信は、

「景虎と正面切って対戦しては、勝っても負けても大きな損害を出す」

と見ていたから、景虎が善光寺から飯山方面へ移動すると、ただちに飯山から兵を引いた。一方の景虎は、なんとしても晴信と一戦を遂げようと武田軍に向かっていくたびに逃げてしまうので、どうにも怒りを収めようがなかった。

この頃京都では、将軍足利義輝《あしかがよしてる》が家臣である三好長慶《みよしながよし》や松永久秀《まつながひさひで》らの兵に京を追われ、近江（滋賀県）・山城（京都府）などに陣して苦戦を強いられていた。義輝は、将軍家を敬うことにかけてはもっとも深く信頼できる景虎に助けを求め、何度も、

「上洛するように」

と呼びかけていた。

景虎はすかさず、

「武田晴信が信濃国にたびたび出兵し、信濃の豪族たちを苦しめている。そのために上洛できないでいる」

と答えた。これを聞いた義輝は景虎と晴信を和睦《わぼく》させ、景虎の手で自分が京都に復帰できるようにさせようと企てた。さっそく甲府に使者を立て、将軍の内書を晴信に向けて届けさせた。

「景虎が上洛できない理由として、この度の武田の信濃出兵を、あれこれ言い立てているようだ」

晴信は将軍の使者を丁重にもてなした後、晴信の弟信繁や飯富兵部、穴山信友などとともに源四郎や高坂昌信ら若手の将をまじえた席で言った。

「それでお屋形はいかようにお答えになられましたのか?」

信友の質問に、晴信は、

「将軍のご要請であれば喜んで従います、しかしながら景虎の言い分ばかりをお取り上げになってこちらの言い分に意を払われないのでは片落ちになります、と申し上げた」

「それでご使者は?」

「なんなりと取り次ごうと申すから、遠慮なく申し立てた」

「どのようなことを?」

信繁が興味深げに耳を傾けた。

「信濃の兵の多くは、いまではこの晴信をこそ頼りにしています。越後の申し様ばかりに耳を貸さず、信濃の兵の大半がこの晴信の命に従っている事実を、ぜひご承知おきいただきたいと……」

「なるほど」

集まった重臣たちは、皆一様に大きくうなずいた。

「その上でこう申し上げたのだ」

そう言って晴信は、その大きな目で一同をぐるりと見回した。それからおもむろに言った。

「現在空いたままになっている信濃守護職の官名を、この晴信に賜《たまわ》るならば、以後信濃国内は平穏のうちに過ぎ、あえて景虎殿と争うこともなくなりましょう、とな」

五年前に晴信が追放した小笠原長時の官職を、この際晴信に譲ってもらえるのであれば、景虎との争いをただちに取り止めてもよいというわけである。

この晴信の申し出は、使者が京に戻った後、将軍義輝によって認められることになった。というのは、すでに景虎が上杉憲政から上杉の家名を譲り受けていることを将軍も晴信も承知しており、義輝は景虎が上洛してくれれば関東管領職に正式に任命することを考えていたからである。

関東管領職といい、信濃守護職といい、いずれもこの頃ではもはや名目だけの飾りに過ぎなくなっていたのだが、将軍義輝にしてみれば共に自分の支配下に入ることを意味している。

景虎一人のみではなく、この際晴信も自分の命に従ってくれる形を整えられれば、三好や松永への押さえになると義輝は踏んだのだ。一方の景虎とても、守護職の上に位する管領職に就くのであれば、この際文句は言うまいと判断した。

こうして川中島を挟んでの景虎と晴信の争いは収束に向かった。景虎は大兵を率いて上洛し、その後半年余の間、京に滞在した。

抜け目のない晴信は、三年前から調略《ちょうりゃく》に手こずっていた幸隆をさかんに催促し、やがて力攻めで陥落させた尼飾城《あまかざり》の麓の松代《まつしろ》の地に、越後軍の侵入を阻止する武田方最前線の兵站基地《へいたんきち》を築き上げた。馬場信春、山本勘助らの縄張りによる海津城《かいづ》である。

幸隆の陥落させた尼飾城は、越後から小県方面へ抜ける越後軍の侵攻路に当たっており、また武田方の調略を断固撥ねつけ、頑強に抵抗し続けていた東條氏の籠る最重要の要塞《ようさい》でもあったのである。

千曲川の流れが裾先を洗う海津城に、晴信は三十一歳の智謀の将、高坂弾正《こうさかだんじょう》昌信《まさのぶ》を送り込んだ。

こうして一方の景虎が、上洛ののち帰国した後も関東各地の豪族の訴えにより、上野、下野、常陸に出陣し、小田原の北条氏との対立を繰り返している間に、武田の側では真田幸隆、馬場信春らの手によって、越後軍に対峙させるための万全の態勢が、着々と整えられていった。

三

「越後軍侵入」

躑躅ヶ崎館の晴信（この頃出家して信玄と名乗る）のもとに、そんな第一報が飛び込んできた。

永禄四年（一五六一）八月十四日のことである。海津城を守る高坂弾正昌信からの急報だった。

「このたびは善光寺に陣を構えるでもなく、いきなり犀川と千曲川を越えて、海津城のすぐ近くにまで入り込んできているということだ」

頭を丸めて後、信玄のぎょろりとした眼光は、いっそう鋭くなったように源四郎には思えていた。その眼でしきりに、思案をめぐらせている様子である。

「海津城を攻め取るつもりなのでしょうか？」

一年前に死んだ父穴山信友に代わって出仕するようになっていた左衛門大夫《さえもんだゆう》信君《のぶきみ》が、信玄に向かって問うた。信君はまだ二十一歳になったばかりである。信玄は何事につけ、自分の側近く召し出すようになっていた。

「援軍が到着しないうちに、城を奪い取ろうというわけか」

武田家の嫡男、太郎義信が信君の言葉に同調した。義信はすでに二十四歳になっている。信玄は義信を中心とした若い力の台頭に、気を配っているようでもあった。

「景虎の狙いは、城一つを奪うのが目的ではあるまい」

信玄の弟信繁の口から、独り言のように言葉が洩れた。

「それでは敵の狙いはなんと？」

自分の意見を否定されたと思ってか、義信はちょっと気色《けしき》ばんだ様子を見せた。

「これは敵の挑発でござろう」

若い義信の性急さに、飯富虎昌が一呼吸を入れた。

「挑発？」

「さよう。景虎はこれまで自分が出陣してくる度に、お屋形に肩透かしを食わされてばかりいます」

「海津の城を奪って、上杉の前衛基地にしようとしているとも考えられるではないか」

義信がさらに言った。

「海津城一つを占拠しても、あの周囲には尼飾城をはじめ、いくつもの城や砦が取り囲んでいます」

「それを一つひとつ潰している間に、こちらの援軍が逆に景虎を包囲することになります。城に入るより、この度は戦場を一望できる位置に陣を敷き、こちらの出てくるのを待って、なんとしても一戦を遂げようともくろんでいると見えます」

馬場信春が、虎昌の言葉に続いて言った。

「向こうから庭先にまで入り込んで戦いを挑んできたのであれば、これを見過ごしにもできますまい」

虎昌の言葉が、その場のみんなの気持ちを代弁した。これをどう扱ったらよいのか。信玄はまだあれこれと、思案を続けている様子だった。

「三郎兵衛はどう見る?」

信繁が突然、源四郎改め昌景に問うた。

源四郎はつい最近になって、三郎兵衛尉昌景《さぶろうひょうえのじょうまさかげ》と名乗るようになっていた。親族衆と共に信玄の本陣を守備する旗本侍大将として、信玄の信頼が最も厚い昌景である。それは誰もが承知している。信玄が事態をどう見ているか。その一端が、知れると見ての問いかけか。

「海津城には高坂弾正殿、尼飾城には真田幸隆殿が詰めております。籠城の兵数は少なくとも、容易に落ちることはありません。敵もそれは十分承知の上かと……」

「景虎はこの春に、鎌倉の八幡宮において関東管領就任式を終えた。関東はおろか甲信越全域に至るまで、その威令《いれい》を行き渡らせようとの意気込みに燃えている。信濃を追われた者たちの願いは、この際なんとしてもかなえようと意を決していると見てよい」

「………」

「上洛の際は京の都の治安を回復し、将軍家に刃向かう者をことごとく退治しようと意気込んでいたようだ。だが、将軍を取り巻く三好、松永などの輩《やから》や貴族たちは一筋縄ではいかぬ者たちばかり。思うようには運ばなかった模様だ。それだけに、今度の出陣にかけた思いは強い」

信繁が言葉を継いだ。

「ここはいったん挑発に乗ったと見せて、景虎の出方を見るのがよいかと思われます」

「うむ」

昌景の言葉に、信繁に続いて信玄もうなずいた。信玄の腹は、初めからそこにあると昌景は見ていた。今度ばかりは景虎の動きを、間近にじっくり見る必要がある。

武田軍二万の軍勢は、ただちに甲府を出発した。途中、高坂昌信からは、つぎつぎに越後軍の動きが伝えられてきた。

それによれば、越後の軍勢一万三千は、海津城の西一里余(約四キロ)の雨宮の渡しと呼ばれている千曲川の浅瀬を渡河し、海津城を目と鼻の先に見下ろす妻女山の頂上に陣を布いているという。

武田の本隊が上杉軍の補給隊が待機している善光寺との間を遮断し、退路を断つであろうことを、十分計算に入れての大胆不敵な布陣である。

いやむしろ昌景には、景虎がみずからの兵を袋のねずみに追い込んでまで、信玄を自分の目の前に引きずり出そうとしているとすら思えた。

川中島に近づくにつれ、武田軍の兵士たちの緊張は極度に高まっていった。これまで景虎の兵と、直接刃を交えている者の数はごく限られている。しかしながら、ひとたび攻撃に移った際の、景虎の戦い振りの激しさは耳にしている。この度は、その鋭鋒をかわす手立てはない。誰もがそんな予感を抱いていた。

武田軍は二十四日に川中島に到着した。信玄は、まず全軍を雨宮の渡しの北西、善光寺から海津城に至る中間地点を見下ろす茶臼山《ちやうすやま》付近に兵をとどめた。妻女山の敵を、挟み撃ちにするかのような態勢を取った。明らかに景虎がどう出るか、見定めようとしてのことだ。

だが、妻女山の兵の動きはまったく見られなかった。信玄の腹のうちを嘲笑《あざわら》うかのように、しんと静まり返っていた。

そのまま五日ほどが過ぎた。越後軍になんの動きもないと見定めた後、信玄は妻女山を右に見ながら大きく迂回し、広瀬の渡しを渡河して海津城に入った。

昌景はいつ越後軍が側面を突いてきてもよいようにと、警戒を怠らなかった。山頂から、景虎は武田軍の動きを見据えているに違いない。武田軍の行軍ぶりを、みずからの脳裏に焼き付けようとしているであろう。

海津城に入った後、信玄はただちに高坂昌信、真田幸隆らを側近く招いた。二人から景虎のこれまでの動きを聞き出した。

「妻女山に陣を構えた後、まったく動く気配を見せておりません」

昌信の言葉はそれに尽きていた。そこにかえって景虎の、並々ならぬ覚悟がうかがえるのだった。

「ただひたすらお屋形との一戦に及ぼうと、機の熟するのを待っている模様です」

幸隆が付け加えた。

「うむ」

大きく合点した後、信玄はじっと黙り込んだままになった。

もはやこれまでのような手は使えない。裸で真っ向勝負を挑んできた相手に、逃げ隠れはできないのである。

名ばかりの関東管領職とはいえ、甲信越にまで支配権が及ぶ広域の、しかも名目上は守護職の上位に立つ職名とあれば、各地の豪族たちの誰もが二人の対決に注目する。

また一方の信玄にしてみれば、みずからが望んで手に入れた信濃守護職の肩書きである。たとえ相手がどうあろうとも、信濃一国のことはまずは守護職の手に委ねられる。勝手に自分の領域に入り込んできた者をいつまでも放置していては、信濃の豪族たちに示しがつかない。

妻女山の越後軍は武田軍より少ない。景虎は山上にあって、じっと待つばかりである。自分からは、決して仕掛けてはこない。信玄の無策を嘲笑うように、悠然と見下ろしている。

時折、鼓《つづみ》の音すらも遠く流れてきた。景虎みずからが、鼓の音に合わせて、舞を舞っているのでもあろうか。

昌景は、信玄の苦衷《くちゅう》を察していた。

いたずらに山上の敵に攻めかかれば、味方の犠牲は大きくなる。無駄に兵は損ねたくない。かといって、いわば庭先にいきなり踏み込んでいつまでも居座ったままの賊を、部屋の窓から恐る恐るうかがってばかりもいられない。

一国の治安を任されている者が、おとなしく相手が引き上げてくれるのを、ひたすら待っているだけでは権威は失墜する。

相手がなにも仕掛けてこないだけに、いっそう始末が悪い。どうしてもこちらから、手を出さないではいられなくしているのだ。

その手にみすみす乗るより他に策はないのか。

信玄はもはや、一戦はやむをえないと腹を括《くく》っているに違いなかった。

だが、その時期が問題である。

（こちらから仕掛けるのはやむをえまい。しかしそれを、いつ、またどう仕掛けるか？　お屋形はそれを探り続けているのだ）

昌景はそう見ていた。

四

一年前の永禄三年（一五六〇）五月、上洛を企てた今川義元が、尾張の織田信長の奇襲に遭って命を落とした。武田、今川、北条の三国同盟の一角が崩れようとしているのを、逸早く見越して景虎が動き出したのか。

景虎自身はこれまで、二度兵を率いて上洛を果たしている。足利幕府の副将軍とも言える地位にある今川家である。義元とすれば、景虎ごときに後れを取りたくないという思いがあったろう。

なにが起こるかわからない、このところの激しい世の動きである。

信玄の側近くにいることの多い昌景には、そんなことも信玄の心を占めているであろうことを察していた。義元の後を継いだ氏真《うじざね》は、義信と同年のいとこ同士である。

その点から言えば、穴山信君も信玄の姉南松院の子である。このいとこ同士の三人が、支え合って領国を守っていければと、信玄は内心では願っているに違いない。

だが義元を殺された後、もう一年以上にもなる。氏真は信長に対しなんらの行動を起こすでもなく、無為に日を送っている。義信を中心とする若い力の台頭に、一抹の不安も感じているのだ。

昌景には、そんな信玄の心の揺れも気になっていた。先日の躑躅ヶ崎館での義信の、叔父信繁に対して見せたちょっとした苛立ちにも、信玄の神経は鋭く反応する。

物事を深く考え、先の先をつねに見通そうとする信玄には、どんな些細《ささい》なことも、ゆるがせにできない判断材料になる。

日は一日一日と何事もないように過ぎていった。景虎が妻女山に布陣してから、すでに一月近くが経過している。越後軍の兵糧は、そろそろ尽きる頃である。それでも善光寺からの補給隊が妻女山にやってくる気配はない。

補給隊に動きがあれば途中で阻止し、これを救おうと妻女山から下山するのを待ち構えて叩くこともできる。だが、越後軍にそんな動きはまったく見られない。兵糧が尽きて退陣するのを、武田の将兵たちは、ひたすら待ち望んでいるのかと、景虎は嘲笑っているようにも思える。

当然のことに景虎は、初めからそのことは承知の上なのだ。

敵陣の真っただ中とあれば、越後の兵は一つに固まるしかない。信玄得意の調略も、妻女山の上までは伸びようがない。

その一方で、兵糧が尽きれば越後軍は帰国の途につく。ギリギリまで追い詰められた兵たちは、飢えた猛獣と化す。行く手を遮《さえぎ》る者は誰であれ、凶獣《きょうじゅう》と化した越後兵の死に物狂いの反撃を受ける。

また、手も出さずただ帰途についた越後軍を見過ごしにしたとなれば、信玄の評判は地に落ちる。以後、越後軍の領土侵犯は、何度も繰り返されることになろう。

ギリギリの時点まで追い詰めてしまわないうちに手を下すとなれば、もはや今日、明日をおいてない。信玄はそこまで追い込まれていた。

そして遂に、信玄の断が下った。

海津城に集まった二万のうち一万二千は、夜陰にまぎれて妻女山の麓から山上に宿営している敵に襲いかかる。残る八千の兵は、信玄とともに千曲川の河原に出て、退却する越後軍を待ち伏せし、その側面に容赦のない攻撃を加える。

山本勘助の献策による、きつつきの戦法である。

九月九日の夜半、海津城を密かに抜け出した妻女山攻撃隊は、高坂弾正昌信を隊長とし、飯富兵部、小山田備中守、馬場信春、甘利左衛門尉、真田幸隆ら十人の部隊長に率いられた兵で構成された。

一万余の兵が敵に気づかれぬよう大きく迂回しつつ移動するとなれば、数刻（五、六時間）を要する。旗を巻き、同士討ちを避けるため全員が白い布を胴肩衣などにつけ、合言葉や鬨《とき》の声などを徹底させる。遠くから敵に気づかれないよう馬に枚《ばい》（口木《くちき》）を嚙《か》ませ、物音を立てずに行軍する。

その頃合を計った上で、残る八千の兵は旗本隊を率いる飯富三郎兵衛昌景を中心とし、親族衆、一門衆の武田信繁、太郎義信、穴山信君ほか工藤昌豊らが左右に並び、信玄を前後左右から挟むような形で城を出た。

千曲川の河原に出て、広瀬の渡しを渡河し、海津城の北二十町（約二キロ）余の八幡原《はちまんばら》に夜の明ける前に陣を敷いた。この場所は越後軍が武田の攻撃隊に追われて山を下り、帰途についたとなれば、どうしても敵に横腹を見せながら通過しなければならない位置に当たる。

雨宮の渡しを渡渉《としょう》し、北国街道を北にすすめば善光寺に至る。だがその前に八幡原を通過し、犀川を渡ることになる。越後軍に少しでも乱れが生じていれば、その腹背に攻撃を加えることができる。

それが難しいとなればそのまま追従して、犀川を渡る際に敵の背後から襲いかかり、大打撃を与えることもできる。なんにせよ敵があわてて山を下ってくれば、痛撃を加えることは可能なのだ。

真っ暗な闇の中で慎重に兵を前進させる昌景は、妻女山攻撃隊に加わっている兄虎昌の顔を思い浮かべていた。妻女山に麓から攻めかかるとなれば、敵の反撃も予測しなければならない。

とはいえ、一万二千もの兵が、敵に気づかれずに果たして移動できるのか。虎昌の表情には明らかに、それを懸念している節が感じられた。

だが一度断が下されれば、前にすすむのみである。昌景とてなんの迷いもなかった。

本陣の前方を守る中央に三郎兵衛昌景隊、左翼に武田典厩《てんきゅう》信繁隊、そのさらに左に穴山信君隊、右翼に工藤昌豊隊、その右に諸角豊後守《もろずみぶんごのかみ》隊と太郎義信の隊が北国街道に向かって横に長い、いわゆる鶴翼《かくよく》の陣形《じんけい》（鶴が翼を広げた形）を取った。

そのほかに信玄の弟逍遥軒信廉《しょうようけんのぶかど》など信玄の前と左右の脇備《わきぞな》えの隊が、ぐるりと取り囲むように配置についた。

足場を熟知しているとはいえ、月が山陰に隠れた後の星明りのみを頼りの陣立では、長い時間を要した。

昌景の立っている最前線の陣営から北国街道までは、二十町（約二キロ）の余の距離がある。越後軍が通過するとなれば、物見の兵によって逐一その様子が知れる。

問題は霧である。

秋もたけなわだ。朝晩の冷え込みは厳しい。連日川霧が発生している。河原に立っていると、足元から寒さが立ち上ってくる。夜明けとともに霧が一面を覆い尽くせば、視界はまったく利かなくなる。霧が晴れるまで、敵味方とも動きが取れない。

妻女山攻撃隊が山上に討ちかかるのは丑《うし》の下刻《げこく》（午前三時）頃である。となれば、越後軍は勝っても負けても、夜の明けた後には山を下るに違いない。

八幡原を通過するのは、霧が晴れる辰《たつ》の刻《こく》（午前八時前後）と信玄は見立てた。

軍馬の移動する物音を聞き分け、敵に接近し、霧の晴れるのを待って攻撃を開始するというのが、この度の作戦である。

東の空が白み始めるとともに霧が川面を伝い、河原一面に広がり始めた。やがて上空一帯を覆い尽くす濃霧が、あらゆる物の影を包み込んでいった。

いくら耳を澄ましても、妻女山の方向からは、なんの物音も伝わってこなかった。

（まだ攻撃が始まっていないのか？）

誰の心にも、得体の知れない不安が巣くい始めていた。薄暗い灰色の霧は、容赦なく身体の隅々まで進入してくる。払い除けようとしても、なんの手応えもない。ただ一方的に押し寄せてくるのみだ。

昌景はあたりを見回した。目に映るのは、近くに居るごく限られた人影だけである。視界が遮られるということは、こうまで相互の意思疎通《いしそつう》を心理的に阻害《そがい》するものなのか。

（敵兵とて戸惑っていよう）

昌景はそう思い直し、心を静めた。

陽が昇り始めれば、霧は急速に薄らいでいく。そのときには、斥候《せっこう》の知らせも飛び込んでこよう。

兵糧が尽きかけている越後軍は、もはや山上に留まり続けることはない。もう間もなく、北国街道を北へ向かって移動する。その絶好の機会を逃さず、信玄の攻撃命令が下るのを待って敵の横腹めがけて襲いかかる。

だが、まったく音を失ってしまったかのようなこの静けさは、いったいどうしたことなのか。霧が地上の音を、ことごとく呑み込んでしまったかのようだ。

昌景の脳裏を一瞬、いやな予感が走った。

(まさか、そんなことは……)

昌景は頭を振った。あり得るはずもない。この目の前の霧の向こうに、景虎に率いられた越後の大軍が間近に陣を敷いている光景が、一瞬映し出されたような錯覚を覚えたのである。

(そんな馬鹿な!)

だがそれは、昌景の錯覚ではなかった。

白い霧の中に、薄赤い日の色が混じり始めたかと思うと、急速に光りの色があたり一面に広がっていった。それと同時に、目の前の濃霧がみるみるうちに薄れていった。

忽然《こつぜん》と、昌景の立つ中央隊の前方、五十間（約九十メートル）程の距離に、鎧兜に身を固めた越後兵の、整然と横一線に並ぶ姿が浮かび上ってきた。

五

武田軍の陣営から、

「うおー」

という、どよめきとも、叫びともつかない声が、地から湧き出たかのように響き渡った。

北国街道から大きく踏み出して、越後軍の先鋒隊はもうすでに、武田の陣営に向かって攻撃態勢を整え終っていた。

妻女山の方角から、これまでなんの物音も伝わってはこなかった。となれば、越後軍は武田の妻女山攻撃隊が到着する前に密かに山を下り、雨宮の渡しを越え、街道を北へすすみつつあったのだ。

いやそれとも、景虎は武田側の企てをことごとく察知し、昌景らが布陣を終える頃、すでに音も立てずに八幡原の前方に兵を展開していたのか。乾坤一擲《けんこんいってき》の一戦を交えようと、深い霧の向こうで、虎視眈々《こしたんたん》と待ち受けていたのか。

そのいずれとも、もはや知る由もなかった。だが、両軍を隔てていた一面の霧が、双方のそれまでの意図を被い、そしてそれが突然薄らぐことで、戦いの火蓋が切って落とされることになった。

昌景の目の前に、越後軍の先鋒隊が黒々とした大津波のように、人馬一体となって襲いかかってきた。

ふつう合戦の始めは、敵陣から石礫《いしつぶて》や矢の雨が、空を被い尽くすように降ってくる。だが、今度ばかりは前方の霧を突き破って、いきなり激流が味方の兵をひと呑みにするかのように押し寄せてきた。

「槍を立てろ！」

「一歩も後退するな！」

昌景の絶叫に続いて、先陣の各部隊長の声が、人馬の音に負けじと響き渡った。

川中島合戦図

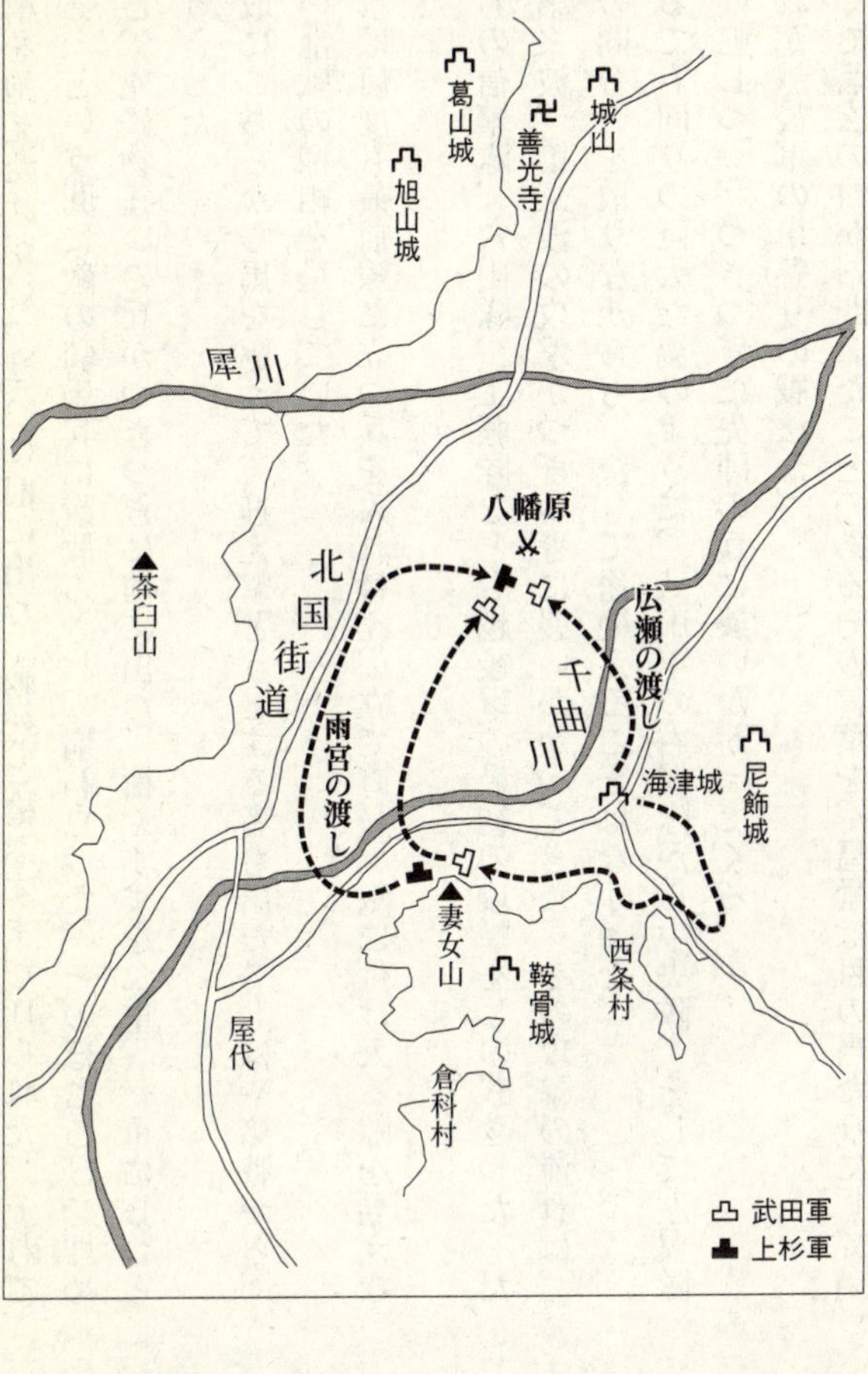
葛山城
城山
善光寺
旭山城
犀川
八幡原
北国街道
茶臼山
広瀬の渡し
千曲川
雨宮の渡し
海津城
尼飾城
妻女山
鞍骨城
西条村
屋代
倉科村
武田軍
上杉軍

長槍を抱えた兵がいっせいに前に出た。整然と槍ぶすまが作られた。それでも、あっという間に敵の騎馬兵に蹴散らされ、崩れ立った。そのほころびを埋めようと、死に物狂いの兵がつぎつぎに前に出た。槍ぶすまを二重、三重にしつらえようとした。

果敢にこちらから馬を駆って、迎え撃とうとする者も出た。もはや緒戦から、激しい乱戦の様相を呈していた。

昌景は何度も最前線に立つ兵を入れ替え、立て直し、敵に付け入る隙を与えなかった。

左右の信繁隊、穴山隊、工藤隊なども越後軍の最初の攻撃をしのぎきった。だが、第二波、第三波の攻撃がつぎつぎに襲いかかってきた。その攻撃の流れは、緩急の間合いを取りながらも、決して途絶えることはなかった。

まるで右回りの巨大な渦のように、武田軍の右翼隊から中央隊、そして左翼隊へと回転しつつ、つぎつぎに先陣の兵に襲いかかってくる。

(これが越後軍の車懸《くるまがか》りの戦法か)

かつて信玄の口から聞いたことのあるその言葉を、昌景は目の当たりにしていると思った。

新手《あらて》の兵をつぎつぎに送り出し、大きく輪を描くように攻撃を繰り返す戦法だ。武田の最前列の兵のみを、まるで大竜巻《おおたつまき》が屋根や板塀を無理やり引き剝《は》がしていくような、恐るべき攻撃方法である。

前衛隊のどこか一箇所でも破られれば、敵はいっせいにそこに兵力を集中させてくる。

(つぎはどこか一点に絞って、兵を投入してくるのではないか)

昌景はそう思った。

左右に大きく展開している武田軍を、車懸りの戦法で広範囲に、薄く引き剝がした後は、鋭い錐《きり》を打ち込むように、一点突破を仕掛けてこよう。景虎という男の激しさからすれば、いつの時点でか、必ず中央突破を試みてくるに違いない。

(その前に、左翼か右翼かに的を絞り、そこに兵を集中させてくる)

景虎がどこを狙ってくるか。

最左翼の穴山隊か。それとも最右翼の義信隊か。まず前衛部隊を切り崩し、そこから信玄の本陣めがけて突入を試みようとするだろう。

だが、はじめに兵を集中してくるところが、必ずしも本当の狙い所とは限らない。武田方の目がそこに引き寄せられ、いたずらに各隊が動けば、今度は薄くなった一点を衝《つ》いてくる。

景虎の、一瞬の戦機を見抜く目は鋭い。

(惑《まど》わされてはならない)

昌景は何度も自分に言い聞かせた。すでに信玄のもとに、繰り返し伝令を遣わしていた。最前線の戦況報告と、信玄からの指令を受け取るためだ。

「妻女山の攻撃隊はまもなく越後軍の背後を襲う。それまで一歩もその場を動いてはならぬ」

というのが、信玄の繰り返し発せられる指令だった。

たとえ左右の味方の兵が敵の集中攻撃を受けても、勝手に救援に動いてはならぬ、ということだ。

妻女山がもぬけの殻《から》と知れば、攻撃軍一万二千は、八幡原に急行してくる。それまでなんとしても、敵の攻撃を撥ね返し続けなければならない。

目の前の敵は一万三千。味方は八千。この劣勢でどこまで持ちこたえられるか。いまはその一点に懸《か》かっていた。

昌景は信繁隊、穴山隊、工藤隊、諸角隊そして義信隊に向けて伝令を発した。

「景虎の攻撃は一点突破に移る。妻女山の攻撃隊はまもなく敵の背後に回る。お屋形さまは必ず昌景がお守りする。各隊の奮闘を祈る」

そんな昌景の言葉に対し、各隊から、

「お屋形さまを頼む」

との同じ短い伝言が寄せられてきた。

いったん途絶えていたかのような越後軍の攻撃がふたたび開始されたのは、戦闘が始まってからおよそ一時《いっとき》（二時間）余りが経過した頃である。

何度となく繰り返された越後軍の猛攻を辛くも押し返し続けてはいたものの、武田軍の損害は甚大だった。だがまだ、前衛部隊は崩れ立ってはいなかった。信玄の本陣も少しの乱れもない。

妻女山からの兵の到着が遅れれば、味方の動揺は大きくなる。いったん敵に先陣を突き破られ、陣営内に踏み込まれれば、武田軍の負けは決定的になる。

しかし信玄は床几に座ったまま、少しも動揺してはいなかった。伝令の報告によって、昌景はそれを耳にしていた。

「必ず勝つ」

信玄はそう自分に言い聞かせ続けているのだ。もうすでに、味方は雨宮の渡しを渡り終えている。途中、霧で身動きが取れず、また渡河地点で敵の妨害に遭っていたにしても、必ずそれを突破してくる。そうなれば、背後から越後軍を挟み撃ちにできる。

どこを見回しても、もはや霧は跡形もなく消えている。太陽の光りが、河原一面に照り返っていた。

前方に、敵の一団が整然と近づいてきた。つぎつぎに態勢を整え直し、今度は明らかに縦に長い重深隊形《じゅうしんたいけい》を取り、昌景の中央隊をめざすかのように前に出た。

そのまま一直線に突入してくるとは限らない。途中から二波、三波と左右に分かれ、最左翼の穴山隊か、最右翼の義信隊に矛先《ほこさき》を転じてくるかもしれない。

敵の動きに惑わされてはならない。昌景は繰り返しそう思った。同時に敵の先頭の兵が、次第に左へと向かい始めるのを察知した。

（穴山隊が攻撃目標か）

だがその動きは、その後に続く越後軍の総力を挙げたいっせい攻撃の、始まりの合図でしかなかった。

村上、高梨、井上、須田、島津といった信濃を追われた兵を先陣とした攻撃に続き、本庄、河田、色部、宇佐美、長尾、北条《きたじょう》といった越後軍主力の第二陣、旗本隊など、すべてを一気に投入した戦いとなった。

景虎にしても、武田の妻女山攻撃隊の到着が近いことを察知したのであろう。その前に、なにがなんでも信玄を討ち取ろうとの、最後の突撃に違いなかった。

信繁隊がまず初めの攻撃目標となった。撃退しても撃退しても、つぎつぎに新手を繰り出し、全兵力を投入するかと思われるような、執拗な攻撃を受けた。この戦いで信玄の弟信繁は、みずからも討って出て激闘の末に最期を遂げた。

これに続いて諸角隊、義信隊も激しい攻撃にさらされ、押し包むような圧倒的な敵の大軍に呑み込まれていった。昌景は義信隊が敵の包囲に遭っているとの伝令を受けて、思わず兵を繰り出そうとした。

だが信玄からの命により、辛くも兵を止めた。すでに前衛部隊のあちこちが破られ、その間隙を縫って、越後軍がつぎつぎに突入してきていたのである。もはや昌景の中央隊も、時には一騎、二騎と背後に回り込まれ、信玄の本陣も、前方が開きがちになっていた。

昌景は味方の兵を集め、信玄の居る本陣近くに駆け戻った。信玄の弟逍遥軒信廉の隊とともに、つぎつぎに突入してくる越後兵の一騎駆けの兵の前に立ち塞がった。

これまで、こんなに本陣間近くまで、敵の侵入を許した戦いは一度もなかった。あの上田原での、敗戦とも呼べる戦いにおいてすら、敵を旗本隊の近くまで寄せ付けることはなかった。

だが昌景はそれでもなお、断固として勝利を信じている信玄の姿を、心に思い描き続けていた。

兄と弟

一

信玄の床几《しょうぎ》のすぐ近くに、白刃をふりかざした越後の騎馬武者が、駆け入ってくるまでになった。

突入してくる敵に、脇備えの兵が一人ひとり体当たりでぶつかっていくような、捨て身の防御態勢が取られ始めた。昌景は必死で隊形を整えようと、声を張り上げた。なんとしても信玄のまわりを二重、三重の兵で取り囲まなければならない。

昌景の隊は、緒戦では越後方の勇将柿崎景家《かきざきかげいえ》の猛攻をしのぎ切った。一時は追い崩す勢いまで見せた。穴山隊も善戦した。だが典厩信繁のみならず、諸角豊後守、山本勘助、初鹿野源五郎《はじかのげんごろう》など武田の主だった将兵の死がつぎつぎに伝えられた。

そんな中で、巳《み》の刻《こく》（午前十時）を過ぎた頃に、突然、越後兵の動きに変化が出た。本陣めがけて突撃を繰り返していた敵の攻撃が、止んだのである。急にその背後でざわめきが起こった。

それはみるみる大きくなった。

はっきりと馬蹄《ばてい》の音や、新手の兵の叫び声が聞こえるまでになった。

「妻女山攻撃隊が到着いたしました！」

叫び声とともに、本陣に騎馬兵が駆け入ってきた。味方の部隊がようやく八幡原の戦いに参入してきたのである。信玄の目の前に倒れ込むように駆け寄る伝令の姿に、どっと喜びの声が湧き起こった。

「うむ」

床几に腰を下したままで、信玄が大きくうなずいた。それまで押されっぱなしだった武田の将兵が、一気に活気を取り戻したかのように、

「うおーっ」

と、いっせいに空に向かって叫んだ。

敵の援軍が到着したのを知った越後軍は、もはやこれまでと見定めたのか、いったん兵を集結させた後、つぎつぎに戦場を離脱し始めた。

今度は武田軍の追撃が、開始される番である。一時は武田の十二隊のうち、九隊までも突き破る勢いを見せていた越後軍は、これまでの攻撃で疲れきっていた。それでも態勢を整え、一歩一歩後退しながら武田軍を迎え撃った。

あちこちで激しいぶつかり合いが続き、死傷者が続出した。

永禄四年（一五六一）の川中島の戦いは、最終的には双方共にそれぞれ三千余の犠牲者を出すが、この越後軍退却時点での人数が大半を占めた。そして武田の後続部隊が八幡原に到着してから後は、明らかに武田軍の圧倒的な優勢となる。

真田隊、馬場隊などが果敢に前に出て、越後軍に追い討ちをかけた。犀川を渡って退却していく際に、越後軍の殿軍《しんがり》を務めた甘粕近江守《あまかすおうみのかみ》の一隊一千余りが、犀川の流れを背にして平然と追手の兵の前に立ち塞がった。

高坂弾正の隊がこれに戦いを仕掛けた。甘粕近江守は最後まで岸辺に陣を布いたまま高坂隊を迎え撃ち、一歩も引き下がらずに全員を渡河させた後、悠然と犀川を渡った。

信玄は越後の兵がことごとく八幡原から去った後、武田軍の勝利を宣言して勝《かち》鬨《どき》を上げさせた。

だが、その後武田側の戦死者の名が報告されると、その目はじっと遠くを見つめたままになった。弟信繁の死は、信玄に改めて強い衝撃を与えた。

まだ信じられないことに思えるのか、その死を報告した者の顔を、一瞬、怒りに似た目をもって睨みつけた。そのまましばらく放心したようになった。信繁に続く戦死者の名前を、ただ呆然と聞いていた。

信繁は信玄と母を同じにする、すぐ下の弟である。父信虎が晴信（信玄）より信繁を可愛がり、密かに晴信を廃して家督を信繁に譲ろうとしていたと噂された。だが兄が父を駿河に追放した際は、兄の側に立った。その後も終始、晴信の一番の協力者だった。

信繁は息子の信豊《のぶとよ》に対し、

「家訓九十九ヶ条」

を与え、信玄に対し絶対の忠誠を尽くすよう厳しく伝えた。これは信豊に与える形を取りながらも、武田家の家臣のすべてがこれに従うようにと、あえて書き残したものである。

母の大井夫人の血を受け継ぎ、学問を好み、自分を律することに厳しく、また兄を助けることに徹した高潔な人柄だった。他の重臣たちからも、深い信頼を寄せられ続けた。

信玄は越後兵を川中島から追い払ったものの、いつまでも一人悲しみに沈んだ。昌景はこれまで、信玄の見せた悲哀を二度ほど間近く目にしている。

初めは母大井夫人の死であり、つぎに六年前の、諏訪頼重の娘で信玄の側室となった、四男勝頼の母の死に際してのそれである。

ふだん信玄は、自分から口を利くことは少なかった。なにを考えているのかわからない無表情な印象から、冷たい人柄を連想する。だが昌景にはむしろ、信玄の情の深い一面こそが、目に焼き付けられていた。

母大井夫人が死んだのは信玄が三十二歳のときである。信玄は母の言うことには絶対逆らうことはなかった。岐秀元伯《ぎしゅうげんぱく》の教えを守り、天を敬い、学問や禅に励み、自分を律することに異常なほどに厳しかったのも、昌景にはそれが大井夫人の教えだったからのような気がしていた。

あの上田原の戦いに際しても、武田方の敗北を認めたくないため、信玄（当時は晴信）は三週間近くにもわたって雪原に踏み止まった。家臣たちの誰の言うことにも耳を貸さず、撤退することを拒み続けた。重臣たちが困り果て、ついに大井夫人に戦場近くにまで出向いてもらって、ようやく退陣させた。

母の死は、それまで誰にも自分の心のうちや弱みを見せることのなかった信玄の、別の一面を垣間見《かいまみ》させた。その嘆きは深く、もうこの先一歩も前にすすめない、一人取り残された子供のような表情すらのぞかせた。その点ではむしろ、弟の信繁や信廉の方が冷静だったと言ってよい。

二十五歳で早世した勝頼の母の死に際しては、信玄の複雑な思いが交叉《こうさ》した。一人の愛する女の死に向けた嘆きが、昌景の胸にも伝わってきた。残された十歳になったばかりの勝頼を見つめる目には、心なし一人の人間としての、そして一人の父親としての悔恨《かいこん》と哀れみの色が浮き出ているように思えた。

だがこのたびの信繁の死には、それら二人の女性に向けられたものとは異質の、別のなにかがあるように昌景には思えた。自分に課せられた使命の一端を、信繁が担ってくれていると信じていた。それが自分の手元からいとも簡単に抜け落ちていってしまったことに対する、受け入れ難い絶望感でもあったろうか。

信玄は躑躅ヶ崎館に帰ってから、信繁他多くの家臣たちの法要を済ませた後、ひと月以上も自室に閉じこもったきりになった。

川中島での戦いで手柄を立てた者や死傷者の家族へ向けた心配りの恩賞や手当すらも、その間、まったく途絶えることになった。

いつもであればそれらは、真っ先に細心の配慮がなされるはずである。だが多くの家臣たちは、信繁の人となりを熟知していた。その死を悼《いた》み、信玄の心中を察して少しの不満も口にする者はいなかった。

「今度の戦はよほど激しかったものと見える」

母のおふさが嫁のおこうと二人、繕《つくろ》い物《もの》をしながら独り言のようにつぶやくのを昌景は聞いた。

囲炉裏《いろり》の火の側で、昌景はぼんやり身体を休めていた。亀沢村の自分の屋敷に久し振りに帰って、なにをするでもなくときを過ごしていた。

自分の口から、母やおこうに今度の戦いのことを語ることはない。二人にしても激しかった戦いの様子は、他から耳にしているに過ぎない。昌景が口にしない以上、ひと言も問いかけることはなかった。

「兄上さまはご無事だったのか？」

おふさはそれを尋ねたきりだった。

兄虎昌は、妻女山攻撃隊に加わっていただけに、八幡原での戦いにはたいした働きは果たさなかった。

あのとき真っ先駆けて戦場に到着したのは、尼飾《あまかざり》城に長く詰めて周辺の地理に詳しかった真田幸隆隊であり、海津城の築城に当たった馬場信春隊だった。

妻女山に初めに打ちかかった高坂昌信隊は、麓《ふもと》に集結した後続の隊に道を塞がれる結果となった。八幡原への到着は遅れ、途中、雨宮の渡し付近で待ち受けていた甘粕近江守の隊と交戦した。

八幡原の戦いが終りに近くなって、越後軍の追撃に移った後、最後まで戦い続けたのも高坂隊だった。海津城を任されていた高坂昌信は、なんとしても自分が一番手柄を上げなければという、使命感に燃えていたのだ。

もう一人の真田幸隆は、雨宮の渡しで待ち受けていた甘粕隊を打ち捨て、千曲川の他の浅瀬を押し渡った。一刻も早く八幡原に到着しなければ、との判断からだったろう。

二

死んだ信繁に向けた嘆きとは裏腹に、信玄の武田家嫡男である太郎義信に向けた目は、この戦いを境に次第に冷えたものになっていった。それに昌景が気づいたのは、兄虎昌から話を聞かされたときである。

おふさから是非にも顔を出してくれと頼まれ、昌景は虎昌の屋敷に出向いた。母にしてみれば、自分はもう遠くまでは出歩けない年になっている。代わりに挨拶に行かせる気になったのだ。

以前世話になっていたという思いが強いから、ずっと気にしていたに違いない。

「その後、弥恵殿は達者でおられようか……」

おふさが特に気にしているのは、虎昌が六年前に迎えた若い側室の腹に子供ができ、来年早々にも生まれる予定になっているということである。飯富の家はどういうわけかあまり子宝に恵まれず、虎昌はなにより跡継ぎのいないことを長年嘆き続けてきた。

それがどういう拍子《ひようし》にか、五十の半ばを過ぎて突然、側室の弥恵に懐妊の兆候が表われた。猛将と恐れられた虎昌が夢中になり、いまからもう甘い親に成り下がっていると、陰口を叩かれてもいた。

単なる噂に過ぎないとおふさは語っていたが、昌景自身は気になっていた。躑躅ヶ崎館で顔を合わせることはあっても、私事の話はいっさい交わすことはない。昌景にはいくつになっても虎昌は苦手なのだ。

「弥恵の顔が近頃きつくなってきた」

おふさの言葉を伝えると、虎昌はこれまで昌景が一度も見たことのない柔和な顔つきになってそう言った。

「それではお腹のお子は男であると？」

昌景が思ったままを言った。

「そうは思ってもいるが、こればかりはわからん。それよりいまは、なにより無事に生まれてくれればと願っている」

虎昌はとたんに心配そうな顔になった。昌景は即座に、噂は本当かもしれないと思った。

「ところで先頃、わしはお屋形に呼び出され、義信さまの面倒を見てくれと頼まれた」

「それは……」

昌景は意外に思った。義信はすでに二十四歳である。いまさら守役を付けるという年でもない。

「お屋形が、兵部もそろそろ先陣を担うのはきつかろう、それより武田の後を継ぐ者に戦《いくさ》の駆《か》け引《ひ》きをよくよく教えてくれぬか、と言い出された」

義信が十六歳の初陣の折には、虎昌が御旗屋《おはたや》において具足をつける儀式を執り行った。その後も、佐久地方への進出などに際し、しばしば義信の旗本隊と行動を共にしてきた。

そうしたことから言えば、虎昌はすでに事実上の守役を務めていたとも言える。だが、いまになって改めてそれを言い出されたのには、なにか特別な意図がありそうだった。

「それで兄上はなんと？」

「うむ」

と、虎昌も一瞬、首を傾げるようにして言った。

「義信さまはもう立派に一人前にお成りです、とお答えした」

いまでも虎昌には、納得がいかない様子である。信玄が昌景とともに神之峰城に向かった際、義信の方は虎昌といっしょに佐久郡に出陣した。敵の要害九つを瞬く間に陥落させ、父信玄を大いに喜ばせてもいた。

「口ではなにも申さぬながら、なにやら義信さまに対しては、不満に思っておられることがおありのようだ」

それを聞いて昌景は、密かに耳に入っていることが本当のことなのかと、暗い気持ちになった。

それというのは、今度の八幡原の戦いで越後軍の猛攻を受けた際、最右翼に陣取っていた義信隊が大きく崩れ立った。その折り義信隊から昌景隊に対し、救援を求める伝令が遣わされた。信玄はこれに対し、昌景に動いてはならぬと厳命を下した。

この信玄の処置に対し、義信が後になって不満を述べているとの噂が流れたのである。

「父は叔父上（信繁）が危機に陥った際には救援の兵を向けろと叫んでいたのに、嫡男である自分に対しては、冷たく見殺しにされようとした」

というものだった。

本当に義信がそんなことを口にしたのか、真偽《しんぎ》のほどはわからない。だがその後も義信の、父信玄に対する不遜《ふそん》とも思える声が耳に届くようになった。

「父は近頃、弟の勝頼をなにかにつけ、表に立てようとなされている」

義信がそんなことを、公言して憚《はばか》らなくなっているというのである。勝頼はすでに十六歳である。川中島の出陣に際して、しきりに初陣を願い出ていた。父信玄はまんざらでもない顔になっていたと、もっぱらの評判だった。

結局初陣は許されなかったが、こうした義信にまつわる噂が絶えなくなって、信玄はここでもう一度武将としての心得、戦の駆け引き、武田家の嫡男として必要な教育を、いまでは最高齢の老臣の地位にいる兵部少輔虎昌に、一任する気になったのではないか。

と同時に、昌景にはそこに義信に対する信玄の一抹《いちまつ》の不信を見る思いもした。信玄にしてみれば、正室三条殿の産んだ嫡男義信に期待するところは大きい。自分の地位をいずれは引き継ぐ者である。

それだからこそ、義信は自分のすべてを深く理解していなければならない。大井夫人の薫陶《くんとう》を素直に受け止め、自分を律し続けてきた信玄である。多くを語らずとも、義信にはそれを察知するだけの判断力を、なにより身につけていて欲しいのだ。

信玄の背負っているものが大きいだけに、当然義信に対する要求は過酷になる。そんな父の想いとかけ離れた義信の不満は、度し難い怒りの念をすら抱かせているのではないだろうか。

「将としての心得や戦の駆け引きに関しては、わしは義信さまに、もはやお教えすることはない」

虎昌にしてみれば、これまで自分が義信の側に付いてきたという自負がある。

若いときの信玄と比べて、先の先を見通そうとする思慮深さには欠ける。だがそれは、おいおい身に付けていけるものと考えているのだ。

「わしが見る限り、問題なのは義信さまが勝頼さまを、あまりよくは思っていない様子がうかがえることだ」

さすがに虎昌は義信のことをよく見ている。義信の、父信玄に対する不満はそこにあると、昌景にも思えていた。勝頼との年齢差は八歳である。弟に対する嫉妬や不信ということではない。

勝頼はすでに母方の諏訪氏の名跡を継ぎ、この年の永禄五年（一五六二）に高遠城の城主となっている。諏訪大明神への信仰心の篤《あつ》い信玄である。諏訪家を滅ぼしたと非難されるのは堪《た》えがたい。勝頼の母、諏訪御料人に対しても同様の気持ちが働いたに違いない。

だが義信にしてみれば、勝頼の母の存在と信玄の執心は、誇り高い三条家の娘である母に対する許しがたい背信行為とも受け取れる。

正室である三条夫人にとっては、もはや死んだ者に対してこだわりはないだろう。信玄の性格からして、正室に対する配慮に欠けるところがあろうはずもない。それでもなお、母思いの義信には引っかかるものがあるのだ。

「義信さまにとってはお屋形のお気持ちが、自分に対するのと違って勝頼さまにはなにゆえ濃《こま》やかになられるのか、との思いがあろう」

「信繁さまが生きておられれば、お屋形さまに代わってその辺のところは、伝えようもあったでしょう。その役割を兄上に期待しているのでしょうか？」

「それはあるまい。いや、それがたとえあったにしても、誰にそれが果たせようぞ」

言われてみればそのとおりである。

武田家の嫡男として、義信には誰が見ても不足はない。信玄もまた、早くからそれを当然のことと思ってきた。義信のすぐ下の弟信親《のぶちか》（竜芳《りゅうほう》）は生まれつき盲目であり、三男信之《のぶゆき》は早世している。

父信虎は自分を差し置いて、弟の信繁に家督を継がせようとした。同じことを信玄は繰り返すつもりはない。だからこそ、いっそう義信に対する要求は大きくなる。

信玄の焦燥《しょうそう》がそこにあることに、昌景はこのところ気づかされていた。いま兄虎昌との話がすすむにつれ、それがますます大きく広がっているような気がした。

「ところで源四郎。おこう殿の方は跡継ぎはどうなのだ?」

虎昌は強引に、話題を昌景の身辺に向けてきた。

「こちらのほうはまだまだ……」

「ぐずぐずしていると、わしのところのようになってしまうぞ」

虎昌はひげだらけの顔で、にやりと笑って見せた。

川中島をめぐっての戦いが一段落した後、武田軍の矛先は上野国に向けられることになった。それ以前から、信玄は鳥居峠を越えた吾妻渓谷周辺の事情に詳しい真田幸隆に命じ、密かに上州への侵攻を試みていた。そのための手は着々と打たれていた。

景虎が上杉の名跡を受け継ぎ、また関東管領職に任じられたことから、さかんに関東への出馬が繰り返された。これにともなって小田原の北条氏から武田に、援軍の要請がしばしば発せられていたのである。

この後上杉輝虎《てるとら》（将軍義輝《よしてる》の一字を貰って改名）との戦いは、上州や武蔵国へ舞台を移して繰り返されていく。

三

永禄五年（一五六二）十月に、信玄は上杉方に属する妙義山南麓の上州国峰《くにみね》城（甘楽《かんら》町）を下し、続いて武蔵松山城（東松山市）に向かった。翌永禄六年二月にわたって上杉憲勝《のりかつ》の守るこの城を、北条軍とともに包囲した。

この城攻めには北条氏康とその嫡男氏政、信玄と嫡男義信がそれぞれ父子で出陣した。武田軍は金掘り衆を動員して城の地下を掘り崩し、扇谷《おうぎがやつ》上杉定正の末子である憲勝を降服させた。

武蔵松山城は、十六年前に扇谷上杉朝定《うえすぎともさだ》が、北条軍に河越城を追われて逃げ込んだ城である。

関東の安危《あんき》はこの城にかかっているとの危機感により、上杉輝虎は豪雪に埋っている三国峠を越え、あえて出陣してきた。松山城の近くに達したとき、すでに城は北条・武田の連合軍の手に落ちてしまっていた。

同じ永禄六年の十月には、真田幸隆の手によって近国無双の堅城《けんじょう》と謳《うた》われた岩《いわ》櫃《びつ》城が武田の側の手に落ち、信玄の関心は上杉方に属する西上野最大の要塞、箕《みの》輪《わ》城に向けられることになる。

だがそれと併行して信玄の目は、この頃から南にも注がれ始めていた。他でもない、駿河の今川領に対してである。

これまで今川家とは、太い絆《きずな》で結ばれており、東の北条氏とともに強固な同盟関係が結ばれていた。すでに亡くなっていたが、信玄の姉定恵院は今川義元の正室であり、その長女と義信とはいとこ同士の夫婦である。

この二人の仲は親密であり、義元が織田信長によって討たれた後、今川家の宗主となっている氏真もまた、義信と同い年のいとこ同士であった。

義信にとって、今川家との関係は単に同盟を結び合ったという以上の、強い絆が意識されていた。そしてもう一人、武田家の次代を担う穴山信君もまた、信玄の姉南松院を母とする関係にあった。

穴山氏は今川領と境を接する富士川一帯の河内領を支配し、また定恵院と南松院が姉妹ということから、女同士の心のつながりも強かった。おまけに信君は、信玄の娘で母を同じにする義信の妹（見性院）と重縁を結んでもいた。

つまり、血縁同士が結び合うことで、互いの安全策を図っていたのである。だがこの頃、信玄の心の中では重大な変化が起こり始めていた。

信玄の甥である氏真には、戦国武将としての資質に欠けるところがあり、信玄の目には広大な今川領を保つことは、とうてい不可能と見えていた。

事実、父を討った信長に対し、弔《とむら》い合戦を仕掛けるでもなかった。またそれまで今川家の人質として駿府城で子供時代を過ごし、桶狭間《おけはざま》の戦いの際は今川の先陣を担って尾張領に攻め入り若年ながら見事な働きを見せた松平元康《まつだいらもとやす》が三河に帰り、名を徳川家康《とくがわいえやす》と改めて今川家から独立してしまった。

つまりは氏真を見限ったのである。しかもこともあろうに信長と手を結んで、敵国尾張に擦り寄っているのだ。

信玄にとって、北に上杉輝虎を意識しなければならない以上、背後に当たる南の今川領は、なにより安全でなければならない。戦国の世となれば、隙を見せればどこからでも敵は襲いかかってくる。

この先、信長や家康がどう動くか。油断がならなくなった。亡くなった姉の子とはいえ、その領土を他の者に掠《かす》め取られては、甲斐や信濃がたちまち不安定になってしまう。

氏真の方から信玄に助けを求めてくるのであれば対処のしようもあるが、氏真にも重臣たちにも、そんな考えはまったくない。いたずらに口出しもならず、他から狙われても手の打ちようがない。

となれば事前の予防策である今川領の内情探索に、力を入れることになる。

穴山信君や飯富兵部はこれまで今川家との交流が深かった。信玄はそれとなく、この二人から事情を聞くことが多くなった。また、甲府に出入りする商人や僧侶たちを躑躅ヶ崎館に招き、密かに草の者（間諜）を放って今川領を探り始めてもいた。

こうしたことが、いつか義信の耳に入った。次第に父信玄の行動に、疑問を抱くようになった。

義信は近頃では、なにかにつけ神経を尖《とが》らせていた。それは一つには、父の自分に対する不信を早くから感じ取っていたからである。それが逆に、父に対する疑いを抱かせる結果にもなっていた。

信玄には、もともと甲斐源氏の熱い血が脈打っており、都への関心は強かった。

源平の時代に、同じ源氏の血を引く源頼朝が反平家の旗を挙げ、甲斐源氏の祖武田信義がいちはやくこれに参加したことは、誰にともなく聞かされてきた。富士川の戦いで平家軍を敗走させるきっかけを作り、その後も木曽義仲の討伐に功のあった信義の嫡男一条忠頼が、かえって頼朝に警戒されて殺され、信義も徹底的に冷遇されていったことも……。

甲斐源氏はその後鎌倉からも京都からも見放され、長く山国の厳しい環境の中に逼塞《ひっそく》を余儀なくされた。信玄の父信虎は、身内同士の戦いに明け暮れながらも、都への進出を思い描いた。将軍足利義晴《あしかがよしはる》の「晴」の一字を嫡子太郎に貰い受け、上洛を果たすことを念願としていた。

信玄の母大井夫人が、傑僧の名声の高かった岐秀元伯《ぎしゅうげんぱく》のもとでわが子太郎に学問・教養を身に付けさせたのも、同様の願いが込められていたからである。

岐秀から、「王道政治」のありようを教え込まれた晴信（信玄）は、目の前で繰り広げられている「戦国の世」を排して、みずからが「王道政治」の実現を果たしたいと願った。現実的で手堅い性格から、まずは一つひとつ積み上げるように、隣国の領土を併合《へいごう》することから始めた。

上杉輝虎や今川義元の上洛の動きに、関心がなかったわけではない。信玄にとっては海を手に入れることが、密かな宿願であった。大量の物資を移動させるのに便利な、海を手に入れたかった。

今川氏や北条氏は、海を最大限に活用している。それを信玄は知り尽くしていた。兵や兵糧の移動のみならず、海産物や遠く離れた国々との交易にも資するのである。

輝虎は日本海に面した多くの港を支配下に収め、そこに出入りする船から莫大な税を徴収してもいた。信玄はそれらの情報を、甲府を訪れる商人たちから、なにもかも聞き出していた。

異国から入ってきた鉄砲という新兵器に対する知識にも通じ、港や船を手に入れれば、その入手も容易になると考えていた。

善光寺を挟んで八年前に景虎と戦った際、信玄は旭山城に三百挺の鉄砲を運び入れた。今川領の港を通じて入手した鉄砲の威力を、試してみようとしたのである。またそれらを十分活用するためには、大量の硝石《しょうせき》を海外から輸入する必要があるということも知った。

一方の義信は、父信玄の狙いが疑いようのないものとなるにつれ、その意図するものが天をも恐れぬ所業であることに気づいた。隣国の、しかも重縁を結び合った者同士を無情に引き裂くことなど、どうして許されようか。

自分の愛する妻の実家を滅ぼし、領土をわが手に収めようとの父信玄の意図は、人間として許されるべきことではない。

義信は父信玄が、駿河の事情を詳しく調べさせ、自分にもそれとなく意見を打診したことから、側近である長坂源五郎《ながさかげんごろう》、曽根周防《そねすおう》の二人に密かに相談し、信玄の狙いを阻止しようと謀《はか》った。

しかしなんら有効な策は思いつかず、かえって信玄から警戒されるようになった。

昌景は信玄から、こんなことを聞かされていた。

「近頃義信の側近たちが、なにやら動き回っているようだ」

奥座敷に呼ばれ、あれこれ近況報告を済ませた後、兄虎昌の噂話などを交わした後で、ふっと独り言のように漏らした言葉である。さりげないふうを装っているだけに、昌景には事の重大さをうかがわせた。

「兄はこのところ西八幡村の屋敷から離れず、坊麻呂《ぼうまろ》を相手に日を送っていると聞いておりますが……」

「とすれば虎昌のところには、まだ行ってはいないということか」

義信がなにを目的としているのかは、昌景には見当がつかなかった。と同時に、守役である虎昌が、そのことに関係しているのではないかと、信玄が疑い始めていることに気づいた。

虎昌には、三年前に待望の男子が誕生していた。名前を坊麻呂とつけて、大変な可愛がりようだった。

おふさは坊麻呂が無事誕生したとき、さっそくおこうに祝いの品を届けさせた。自分の足で出向いていかぬばかりの喜びようだった。これで飯富の家も安泰だと、なにやら肩の荷を降ろしたようなはしゃぎようだった。

昌景には、いまの虎昌が義信の側近たちの企てとなんらかの係わりを持っているとは、とうてい思えなかった。

「目付《めつけ》の坂本武兵衛《さかもとぶへえ》が、深夜に義信の屋敷から長坂と曽根が出てくるのを、何度か目にしたと言ってきている」

「若い連中だけに酒を飲みながら話しているうち、つい夢中になってしまったのではないでしょうか」

「このところの三人の行き来は頻繁《ひんぱん》で、人目を避けてのことということだ」

すでに信玄の腹のうちでは、確信に近いなにかを抱き始めているような口ぶりであった。

昌景は、不安になった。

信玄の駿河国への関心は、すでに昌景も相談を受けていた。上野国への侵攻が一段落した後には、間違いなく今川領にも手が打たれる。虎昌がそれを知っているのかどうか。

信玄が直接虎昌に向かって、それを口にした様子はない。義信から虎昌に、なんらかの相談が持ちかけられたのかが問題だった。

このところ、西八幡村の屋敷には足を運んでいない昌景には、うかがい知る由もなかった。

（一度、兄の屋敷を訪ねてみよう）

昌景はそう思った。

四

永禄七年（一五六四）七月十五日の夜、昌景は馬に乗って西八幡村に向かった。

月明かりが、夜道を白く照らし出していた。

釜無川《かまなしがわ》の土手伝いにすすむと、虎昌の屋敷を取り囲んでいる樹木の黒い陰が遠くに見えてきた。

門前に立って案内を請うと、門番の太吉が出てきた。夜の訪問だけに、五十歳を過ぎた顔なじみの太吉も、さすがに驚いている様子だった。なにやらあわてているふうを見て、昌景はとっさに先客の存在を察知した。

「客人が見えているのか？」

昌景は太吉に、探りを入れた。

「はい」

「こんな夜分に？」

自分も夜分の訪問者だが、身内なだけにあえてそう言った。

答えてよいものかと、迷っているふうだった。

「わしに知られてはまずい相手か？」

わざと相手を刺激する言い方をした。答えざるを得ないように仕向けたのである。

太吉は一瞬ためらった後、思い切ったように言った。

「義信さまとお連れの長坂さま、曽根さまのお三人です」

「わざわざ甲府からここまでやってきたのか？」

「なんでも盂蘭盆会《うらぼんえ》の灯籠流《とうろうなが》しを見物にこられたついでに、お立ち寄りになったとのことです」

「前にも、見えたことがあるのか？」

「いえ、お三人が連れ立って見えられたのは、今夜が初めてでございます」

「どのくらい前からきているのだ？」

「もうかれこれ一刻半《いっときはん》（三時間）ほどにもなります」

「それでは日暮れ前になるではないか？」

「はい……」

太吉も灯籠流しの見物にしてはと、不審に思っているようだった。

昌景は、三人の口実に過ぎないと確信した。

太吉が先に立って昌景の訪問を伝えようとしているのを押し止め、勝手を知った奥座敷に向かってすすんだ。

障子越しに、議論が取り交わされていた。しきりになにかを言い張る長坂と曽根と思われる声が、耳に飛び込んできた。

相手を制するかのような虎昌の声が、時折入り混じった。話の内容はまったく聞き取れなかった。

昌景の後ろで、太吉がおろおろしながら様子をうかがっていた。

「兄上にわしがきたと伝えてまいれ」

昌景の言葉に、太吉はあわただしい足取りで去った。

やがて座敷の中から虎昌が顔を出した。

「なんの用があって、こんな夜分にやってまいったのだ」

明らかに昌景を、歓迎してはいない口調である。

返答次第では、弟といえどもただでは済まぬ、といった剣幕だった。

「近日中に飛騨に出陣することが決まり、兄上にご挨拶を申し上げたく……」

「そんなことでわざわざやってまいったと申すのか」

疑わしげな目でそう言った。

「いえ、母がその後坊麻呂殿はいかがいたしておるか、ついでに聞いてまいれとしきりに言い立てるものですから……」

昌景は母を口実に持ち出して、言い訳をした。

飛騨出陣は、信玄に命じられたばかりである。いつ出陣してもよい準備に入ってはいた。信玄自身は甲府に留まり、昌景のみの出陣が予定されていた。また、母がさかんに言い立てていたことも事実だ。

坊麻呂を引き合いに出されて、さすがに虎昌も一瞬、顔色を和ませた。

「坊麻呂は元気だと伝えてくれ」

怒りの口調を鎮《しず》めて言った。

「どなたかと、言い争われておられましたようですが?」

「言い争いではない。話に熱中していたまでだ」

たちまち不愉快な顔になって、昌景を鋭く睨みすえた。

「あの声は、長坂源五郎と曽根周防のようにも聞こえましたが？」

「おまえはいつから目付の役に就いたのだ」

「いえ別に、なにかを探ろうとしているわけではありません」

「当り前だ。人の家に夜分にいきなりやってきて、あれこれ詮索《せんさく》するなど、もってのほかであろう」

「家に入るとすぐに、聞き覚えのある声が耳に飛び込んでまいりましたので……」

昌景はなんとかその場を取り繕おうと、言い訳を繰り返した。

「若い者がわしの昔話を聞きにまいったまでのことだ。余計な詮索など無用だ」

それ以上口を挟ませたくないと思ってか、虎昌は厳しい口調でぴしゃりと言った。

義信やその側近たちの名前は、ついに虎昌の口からは発せられなかった。そこにかえって、三人の訪問者の目的とするところが透けて見えるような気がした。

だが昌景はあえてそれ以上踏み込まず、そのまま虎昌の屋敷を辞した。

いまにも後ろから、三人が追いかけてきそうな気配を感じつつ、昌景はわざとゆっくり馬を歩ませた。三人が追いかけてくるようであれば、相手をするまでと腹を括《くく》っていた。そうなれば、三人がなにを話そうとしていたかがはっきりする。聞かれては都合の悪いことを、相談していたということだ。

(兄虎昌も、承知の上のことなのか)

昌景は、あの奥から聞こえてきた話し声の調子から、虎昌は三人をなだめ続けていたに違いないと思えた。

その日はそのまま亀沢村の屋敷に戻り、翌日は早朝から、躑躅ヶ崎館に出仕した。一晩中一睡もしないで、虎昌の屋敷でのことを言い立てるべきかと迷い続けた。自分がそれを口にすれば、兄虎昌がこの一件に巻き込まれることは明白である。

なにが話し合われたのかは、自分にはこうだと言い切れない。ただ、虎昌の屋敷で、夜分に四人が話し合っていたことは事実である。それをはっきりと耳にし、また座敷の中から出てきた虎昌は、誰と名前は言わなかったものの、昌景が口にした名前をはっきり否定はしなかった。つい先日、信玄の口から直接義信の側近たちの疑わしい行動を聞かされている以上、口をつぐんだままにはできない重大事でもある。たしかに虎昌の言うように、ただ単に若者たちと昔語りを交わし合っただけ、とも考えられる。いや、そうであって欲しいと昌景は願った。

だがそれを判断するのは、あくまで自分ではなく信玄自身なのだ。

昌景が信玄の前に顔を出すと、そこにはすでに目付の坂本武兵衛と横目《よこめ》の萩原《はぎわら》豊前《ぶぜん》の二人が控えていた。なにやら相談済みと見えて、昌景が姿を現わすのを待ち構えていたという格好だった。

「この二人から、昨夜のことは聞いた」

昌景がなにも言い出さないうちに、信玄が口を切った。

義信と側近たちの行動は、坂本らが密かに遣わした者たちから、詳細に報告がなされている模様だった。

「兄の口からは、昔語りを若者たちと取り交わしていただけだ、と聞いております」

「うむ」

「その者たちの名は、聞き出されませんでしたか?」

坂本武兵衛が、すかさず昌景に問うてきた。草の者たちの報告で、三人の名前は確実につかんでいるに違いない。それを昌景の口からも確認しようとしたのだ。

「誰の名前も、口にはしませんでした」

昌景はあくまで事実のみを言った。

「聞き覚えのある声を、耳にはされなかったのですか?」

昌景に対する追及は、慇懃《いんぎん》でかつ執拗だった。もはや、隠し立てはしない方が、かえって兄のためであると昌景は思った。

昨夜の一部始終を、昌景は信玄の前で語った。

「これで四人の企ては明らかになった」

ポツリと信玄の口から、そんな言葉が洩れた。

「四人の企てですと?」

昌景は驚いて信玄の顔を凝視《ぎようし》した。それから坂本、萩原の顔に視線を移した。

二人は昌景と視線を合わせることなく、じっと畳の上を見つめながら、ゆっくりと大きくうなずいた。

「先日来の探索によって、兵部殿のお屋形さまに対する謀反《むほん》の企ては、明らかになりました」

坂本武兵衛の口から、昌景がまったく考えもしていなかった言葉が飛び出してきた。

「お屋形さまへの謀反ですと！」

思わず昌景は大声を出した。兄が、虎昌がそんな大それたことを！

まったくありえないことである。昨夜の様子からしても、むしろ虎昌は必死で他の者たちを、なだめようとしていたとしか思えないのだ。

「兄に限って、断じてそのようなことは……」

昌景は必死で叫んでいた。

その席でのことはいっさい他言無用と、昌景は口止めされたままになった。

五

八月に入って、上杉輝虎が善光寺に兵をすすめ、犀川を渡ったという知らせが飛び込んできた。信玄はいったん信州深志城（松本市）に入って、越後勢の様子をうかがった。

信濃と境を接する飛騨の豪族が、武田方に心を寄せる豪族たちを牽制するため輝虎に助けを求めたのである。

今度の出陣では輝虎に戦う意志はなかった。

信玄は深志城から馬場信春らとともに出撃し、六十日間対陣した。双方睨み合いのまま推移し、その間信玄は、義信や兵部らの出方をじっとうかがった。

義信への出陣命令は下されなかった。目に見えない厳戒態勢が、甲府に残った義信の旗本隊に向けて敷かれた。それは昌景の目には、信玄のギリギリのためらいとも、義信をはじめ側近らに向けた最後の猶予期間とも取れた。

昌景は、兄の無罪を訴えようと何度も信玄に面会を申し出たが、そのことごとくを拒否されていた。

川中島から帰陣した後、師走に入って突然、義信に謹慎《きんしん》が言い渡された。同時に長坂源五郎、曽根周防ほか義信の旗本隊に属する主だった将兵十数名が捕らえられ、縄を打たれた。

それに続いて飯富兵部少輔虎昌も同罪とされ、身柄を拘束された。昌景はただちに虎昌への面会を申し出たが、長坂らといっしょに牢に入れられ、厳しい詮議が続けられているとの理由から、逢うことは許されなかった。

そのまま数日が空しく過ぎた。年も末頃になって、信玄の方から昌景への呼び出しがあった。兄がなんと言っているのかを聞きたくて、昌景は急いで信玄の前に出た。

虎昌が無実を主張しているのであれば、なんとしても弁護するつもりであった。あの夜の様子からしても、絶対に虎昌が自分から長坂らの企てに加担していたとは、思えなかったからである。

だが、信玄の口から発せられた言葉は、まったく予想外のものだった。

「虎昌は、すべて自分が長坂らに持ちかけたことだと、素直に自供した」

「そんなはずはありません」

　思わず昌景は、叫んでいた。

「あの夜、兄は必死に長坂らを止めようとしていました。わたしの耳にはそうとしか聞こえませんでした」

「いや、虎昌はなにもかも自分が企てたことだと申しておる」

　信玄はじっと半眼のままで、そう繰り返した。

　なにを言っても覆《くつがえ》ることはないと、言わぬばかりの断固たる態度が、信玄の全身からにじみ出ていた。

「それでは一度、兄に面会を……」

　昌景はすがるように信玄に食い下がった。

「その必要はない」

　もはや取り付く島はなかった。

　なにがなんでも、虎昌を首謀者に仕立て上げようとの信玄の腹なのか。一瞬、昌景の胸に、裏切られたような失望感が閃光《せんこう》のように走った。

そのまま互いに息を呑んだように、押し黙ったままになった。

それからポツリと、信玄の口から言葉が洩れた。

「虎昌は、自分からすべての罪を被ったのだ」

悲痛な言葉だった。誰にも聞かせたくない、また誰にも聞かれたくない言葉のようだった。その様子から、昌景は信玄の言葉に嘘はないと感じた。

虎昌はなにもかもを承知の上で、自分が罪を被ろうと決心したに違いなかった。義信一人を助けるために、自分がすべての責任を引き受けることにしたのであろう。

あの夜、長坂らの企てを耳にして、虎昌はその無謀さを止めようとした。その中身ははっきりしないものの、恐らく信玄を追放するか戦場で暗殺しようとの企てであったろう。話だけの段階だったにせよ、この時点ですでに、坂本や萩原ら目付の内偵はすすんでいたのだ。

虎昌の目から見れば、信玄の用心深さ、人の心を読み透す力が並大抵のものではないことはわかっていた。どんな些細《ささい》な企てであろうと、すぐに見破られてしまうと思っていたに違いない。

その上、間の悪いことに、弟の昌景にその現場を押さえられてしまった。どんな言い訳も通じないことは、百も承知だったのだ。

信玄がどんな裁定を下すか。それをじっと待ち受けていたといってよい。そしてその結果、自分に取るべきどんな手段が残されているのかを、考え抜いたのだ。

昌景が、初めて晴信の近習として躑躅ヶ崎館に出仕しようとした際、虎昌の前に出た。昌景はいまでもはっきりと、そのときのことを覚えている。

虎昌は、近習として仕える源四郎の心構えを問い質した。

そして、こう言った。

「近習の役目とは、仕える主人のために命を投げ出すことだ。たとえ無駄死にとわかっていても、主に死ねと言われたら、いつでも死ねるだけの覚悟を肝に据えておけ」

あのときの虎昌の言葉を、昌景はこれまで一度も忘れたことはない。それは守役とて同じなのだ。

義信の言うことがどんなに無理とわかっていても、それが止めようのないこととなれば、従うしかない。まして今回のように、自分が前に出ることで、主である義信の命を救えるものであれば、なにもかもを黙って引き受けるしかない。

そう覚悟を決めたに違いなかった。

信玄もまた、そんな虎昌の気持ちを承知の上で、あえて虎昌の言葉に乗ろうとしているのであろう。虎昌は、自分や義信の側近たちや旗本隊の主だった将兵の生命が犠牲になることで、信玄が義信一人の生命を助けようとしたことを、義信自身が悟るに違いないと思ったのだ。

実の父親とはいえ、お屋形に逆らうということが、どんな結果をもたらすか。守役である虎昌は、自分の命に代えて義信に教えようとしているのだ。

昌景は、もはや信玄の前ではなにも言わず、その場を辞した。

虎昌ほか主だった者たちの、切腹が言い渡されたのは、年が明けた永禄八年（一五六五）正月半ば過ぎであった。

おふさの嘆きは深かった。

「ようやく坊麻呂が四歳になり、飯富の家も安泰になったと喜んでいたのに……」

昌景は何度となく、母のそんな言葉を耳にした。

「あの虎昌殿がお屋形さまに謀反を企てるなど、考えられるものですか。そなたはなぜそれを、お屋形さまに申し上げぬのだ」

母に責められても、昌景にはなにも言えなかった。虎昌の意図するところを、たとえ母といえども明かすわけにはいかない。

「坊麻呂と弥恵殿の生命はどうなるのか……」

母の嘆きは尽きなかった。

だが昌景には、二人の生命が無事救い出されるであろうことが、薄々わかってもいた。表沙汰にはならないものの、その手立ては調《ととの》えられていた。二人はすでに、穴山信君預けとされていた。

その後信君の正室、つまり義信の妹で信玄の正妻三条殿の娘である見性院が、二人の身柄を引き受け京の三条家のもとに送り、秘密裏に養育される手筈となっていた。

謀反の企ての首謀者とされた虎昌だったが、その汚名を被ったまま切腹して果てたのは、義信の生命を救うための非常手段であったことは、ごく一部の人間にはわかっていたのである。

だがこのことについては、信玄も知らないこととされた（この坊麻呂は、その後京都三条家に預けられて成長し、古屋弥右衛門と改名して十七歳で甲州に帰り、その子孫が富士川水運中興の祖孫次右衛門である旨が『中富町誌』に記されている）。

「せっかく飯富の家が安泰となったと思っていたのに、こんなことで家名を失ってしまうとは、どんなにか虎昌殿は無念であったろうに……。こうなったら、もはや源四郎のみが頼りぞ。なんとしても飯富の家名を、もう一度復興させねばならぬ。おこう殿との間に、一日も早く男子をもうけねばならぬ」

おふさは、これまで見せたことのない険しい目を、源四郎昌景とおこうの二人の上に注いだ。

だがこのおふさの願いも、思わぬことから挫折《ざせつ》させられてしまうことになる。

武田の赤備え

一

武田の家中を震撼《しんかん》させた飯富兵部、長坂源五郎、曽根周防らによる謀反事件は、首謀者と目される者たちの割腹《かっぷく》によって、ようやく鎮静化に向かった。本来であれば斬罪に処せられるところである。だが、飯富兵部以下のこれまでの功績に免じて、あえて切腹ということになった。当日、躑躅ヶ崎館の東、東光寺に近い広場は見物の衆でいっぱいだった。

月が変わって二月に、昌景は信玄に呼び出され、躑躅ヶ崎館に赴《おもむ》いた。

「兵部に従っていた騎馬の兵百五十騎をその方に預け、総勢三百騎の侍大将とする」

昌景の顔を見るなり、信玄はそう言った。

「これから以後は、虎昌に代わって武田の兵の先鋒《せんぽう》を担い、三郎兵衛昌景の行くところ敵なしと言われるようにせよ」

「ははっ」

武田軍団の中にあっても、いま三百騎を預かる者は他にいない。信玄の、昌景に賭ける気持ちには並々ならぬものがあった。

それに続いて、信玄の口からこんな言葉が飛び出してきた。

「なお今日より飯富の名を改め、〝山県《やまがた》〟と名乗るがよい。山県の名跡は、甲斐の名門の家だ。飯富の名に決して劣ることはない」

信玄はこれまでにも、後継者がいなくなって家が絶えた名跡を功績のあった者に受け継がせ、ふたたび家を興させてきている。

昌景が親しくしている工藤昌豊なども、昌豊の父工藤下総守虎豊が信虎の乱行を諫《いさ》めて誅《ちゆう》され、兄とともに甲斐から出奔《しゆつぽん》していたのを、信虎の追放後に信玄が甲斐に復帰させた。そのあと、この昌景の改名の一年後に甲斐の名族内藤氏の名跡を受け継がせ、修理亮《しゅりのすけ》を称させることになる。

山県氏は信虎時代の重臣山県河内守虎清《やまがたかわちのかみとらきよ》が信虎に直諫《ちょっかん》して首を打たれ、家が断絶していた。飯富の家は名門であり、昌景にも未練があることは信玄も百も承知である。だが、信玄に謀叛を企てたとされる罪人の名を残すわけにはいかない。

信玄にとっても苦しい選択には違いなかった。

虎昌に代わって飯富の家を興してもらいたいと願っている母が、大いに嘆くであろうことを昌景は思った。

昌景自身、痛恨の思いがあった。兄虎昌は、武田家の嫡男のためにみずからの生命も、それまでの数々の勲功《くんこう》も、すべて犠牲にしたのである。

しかもごく一部の者を除いては、その真実を知らないままなのだ。ようやく生まれた坊麻呂が四歳になり、無事育つ目処《めど》がついた。

あの猛虎と恐れられた男が、甘い親に成り下がったと、陰口を叩かれるほどに変わった。そんな残された幼な子に対する未練は、どんなであったか。母のおふさならずとも、こらえがたいものがあった。

だが信玄とて、口には出せないながら、同じ思いがあるに違いなかった。

人を理解する上で、信玄ほど一人ひとりの人間の心の奥底までを見据えていた者はいない。長年側にいた昌景には、それがわかっている。

飯富の家は長く武田の家に仕え、しかも虎昌は家臣・領民から疎《うと》まれていた信虎に代えて若き日の信玄を断固支持した。苦しい時期にみずからが率先して、先陣を切るように働き続けてきた人物なのだ。

その名をむしろ、誇らしいものとして残したかったろう。だが、自分が切腹を命じた相手となれば、他への影響も大きくなる。武田の家中からは、抹殺《まっさつ》されなければならないのである。

そんな苦衷《くちゅう》とは別に、もう一つ昌景を苦しめた事柄があった。それは母をどう納得させるかに悩む以上に、昌景の心を暗くせずにはおかないものだった。

昌景が三百騎を率いる武田軍団最大の侍大将に抜擢されたことにともなって、誰言うともなくこんな風聞《ふうぶん》が囁《ささや》かれるようになった。

「あの山県昌景という男は、兄の生命と引き換えにしてまで、おのれの出世を望んだ人間なのだ」

それを耳にしたとき、ふだんは温厚な昌景も、さすがに腹の底から怒りがこみ上げてきた。だがそれを、じっと自分の胸に収めるしかなかった。どんな言い訳も口にはできなかったからである。

表面に出ている限りでは、自分が虎昌の屋敷を夜分に訪れ、四人の会合を見つけ、目付に報告したということになっている。それは形の上からは、否定しようのない事実である。

「そなたが、そんなことを口にしたのか」

母がその風聞を耳にしたとき、昌景を側に呼んで厳しく問い質した。昌景は仕方なくそのいきさつを話した。さすがに源四郎が、兄のことを告げ口したとは考えなかった。だがなぜ口をつぐんでいなかったのかと、言わぬばかりに押し黙った。

信玄への隠し立ては、たとえどんな些細なことでも、いっさい通用しない。側近くにいる人間であればあるほど、それがわかる。

あの場合のように、自分でははっきり知りえないことでも、そのときの情況をありのままに伝えることが、結果的には一番真実に近くなる。そうしたこと以外に、どうして兄の立場を理解させることができたであろうか。

しかしそれを母はともかく、誰にわかってもらえようか。

（こらえるしかない）

何度も自分にそう言い聞かせた。

信玄の耳にも、そんな風聞は入っているはずである。だがその後、昌景と顔を合わせることがあっても、なにも言わなかった。

それから何日かが過ぎて、ふたたび信玄が昌景を奥座敷に呼んだ。

「虎昌の率いた兵たちは、敵からも味方からも、赤い稲妻と呼ばれて恐れられてきた」

信玄が口を切った。

「はっ？」

「飯富の赤備えとして、敵味方ともにその名が知れ渡っている」

「はい……」

昌景は信玄が、なにを言い出すのかといぶかった。虎昌の下に属していた兵たちの武具や鎧兜《よろいかぶと》のいっさいが、いまでも赤で統一されていることを問題にしようということなのか。それをこの際、廃させようということか。

「兵の強さは、なにより敵を恐れさせることから生じる。それはまた個々の力より、一体となったものの方がいっそう効果的だ」

「……」

「神之峰城を陥落させたのは、城の麓を焼き尽くしたあの炎の色だ。遥か足元に見渡せる真っ赤な火の色が、籠城の兵の心を戦う前から恐怖のとりこにし、打ちひしがせてしまったのだ」

源四郎は顔を上げた。信玄がなにを言おうとしているのかを、じっとうかがった。飯富の赤備えを否定するものではないことが、昌景にもわかってきた。

「そなたの率いる兵の中に飯富の赤備えをそのまま包み込み、これより以後風林火山の旗印とともに戦場に疾駆《しっく》させるのだ。飯富の名はたとえ消えても、その方がこれを引き継ぐ限り虎昌の名は、決して忘れ去られることはない。またそれ以上に武田の赤備え、いや山県昌景の名をこの戦国の世にとどろかせていけ！」

信玄は虎昌の思いを、忘れてはいなかったのだ。

また、昌景にまつわる風聞も、自分のことのように受け止めている。それに負けないだけのものを、昌景の目の前に掲げさせようとしているのだ。

（山県昌景の名を、赤い稲妻の異名とともに新たに天下に知らしめていくことが、お屋形の狙いなのだ。そこにはもはや飯富も山県もない……）

昌景は、そう思い至った。

自分が小さなことにとらわれていたことを、気づかされた。

戦いはまだまだ続く。いや、これまでよりいっそう熾烈《しれつ》になっていくに違いない。

（山峡《やまかい》の民の心を一つにし、より大いなるものに向かって、一歩一歩着実な歩みをすすめていかなければならない）

昌景はいま改めて兄虎昌の分も、自分が背負っていかなければならないのだということに気づいた。

その年の永禄八年五月に、武田軍の矛先《ほこさき》はふたたび佐久郡から上野国へと向けられ、国峰《くにみね》城から安中口《あんなかぐち》へとすすみ、倉賀野《くらがの》城を陥落させた。

これに先立ち信玄は、本願寺顕如《けんにょ》と謀《はか》り、越中の一向一揆を越後に侵入させようとした。顕如の妻は信玄の正妻三条殿の妹であり、この関係を利用して上杉輝虎を牽制したのである。

関八州はすべて、北条方が版図《はんと》ともくろんでいるところである。だが輝虎は武田、北条の共通の敵であり、北条氏康との協定により、西上野に限り武田の侵攻が認められていた。

信玄の目はこのとき、はっきりと西上野最大の要塞である箕輪《みのわ》城に注がれた。岩櫃《いわびつ》城、国峰城そして倉賀野城と、箕輪城をぐるりと取り囲む長野業政《ながのなりまさ》配下の支城を落とすことによって、一気に西上野を手中に収めようとしていた。

それというのも、長年信玄を苦しめてきた老獪《ろうかい》な業政がすでに四年前の永禄四年六月に病死しており、その後を継いだのは業政の次男業盛《なりもり》である。業盛は業政が死んだとき、まだやっと十四歳になったばかりだった。

信玄は、次第に箕輪城攻略へと準備を整えていった。だがその一方で、駿河侵攻への方策も緩めてはいなかった。

あくまでこれに反対する義信を、信玄は九月になって、ついに東光寺の奥座敷に幽閉《ゆうへい》した。

二

飯富兵部をはじめ多くの犠牲者を出しながらも、義信自身に対しては、これまでなんらの処置も下していなかった。旗本隊を解散させ、屋敷に謹慎《きんしん》させてはいたものの、あくまで武田の後継者の地位は不動である。

義信が駿河侵攻策を是認《ぜにん》すれば、ただちに謹慎は解かれる。新たに旗本隊が招集される道は残されていた。それが飯富兵部の、すべてを犠牲にした切なる願いでもあった。

そして信玄自身の思いもそこにあった。

「義信さまは、おのれに正直な、誠実なお方なのだ」

虎昌の割腹のすぐ後、昌景に向かっておふさが語った言葉である。

「虎昌殿が、自分の身を犠牲にしてまでなんとかお助けしようとしたのには、それ相応の真実がおありだったに違いない」

昌景もまた、母の言葉にうなずけるものがあった。

信玄にしてみれば、多くの家臣・領民を率いる者は、一時の感情に溺《おぼ》れたり、私情に左右されてはならないという思いがある。自分に課せられているのは、この戦国の世にあっていかにして天の秩序を実現させるかということであり、おのれ一個の安心《あんじん》・安楽などではない。

一方義信にしてみれば、自分一個の感情というよりも、万民に共通の人間としての感情そのものを無残に踏みにじることが、本当に家臣・領民のためになりえるのか、との思いがある。

生前の虎昌の心の中にも、それまで培《つちか》われてきた今川家に対する親しみの気持ちがあったろう。信玄の政策転換に反対する義信の感情に、どこかで共感するものがあったと思われる。

それが義信にも伝わり、次第に父信玄に対する強攻策へと移っていった。義信は今川氏真を敵に回すのではなく、三河の徳川家康と尾張の織田信長をこそ、当面の敵とするべきであると考えていた。

今川家を敵に回せば、これまで同盟を結んできた北条氏をも敵に回しかねない。氏真の妻は北条氏康の長女であり、北条家と今川家との結びつきは、北条早雲以来の強固な絆で結ばれてもいた。義信とて、必ずしも私情にとらわれてばかりの反対ではなかったと言えるのである。

だが信玄は、あえて駿河国をわがものとし、信長と手を結ぶ策を一歩すすめた。

義信の幽閉に続いて信玄は、十一月に諏訪四郎勝頼の嫁として、織田信長の養女を迎え入れることとなった。信長の妹が美濃苗木《みのなえぎ》城の遠山氏に嫁しており、その妹が産んだ娘、つまり信長の姪《めい》を自分の養女として勝頼に縁付けたのである。

信長は美濃の斉藤氏を討って稲葉山城に入城することをもくろんでいた。そうなると信玄の領有する信濃国と境を接することとなる。このほかにも、信長は伊勢に兵を出しており、いまは背後にいる武田氏を絶対に敵に回したくなかった。

両者間の紛争をなにより恐れる信長は、辞を低くして信玄に擦《す》り寄った。貢物《みつぎもの》を山のように贈り、信玄をひたすら畏《おそ》れ敬う振りをすることで、自分がいつでも信玄の前にひれ伏す存在であることを匂わせた。

信玄も、当面の敵である上杉輝虎の脅威を除くことに目が向いており、西上野一帯の完全な領有化こそが、最大の狙いだった。

また義元を討った信長の力量に、侮《あなど》れないものを感じていた。信玄が上洛の際には、真っ先に行く手を遮《さえぎ》る相手ともなる。

いまはいたずらに、敵に追いやるのは得策ではない。

信玄の脳裏には、早くから上州進出への構想が描かれていた。父信虎が当初思い描いていたことでもあり、天文十年（一五四一）に信虎が海野平《うんのだいら》の滋野《しげの》一族を村上義清と手を組んで襲ったのも、上田平から真田の庄を経て鳥居峠に至る道を確保するためだった。

鳥居峠の向こうは、吾妻《あがつま》川沿いに岩櫃《いわびつ》城を経て沼田へと通じている。沼田、渋川は越後から三国峠を越えて関東平野に至る、上杉勢の主要な進路に当たってもいる。

すでにこの方面の通路は、昨年真田幸隆によって沼田城の一歩手前まで、武田軍の領有するところとなっていた。

信濃から上州へのもう一つの主要な通路は小諸《こもろ》、軽井沢から碓氷峠《うすいとうげ》を経て安《あん》中《なか》、高崎に至る道である。この二つの主要な通路の真ん中に在って、北と南の両方の街道に睨《にら》みを利かせていたのが箕輪城である。

関東管領上杉憲政のいた上州平井城（藤岡市）は、箕輪城のおよそ南五里のところにあった。憲政は十二年前に北条軍に圧迫されて城を捨て、越後の長尾景虎《ながおかげとら》（上杉輝虎）を頼ったが、箕輪城はそれ以前から、上杉家を支える最有力の城でもあった。

箕輪城の城主長野業政は、自分の娘十二人を周辺の小幡城、国峰城、倉賀野城などを拠点とする豪族たちに嫁がせ、強固な同盟関係を結んでいた。

憲政が越後に去った後は、業政一人が北条・武田を相手に孤軍奮闘し、上杉方の最有力の防御陣営を一手に担ってもいた。

業政の死を境に、箕輪城を支える豪族たちの間で動揺が広がった。信玄は過去に何度か業政を攻めていたが、そのことごとくが業政に裏をかかれる結果に終り、なんら成果を挙げられずにいた。

「業盛は今年ようやく十九歳になったばかり。越後からの援軍をひたすら待っているであろう」

信玄が軍議の席で言った。

永禄九年（一五六六）五月、上州攻撃軍の総大将は工藤昌豊と決まった。業盛の兄の吉業《よしなり》は、二十年前の河越城での北条軍との戦いで重傷を負っており、すでに退隠の身であった。

上杉輝虎の背後には越中の一向一揆がおり、また一年前の五月に京の足利将軍義輝が、家臣である三好・松永らに暗殺され、輝虎の目はその方面に注がれていた。

「業盛は若年ながら父の遺志を継いで、われわれを断固迎え撃つ覚悟でいる」

すでに武田軍の手に落ちている小幡城、倉賀野城を通じて、箕輪城の内情はことごとく信玄の耳に入っていた。

業政が死ぬ間際に、業盛に言い残したと言われる言葉、

「わしの葬儀はいっさい不要だ。位牌《いはい》も仏壇もいらぬ。代わりに敵の首を一つでも二つでも霊前に供えることが供養と心得よ。信玄が攻めてきたら断固撃退し、武運尽きたときは、城を枕に討ち死にすべし」

を、昌景も信玄の口から聞かされている。

昌景は業政の気骨に瞠目《どうもく》した。

「勝頼さまも側近の者たちも、この度の出陣には、大いに意気込んでおられると

聞く」

軍議が終った後で、工藤昌豊が昌景に向かってつぶやいた。

秋山信友に代わって伊那高遠城を預かる勝頼は、諏訪氏の家督を継いだ形になっている。かつての諏訪氏の家臣たちのほとんどを配下に収めており、昨年来、義信の幽閉が続いていることから、武田の家中にあっても特別な関心が寄せられていた。

「この際は勝頼さまを推戴《すいたい》して、表舞台に躍り出ようとの意気込みでいる者たちも多いということだが……」

昌景は、昌豊の言葉にうなずきながらも、昌豊もまたかすかな危惧《きぐ》を抱いているのかと、心のうちで思った。

このまま義信の幽閉が続いていく限り、信玄とて勝頼を以後の戦いの前面に押し出していくことになる。そうなれば、一方の義信はいったいどうなっていくのか。

「お屋形は、義信さまに強くなって欲しいのだ」

昌豊がポツリと言った。

「強くなって欲しいとは？」

昌景が昌豊を見つめた。昌豊が、なにを言おうとしているのか。昌景はそれを確かめてみたかった。

昌豊は、思慮深い性格である。派手な活躍で多くの者の目を驚かすような振舞いを、一度として見せたことはない。誰もが気づかないうちに戦の流れを見極め、各隊の援護に徹しているかと思えるような、地味な働き振りを見せてきた。昌豊の戦い振りは信玄も黙認しており、こうした昌豊の行動に対して、信玄はいっさい指図めいた言葉は発してこなかった。

「義信さまには、自分のまわりのことを、いったん突き放して眺めてもらいたいのだ。ご自分をそれらのものから超越したところに置いて、なにものにもとらわれず、これから先を見つめて欲しいのだろう」

信玄は決して義信を見捨ててはいない。

だがそれ以上に、義信が自分を取り巻くとらわれからみずからを解放し、すべてを理解した上でそれを呑み込んでいけるだけの心の強さをこそ、つかみ取ってもらいたいと願っているのだ。

その試練を潜り抜けてくれるかどうか。

その強さが義信に果たしてあるのか。

昌豊が上州への出陣以上に、いまはそれを気にかけているのかと、昌景には思えた。

三

永禄九年九月、箕輪城の攻撃に向かった武田軍主力部隊は、城の南東若田《わかた》ヶ原《はら》へとすすんだ。

一方、城の西方を守る長野方の支城鷹留《たかとめ》城には、山県昌景・馬場信春の部隊が、さらに鳥居峠を越えて岩櫃城に出た穴山・小山田隊が榛名山《はるなさん》の脇を通って南下し、鷹留城で山県・馬場隊と合流した。

越後からの援軍をひたすら待ちわびていた箕輪勢は、結局上杉軍が一兵も派遣されてこないことを知らされた。業盛はやむなく、武田軍主力部隊を若田ヶ原で迎え撃とうと、みずから二千の兵を率いて出撃した。

工藤昌豊の率いる主力は信玄の本隊も含めて一万三千であり、箕輪勢の劣勢のままに決戦の火蓋が切られた。

この戦いに敗れれば後がない。そう覚悟を決めている業盛は、手勢を率いて果敢に打って出た。業盛は武田軍が若田ヶ原に到着するのを待って、一気に先制攻撃に出るしか勝ち目はないと見ていた。

武田軍は各所で追い崩され、信玄は業盛の捨て身の戦法を危険視して、あえて反撃に出るのを禁じた。業盛の兵の進退の機敏さに驚き、味方の兵をいたずらに失うことを避けようとしたのである。

武田軍は遠くからじりじりと、圧迫する作戦に出た。これを見て業盛は、やむなく兵を箕輪城に引き上げさせ、そのまま籠城戦に入った。

山県隊、穴山隊などに包囲された鷹留城は、数百の寡兵でよく防ぎ続けていた。だが、ついに支え切れず落城した。

こうして武田軍の総勢二万の兵が、箕輪城を包囲することになった。

鷹留城から馬をすすめてきた昌景は、榛名山の裾野が関東平野へと流れ下る、雄大な光景を目の当たりにした。

これを南面に見下ろす箕輪城は、城の周囲を高い土手で囲い、城の内部や曲輪、馬出しなどが外側からは望めないように工夫されていた。

城の西側は榛名山頂の湖を水源とする白河の断崖に臨《のぞ》み、南は沼地、東と北には水堀をめぐらせてあった。城の周囲はおよそ二十町（約二キロ）にも及び、北側に面した御前曲輪《ごぜんぐるわ》や本丸、二の丸の前面には、幅四丈（十数メートル）の余にも達する大堀切《おおほりきり》がうがたれていた。

これらの大堀切を繋ぐ通路を落としてしまえば、たとえ二の丸の南前面に広がる水の手郭《ぐるわ》、腰郭《こしぐるわ》などが敵の手に落ちても、南北に分断して戦うことが可能だった。

またこれらの各所に井戸が掘られ、用水に苦労することはなかった。

業政の生前にはこの箕輪城に、周辺から一万を超える兵が集まった。だが、いまは業盛以下残りの千五百に過ぎなくなっていた。

それでも籠城の兵は意気盛んだった。

のちに剣豪として知られるようになる上泉《こういずみ》伊勢守《いせのかみ》秀綱《ひでつな》（後の信綱《のぶつな》）をはじめ、長野《ながの》主膳《しゅぜん》、藤井《ふじい》正安《まさやす》、青柳忠家《あおやぎただいえ》ら〝長野十六槍〟と謳《うた》われた箕輪衆の勇士たちが、圧倒的な武田軍を前にして敢然と立ち向かった。

かれらは城を取り囲んでいる武田軍の油断を見澄まし、城門を開いて打って出て、戦果を上げるとすばやく兵を城内に引き返させた。

十九年前の天文十六年に、武田軍によって包囲された志賀城救援のため、上州の兵は出撃した。碓氷峠を越えた小田井原で、武田軍の待ち伏せに遭い、三千にも及ぶ兵を討たれた。その上数百の首を、志賀城のまわりに掛け並べて晒《さら》しものにされた。

その中には箕輪の兵の血縁の者も多く混じっており、そのときの恨みは忘れてはいなかった。箕輪城に籠った兵たちのほとんどが、降伏はまったく考えておらず、死を覚悟しての籠城だった。

九月二十九日の早朝より、武田軍の総攻撃が始まった。

山県昌景の率いる先鋒隊は大手門口に殺到し、戦いの火蓋が切られた。兄虎昌のもとでつねに先陣を務めてきた赤備えの兵が、果敢に攻撃に移ると、城方は鉄砲五十挺をつるべ打ちにして激しく抵抗した。

圧倒的な銃声をものともせず、一番乗りをめざす兵の一団は、城門付近や城壁のあちこちに埋め込まれた逆茂木《さかもぎ》をつぎつぎに引き抜き、城壁に取り付いた。

晩秋の陽光がまばゆいばかりにふりそそぐ中に、ことさらに赤く塗られた武具が鮮やかに浮かび上がった。それは城方から打ち出される鉄砲の、格好の標的ともなった。

それでも先陣を担う兵は、少しも怯《ひる》まなかった。竹束を抱え、鉛弾の飛び交う中をかいくぐって、じわじわと前進した。恐れを知らない猛進振りは、活発な動きを他の多くの兵たちに見せつける格好になった。

その様子は、たちまちのうちに各部隊に知れ渡った。

「後れを取ってなるものか！」

誰もが逸《はや》りたった。

ちょうど同じ頃、搦手《からめて》門口に回った諏訪四郎勝頼を擁する高遠勢は、山県隊に負けてはならじと、城門のすぐ近くまで押し出した。城内からは、すかさず銃弾や遠矢がどっと放たれてきた。

高遠勢の中でも、ひときわ目立つ騎馬武者の姿が城内からも望まれた。諏訪大明神の幟《のぼり》がひるがえり、〝大〟の一字をことさらに大書した旗を背に負った若武者である。

「あそこにいるのは諏訪四郎勝頼だ！」

櫓上《やぐらうえ》からこれを目ざとく見つけた籠城の兵が、大声で騒ぎ出した。

「あの兵を討ち取れ！」

と藤井正安が配下の手勢に向かって叫び、自分も槍を振るって城外に出撃した。

これを聞きつけた上泉伊勢守ら〝長野十六槍〟の面々が、われもわれもと城門を開いてこれに続いた。

勝頼を取り囲む旗本隊はこれを迎え撃ち、たちまち乱戦模様となった。

側近の兵が押し止めるのも聞かず、勝頼みずからも馬上から槍を振るって戦いの中に分け入った。勝頼に狙いを定めていた藤井正安が馬上から激しく突きかかり、そのまま馬もろとも体当たりを食らわせた。

二人は組み合ったまま地上に落ちたが、勝頼は怯《ひる》むことなく大刀を抜き放った。正安は歴戦の勇士である。初陣の勝頼には荷が重い相手だった。

だがこのとき、勝頼の側近たちが群がり集まって正安を包囲し、ようやくのことに正安を討ち取った。

この様子を後になって耳にした信玄は、

「粗忽者《そこつもの》めが」

とかすかに笑いを浮かべた。腹の中ではこれをどう思っていたのか。誰にも心中は察し得なかった。

昌景は正直、これが義信であったなら、信玄はその側近の将兵を烈火のごとく叱りつけたに違いないと思った。

「大将たるもの、匹夫《ひっぷ》の勇《ゆう》に走ってなんとする」

信玄がかつて、義信に向かって厳しく叱った言葉だった。

勝頼にしてみれば、なんとしても自分の初陣を飾りたかったのであろう。諏訪の将兵たちにしても、このときこそ、武田の主流に躍り出る絶好の機会との思いが横溢《おういつ》していたに違いない。

（お屋形には、義信さまに向けた思いへの反動があるのだ）

昌景の脳裏を、ふっとそんな想念が過《よ》ぎった。

武田家の嫡男という思いが、つねに義信には向けられていたのに対し、勝頼には自分が滅ぼした諏訪神家の象徴としての姿を見出そうとしているように思えた。

諏訪神家の再興は信玄自身が、心の底から大事と思っている。昌景にはそう思えてならなかった。

今度の戦いに賭ける昌景の思いは複雑だった。

兄の謀議を暴き、その地位に取って代わろうとしたとの風聞は、昌景には耐え難い。その汚名を払拭《ふっしょく》するためにも、昌景はあえて自分から前へ出る覚悟でいた。

たしかに、武田の先陣を務めることは、昌景が長い間念願としていたことである。虎昌とともに多くの戦場を疾駆し続けてきた赤備えの兵を、自分はいまそっくり引き継いでもいる。

飯富の名を高めるために、どれほど虎昌が危ない橋を渡り続けてきたことであろうか。昌景にはそれがいまは、肌が粟立《あわだ》つほどに実感できる。

だがそんな兄に着せられた汚名を、自分の手で晴らすこともできず、自分は〝山県〟の姓を引き継いで〝飯富の赤備え〟の兵を率い、先頭に立っているのである。

（誰がなんと言おうと、お屋形一人はこの昌景を、そして兄虎昌の思いを理解してくれている）

何度も昌景はそう思ってきた。それでも昌景の心は晴れなかった。そんな鬱屈《うっくつ》を払い除けるためにも、昌景は自分が真っ先に城内に突入して行きたかった。その点では勝頼の逸《はや》り立《た》つ思いも、手に取るように実感できた。

だが自分はいま三百の騎馬兵と、二千に近い徒歩立《かちだ》ちの兵を預かる武田の先鋒隊長なのだ。昌景はそう思い直した。

昌景の隊の中に、新たに組み入れた越後の牢人兵《ろうにんへい》がいた。赤備えの兵の目立った動きに、ともすれば誰の目も引き摺《ず》られ勝ちになる。だが昌景の目はこの大熊《おおくま》朝秀《ともひで》と名乗る兵に、何度となく向けられた。

かつて信玄が、輝虎の背後を騒がすために内応を働きかけた、越後国中頸城郡《なかくびき》箕冠《みかぶり》城の主だった男である。赤備えの兵に混じって、はしごを使い果敢に城壁によじ登った。城内への一番乗りをもくろんでいるのだ。

昌景は自分の思いを、大熊に託すような気持ちで見守っていた。

「牢人兵に後れを取るな！」

「牢人兵を敵に討たすな！」

昌景の口からそんな言葉が発せられた。

（なんとしても城門を打ち破らなければならない。どんなに堅牢な城砦でも、たった一箇所なりとも破れれば、そこを手がかりとして、城内に入り込むことができる）

そう繰り返し、心の中で叫んでいた。

四

陽は高くなった。

城方から撃ち出される銃声は、いつしか途絶えがちになっていた。

何度も撃退され続けていた山県隊は、ひるまず城壁を這い登り続けた。ついにその一箇所が破られ、敵味方の兵がその付近に集中した。

ふたたび激しい銃撃戦が、しばらくの間繰り広げられた。

山県隊の兵士たちはつぎつぎに城内になだれ込んだ。あちこちから喊声《かんせい》が上がった。城門が内側から開かれるのも、時間の問題かと思われた。

突然、大手門がいっせいに押し開かれ、中からどっと箕輪勢が押し出してきた。騎馬兵や徒歩侍の後方に、白糸縅《しらいとおどし》の鎧《よろい》を纏《まと》い、大薙刀《おおなぎなた》を抱えて陣頭に立つ若武者の姿が、目に飛び込んできた。

檜扇《ひおうぎ》の馬印を押し立て、寄せ手の兵をものともせずに大薙刀を振るい、前へ前へと突進してきた。

「あれこそ長野業盛ぞ！」

昌景が大声で叫んだ。

業盛は城壁が破られたのを見て、みずから討って出たのであろう。

「信玄を討て！」

業盛の口から、その言葉だけが何度も繰り返された。

信玄の本営はいつか山県隊の後方、大手門付近に移されていた。業盛はその様子を目にして最後の突撃を試みようと、城門を開いたのだ。

だがこの頃にはすでに山県隊のみならず、工藤隊など武田軍の主力も集結しており、兵力差は圧倒的だった。

大熊朝秀は真っ先に城壁を破って城内に侵入していた。城門が押し開かれた後の混戦の中で、つぎつぎに敵の将兵の首を取った。それを抱えて引き上げようとした。

たまたま自分の指物《さしもの》を取り落とし、それを敵の兵に奪われそうになった。怒った大熊は取って返してその敵兵をも討ち取ってしまった。

信玄も昌景も大熊の働き振りを目撃しており、兵を遣って大熊の引き上げるのを助けた。

信玄は、この大熊朝秀を褒《ほ》め称《たた》え、

「これ以後、大熊備前《おおくまびぜん》と名乗るがよい」

とその場で旗本足軽大将に取り立てた。

業盛はなんとか山県隊を蹴散らして、信玄の本営に近づこうと奮戦した。全身針鼠のように矢を射込まれながらも、前へ前へと出ようとした。だが業盛を討ち取ろうと、群がり寄せる武田の兵に行く手を阻まれた。ついに信玄に近づくことができずに終った。

もはやこれまでと、業盛は残兵を引き連れ、本丸後方の御前曲輪にある持仏堂《じぶつどう》に入った。父の位牌を前にして、父の遺言どおり見事に割腹して果てた。このとき業盛に続いて腹を切った将兵は、四十数名にのぼった。

業盛の正室は、武田の兵に捕らえられる前に、業盛の後を追って自害した。このとき十八歳の、近隣にまで知られた美しい女性だった。捕らえられ、側室にされるのを嫌ったのである。若いながらその毅然《きぜん》とした態度は、敵味方の兵の心を打った。

春風にうめも桜も散り果てて
　名のみぞ残る箕輪の山里

業盛の辞世の歌である。

さしもの名城箕輪城もこうして陥落し、西上野一帯は信玄の手に落ちた。業盛をはじめとする箕輪の兵の奮戦振りは、信玄を感服させた。生き残った兵たちのうち、〝長野十六槍〟はもとより、そのほとんどが生命を助けられ、その後箕輪衆として武田の先方衆の中に組み込まれることになった。

戦いが済んだ後、工藤昌豊は箕輪城攻めの功を認められ、信玄によって武田の譜代の重臣の姓である内藤の姓を賜り、内藤下総守（後に修理亮）昌豊と名乗るようになる。

昌景はこの後内藤昌豊とともに、業盛以下の箕輪の兵の強さの秘密を改めて語り合った。

「業盛には越後勢の後詰めはないと、早くからわかっていたはずだ。それなのになぜ最後まで戦い続けようとしたのか？」

昌豊の述懐だった。

昌豊は、業政が死に際して業盛に言い残した言葉は知っている。業政が、なぜやみくもに若い業盛にまで、自分の意地を貫き通させたのか。なぜ生き延びる道を、指し示してやらなかったのか。

昌豊はそう言いたかったのであろう。

「業政の先祖は、平安の歌人在原業平《ありわらのなりひら》にまで行き着くと言われている。長野郷に古くから住んだ豪族と思われるが、長野郷が足利義満《あしかがよしみつ》の時代に上杉家の所領となり、長野氏は上杉に属することになったと聞いている。以来ずっと、上杉の被官として忠誠を誓い続けたことになる」

昌景は、信玄から聞かされた話を口にした。

「業政は越後に逃れた上杉憲政には、批判的だったというではないか。小田井原に憲政が兵を出すと決めたときも、業政一人は断固として反対したと聞く。だがそれでも、その後も上杉から一度も離れることはなかった」

業政がなぜ上杉に、ここまで忠義立てを続けていたのか。昌豊にはどうにも不思議に思えるようだった。

「輝虎が上杉を継いだことで、業政は輝虎という男に賭けたのかも知れぬ」

昌景自身はそう思っていた。

輝虎の戦いぶりは潔《いさぎよ》い。なにより領土的な野心はなく、権威と秩序を重んじている。業政もまた、同様の気質を備えた人間だったのではないか。そして箕輪の地を、城を、上州一帯をこよなく愛した人間だったのだ。

「輝虎と手を組めば、北条や武田に対抗できると？」

「業政には敵を撃退できるだけの自信があった」

「巨大な要塞《ようさい》と、十六槍と呼ばれた勇士たちと、周辺を固める豪族たちとの結びつきを自分の手で築いてきたからか？」

「うむ」

「業政が死んだとき、業盛は十四歳になったばかりだった」

「業盛には、あえてその重荷を負わせたのだろう」

「どういうことだ？」

昌豊は昌景の顔を凝視した。昌景がなにを考えているのか。

昌豊は業盛のことではなく、むしろ昌景がいまなにを考えているのかに、心惹かれているようだった。

「たとえ背負いきれないものでも、それに向かっていくだけの覚悟を身に付けさせようとしたのではないのか。それを背負わないで生きていく道はないと、業盛に悟らせようとしたのだと思う」

「生きる望みをではなく、死を覚悟した先にしか業盛の生きていく道はない、ということをか」

「業盛の強さも、箕輪勢やあの正室の強さも、そこにあったようにおれには思えてならない……」

昌景の言葉に、昌豊は昌景を見つめるばかりだった。昌景はそのとき、兄虎昌と義信を思い浮かべていた。

（虎昌の戦場における強さとはなんだったのか。そしてまたその強さを、どうして虎昌は義信に伝えられなかったのか。いや義信には義信なりの、虎昌から伝えられた強さがあったのかも知れない）

昌景はふと、そんなことを思った。

昌景のそんな様子に、昌豊もなにかに思いを馳《は》せるかのように押し黙った。

箕輪城の陥落は、関東管領上杉輝虎にとって大きな痛手となった。というのは、輝虎が越後の兵を率いて三国峠を越え、関東平野に出陣してくるには、上州沼田、白井、厩橋《うまやばし》、高崎の各城を通過する必要がある。

とくに利根川と吾妻《あがつま》川の合流地点に築かれた白井城と、関東平野の入口に当たる厩橋城は輝虎にとって、関東各地の兵の招集と補給の役割を担う最重要の拠点であった。そして箕輪城が武田の手に渡ってしまったということは、この拠点を側面から脅かされることになるからである。

さらに信玄は、岩櫃城から吾妻川を下った先にある沼田城、白井城を、真田幸隆に命じて攻略させようとしていた。この二つの城を奪ってしまえば、越後と関東との間を分断できると見たのである。

信玄は箕輪城に内藤昌豊を入城させ、箕輪衆の掌握を一任した。降服したとはいえ、業政によって鍛えられ、武田に恨みを抱いている箕輪の兵を帰服させるのは、容易なことではない。

それには昌豊の、どんな相手をも大きく包み込んでいく人間的な度量と、広く目配りが行き届いた才覚とが必要だった。そしてまた沼田城、白井城の攻略には、相手方の心情を的確につかむ調略に秀でた幸隆の手腕が必要だったのである。

この二人に西上野一帯の制圧を一任した信玄は、いよいよ駿河攻略に向けて動き出すこととなった。その最先鋒の役割を担う者として、信玄は山県昌景と穴山信君の二人を選んだ。

五

箕輪城攻略を終えて甲府に帰還した武田軍は、その後しばらくの間、平穏なときを送った。輝虎との五度に及ぶ対陣によって信越国境はほぼ確定し、西上野もまた武田軍の侵攻する先は、残すところわずかとなっていた。

そんなことから、信玄の目はもっぱら南の駿河国に向けられた。だがその動きは、一見何事もなく過ぎていくように思えた。

昌景はしばしば躑躅ヶ崎館の近くにある自分の屋敷と、亀沢村にある屋敷との間を往復した。

母のおふさは六十歳を過ぎており、もうあまり外を出歩くことはなくなっている。おこうはもっぱら亀沢村の屋敷の方に住んで、母の世話に明け暮れていた。

昌景との間にできた嫡男の源四郎を育てるには、亀沢村の屋敷の方が適していたからでもある。源四郎はすでに四歳になっていた。兄虎昌がみずから割腹して果てたときの、坊麻呂と同じ年である。

坊麻呂は、いまは京都の三条家に預けられている。虎昌が腹を切ったとき、どんな気持ちで坊麻呂に別れを告げたのか。昌景はあの時点では、子を持つ親の気持ちというものを、深くは理解できないでいた。

いま幼いわが子を見ていると、兄の心の一端に触れているような気がした。こんな無邪気な幼な子を残して、すすんで罪を被っていけるものなのか。晩年になってようやく生まれた、自分の血を受け継いだ唯一の存在である。

自分が罪人として処罰された後、坊麻呂がどんな運命を辿《たど》るのか。幼な子とはいえ命を絶たれないとも限らない。それを承知でなお、お屋形の意向に逆らおうとする義信を、本当に庇《かば》い通そうとしていたのか。

(ひょっとして虎昌自身も、義信と同じ考えだったのか)

昌景はふっと、そんなことも考えてみた。

虎昌にとっては、自分の後を継ぐ嫡男が生まれて、飯富の家も安泰に向かっていた。信玄から、第一線を離れて武田家の嫡男の、いわば相談役を命じられてもいた。

先代の信虎の方針にも一時は反対し、信虎に疎《うと》まれ、生命の危険に曝《さら》されたこともあったと聞く。それでも第一線で活躍し続けられたのは、その猛将ぶりが信虎にとって捨てがたかったからであろう。

誰もが恐れた信虎を虎昌は、若き日の信玄と組んで駿河に追放している。虎昌の気骨と反逆精神は、並大抵のものではない。

だが同時に、信玄という人間を知り尽くしている虎昌でもある。駿河侵攻がたとえどんなに無謀な、多くの問題を引き起こさずにはおかない策と思えても、虎昌自身がこれに積極的に反対するであろうか。

あるいは義信の考えに、強く心を惹かれるものが他にもあったのか。義信を中心とした新体制になにかを見出し得たのか。

心を一つにする。人間を強くする最大の要因の一つにそれがある。そのことを昌景は思った。

業政と業盛、義信と虎昌。それぞれの心のうちに、果たしてなにがあったのか。

単なる親子の絆《きずな》、主と守役の関係以上の、互いに共感し合うものがあれば、それぞれにとってどんな困難な、理不尽とも思える事態に直面しても、そのことのあるがために、互いに乗り越えていけるであろう。

だがそれは虎昌にとっては、自分の生命と引き換えにしても守りたいわが子の行く末を犠牲にしてまでの、大事ということになる。

義信と虎昌の間に、そんな心を一つにするような大事が果たしてあったのか。あったとしたら、それはいったいどんなことだったのか。

それはもはや義信の他に、知る由もないことである。できるものなら義信に、それを尋ねてみたいと思った。

「母上は、源四郎を見るたびに坊麻呂殿のことを思っておられるようです」

縫い物の手を休めて、おこうが言った。

「母上にとっては、坊麻呂は源四郎と同じ孫の一人と思えるのであろう」

「ご自分でなにひとつ世話をしてやれなかっただけに、いっそう不憫《ふびん》に思われているに違いありません」

「母にとって虎昌殿は義理の息子というよりも、夫を早くに亡くしているだけに、むしろ義理の兄とも弟とも思える存在であったのだろう」

「お二人の年齢から申しても、ちょうど義理の兄妹のようなことになりますわ」

「もともと虎昌殿とわしとでは十七も年の差があったから、虎昌殿もまた、このわしを自分の息子のように思っていたであろう」

「母上さまはいまでも、虎昌さまが義信さまのお命をお助けなされるために、ご自分から犠牲になられたのだと申しておられます」

「うむ……」

「でも、わたしには幼い自分の子を残して、どうして自分から命を投げ出せるのかと……」

「母上にもそれを口にしたのか？」

「いいえ。そんなことは」

「それならよい」

「ただ、母上さまはこうも申しておられました。虎昌さまは、ご自分が義信さまの守役である以上、義信さまをお止めできなかった責任をお取りになったのではないかと……」

たしかに守役である虎昌にとっては、義信も坊麻呂も同じわが子と思えるに違いない。甲斐源氏の流れを汲む、由緒ある飯富の家という意識を持っている虎昌や母のおふさには、武田家の守役というものに対する強い自負がある。

昌景は、母の見方にも深い意味があるという気がした。

父親を早くに亡くしているおこうにとっても、虎昌の死が気がかりと見えて、まだなにやら昌景に問いたげな様子であった。

「このの ち、義信さまはいったいどうなっていかれるのでしょう?」

母もそれを、なにより気がかりに思っているのだ。それを昌景に聞くこともならず、おこうを通して、少しでもその様子を知りたいと思っているに違いない。

「義信さまには、なんとしてもお屋形のご意向をなにもかもわかってもらえればよいのだが……」

「お屋形さまのご意向?」

「武田家の後継者は、あくまで義信さまなのだということをだ」

「……?」

おこうには、昌景の言う意味がもう一つ理解できないのか、黙って昌景を見つめるばかりだった。

「武田のすすむべき道は一つだ。そこにしかわれわれのすすんでいける道はない。たとえ背負い切れないものであったとしても、お屋形のご意向を背負っていくことが、義信さまには求められているのだ」

「虎昌さまも、それを願っていたのでしょうか？」

「……」

昌景は沈黙した。

義信には義信の強く思っていることがある。それに虎昌は抗し切れなかったのか。恐らく義信の気骨の中に、若き日の晴信に通じるものを、虎昌は見出していたであろう。誰をも、そして何事をも恐れぬ気概を義信に植え付けたのは、虎昌であったに違いない。

信玄にも、その義信の気概は伝わっている。だからこそ、なんとか義信に背負い切れないものをも、背負って欲しいと願っているのだろう。

兄虎昌が、自分や自分が最も大切に思うものを犠牲にしてまで、義信を生かし、義信にその後のいっさいをゆだねさせようとしたのには、背負いきれないものを背負っていかなければならない義信の立場を、理解させようとしたからではないのか。

昌景は開け放った障子越しに、遠く虎昌の屋敷の在った方角を、いつまでも眺めやっていた。

山動く

一

永禄十年（一五六七）の八月に入って、甲斐・信濃・上野の将兵たちは、なにか得体の知れない不安に襲われていた。隣国からの脅威といったものではない。武田の領内で密かに進行していることが、いよいよ形を成してくると思われることへの、目に見えない予感と言ってよかった。

この頃信玄は、武田の家臣団の要《かなめ》をなす寄親《よりおや》はもとより、その配下に属する寄《より》子《こ》たちに向けても、起請文《きしょうもん》を書かせていた。それは甲斐国内における、武田一門衆から譜代の重臣は言うに及ばず、信濃や上野の先方衆の主だった将兵にまで及び、その数は二百数十名にまで及んだ。

起請文には血判が捺され、熊野牛王宝印《くまのごおうほういん》の用紙を裏返して、信玄に対して決して逆心や謀反を企てないこと、敵方の誘いに同意しないこと、家中の者が逆心を企てたり臆病な意見を述べても同意しないこと、などが箇条書きに記されていた。

これに背けば日本中のあらゆる神々の罰を受けてもよいと誓いを立て、これを信濃国小県郡《ちいさがた》下之郷《しものごう》大明神に納めさせた。

これは、この後に続く家中の動揺をなんとしても押さえ込みたいと願う、信玄の苦肉の策でもあった。

そしてこの二ヶ月後の十月十九日になって、東光寺に幽閉されていた武田太郎義信の死が、突然伝えられた。その死因は曖昧《あいまい》にされたままだったが、自裁《じさい》したとの噂がもっぱらになった。

後になって、病死したという声も流れた。しかし、

「みずからお腹を召されたのだ」

との噂の方が断然多かった。幽閉中の身で腹が切れるのかと、疑問を口にする者も出たが、

「二ヶ月以上も前から、たびたびお屋形さまに向けて、刀の所望が願い出されていたようだ」

「お屋形さまは、なんとか思い止まらせようとされていた。それでも義信さまの意思は固く、武士としての名誉の死を望まれ、仕方なくご決断なされたらしい」

誰が言い出した話なのか。真実めいた話として、たちまちのうちに流布していった。

昌景はただちに躑躅ヶ崎館に出仕した。幾日かが過ぎた後も、信玄は皆の前に姿を現わすことはなかった。

領内における動揺は大きかった。

武田家の後継者はあくまで義信であり、むしろ幽閉が解かれるのも近いと見ていた者が多かった。それだけに、にわかに信じられない様子だった。

「こんな事態になろうとは……」

箕輪城から駆けつけた内藤昌豊が、昌景の屋敷に顔を出した。

「お屋形は誰の前にも、姿をお見せにならぬ」

昌景が沈痛な表情で言った。

「どうして義信さまは……」

どうにも納得がいかないと見えて、昌豊は必死に答えを見出そうとしているふうだった。

この年の二月に、勝頼と信長の養女夫婦の間に長男が生まれた。信玄によってこの子の名は武王《ぶおう》と名づけられた。後の信勝《のぶかつ》である。母は出産の後、産褥熱《さんじよくねつ》によって死去してしまった。

家中のは、武王の誕生によって一時喜びに沸き立った。だが義信の立場になってみれば、どんなであったろうか。守役の飯富兵部をはじめ、側近の長坂源五郎、曽根周防ら主だった将兵を死に至らしめ、一人生き残った身なのである。なにもかも一身に引き受けて、ふたたび父信玄の後を継ぐ気持ちには、遂になれなかったのであろう。昌景には無念の思いが強かった。

「虎昌殿がさぞかしあの世で嘆いておいでだろう」

昌景が亀沢村の屋敷に一度帰った折り、母の目には涙が浮かんでいた。

「なにもかもを捨てて、義信さまの身代わりになったというのに……」

老いた母の繰言《くりごと》が続いた。

「こんなことと知っていたら、虎昌殿は坊麻呂殿を残して死んでいかれたかどうか」

もはやどうにもならないことと知りながら、口にせずにはいられないのである。

昌景はただ、黙って聞いているばかりだった。

飯富の家がもともと富士川沿いの、駿河国との国境に近い地であっただけに、おふさは今川家に親しみを感じていた。まして虎昌が守役を務めた義信の、その正室は信玄の姉の子であり、女の身から見ればどうしても信玄の非情な仕打ちには、口には出せないながら、納得できないものがあるようだった。

「なぜ、信長の方ばかりに関心をお寄せなのか」

その一言には、おふさに限らず、信玄の正室三条殿に少しでも心を寄せる者たち、なかでも武田家の領内の女たちに共通の思いがあった。

また穴山信君などの親族衆や、高坂弾正をはじめとする重臣たちの間には、義信の幽閉後に勝頼を擁した諏訪衆の台頭と、勝頼の新たな側近となっている長坂《ながさか》長閑斎光堅《ちょうかんさいみつかた》、跡部《あとべ》大炊助勝資《おおいのすけかつすけ》らが、なにかと顔を出すようになっていることに、不満を抱いてもいた。

とくに穴山信君の妻は義信の同腹の妹であり、飯富兵部との繋がりも義信の母三条殿を通じて強かった。

「義信さまが亡くなったとなれば、お屋形の後を継がれるのは勝頼さまということになるのか……」

昌豊の言葉に、昌景は沈黙するばかりだった。

信玄にはあくまで勝頼に、諏訪大社の大祝《おおはふり》の地位を継がせる考えがあった、と昌景は見ていた。信玄にとって、諏訪大社に対する信仰心は絶大である。神之峰城を攻めて知久頼元を滅ぼした際、頼元から神家を滅ぼす者と罵《ののし》られた。あのときの晴信の顔を、昌景は忘れられなかった。当初晴信の脳裏には、諏訪神家を滅ぼす考えなど、まったくなかったと言ってよい。

新羅三郎義光以来の武家の名門武田家を義信に継がせ、軍神として古来武田氏の崇敬の厚い諏訪神家を勝頼に継がせることで、信玄にとっては万全の体制を整えたという思いがあったろう。

義信の死は、信玄にとっても痛恨事と、昌景は見ていた。

だがこれによって、信玄の駿河侵攻策は実行に移されることになった。義信の正室で信玄の姉の子でもある今川氏真の妹をただちに武田家から離別し、駿河へ送り返した。この非情なやり方を憎んだ氏真は、甲斐国への塩の輸送と商人の往来を禁止した。

甲斐・信濃の民は塩を手に入れることが困難となり、苦しみが続いた。武田・今川・北条の三国同盟はこの時点で破綻《はたん》した。

これに続いて信玄はこの年の十一月に、信長からの申し出により、信玄の六女お松（後の信松院）八歳と信長の嫡男奇妙丸《きみようまる》（後の信忠《のぶただ》）十二歳の婚約を成立させた。信長は政略結婚の第二弾を仕組んだのである。

義元を討った信長との関係をいっそう強化することで、もはや信玄のめざす先は誰の目にも明らかになった。

この頃信長は、すでに美濃の斉藤龍興《さいとうたつおき》を攻めて稲葉山城を落とし、この地を岐《ぎ》阜《ふ》（阜は丘の意）と改めていた。周《しゅう》の武王《ぶおう》が岐山《きざん》より起って天下を統一したことにちなんでの改名である。信長はこれを天下布武《てんかふぶ》の第一歩と目していた。

その信長にとって、背後にいる信玄はまだまだ敵に回したくない男である。勝頼の元にに嫁《とつ》がせていた養女が死んで、武田との縁が切れるのを恐れたのだ。

信玄は信長の申し出を承知する一方で、穴山信君と山県昌景の二人に命じ、密かに三河の徳川家康に向けて交渉を開始した。二人は信玄の命を帯び、永禄十一(一五六八)年二月に家康の重臣酒井忠次《さかいただつぐ》の居城、三河吉田城(豊橋市)に向かった。

家康との交渉に入る前に、信玄は抜け目なく信長に、家康への仲介を打診した。家康が信長と入魂《じっこん》であり、信長の意向には逆らえないであろうことを承知していた。

家康にとって今川家は旧主の関係にあり、氏真と手を組んで武田に対抗してくる恐れもあったからである。手を組まないまでも、武田の動きを漏らす恐れはあった。

信君と昌景は酒井忠次を前にして、今川氏の分国(領国)である駿河国と遠江《とおとうみ》国を、互いに東西から攻め取るようにしてはどうかと申し出た。

　忠次は、家康が駿府で人質生活を送っていた頃から近侍《きんじ》している重臣である。桶狭間の戦いで義元が死んだ後、家康（当時は元信）が岡崎で自立してからは家老職に就いていた。昌景より六歳年下ながら、いかにも実直そうな立ち居振舞いで、終始言葉少なに二人に接した。

「武田家と織田家は親戚同士の間柄。そう織田殿が申されていたと、わが殿も申しております。わが殿にとっても織田殿とは心が一つ」

　武田からの申し出には応じると答えたものの、それ以上の腹のうちはいっさい口の端にのぼらせなかった。

「互いの口約束ではいかがなものでござろう。後日誓詞《せいし》を取り交わし、血判をもって双方の入魂を確認いたしては……」

　忠次の言葉に、信君も昌景も同意した。

　後日、信君と昌景がふたたび吉田城を訪れ、信玄、家康のそれぞれの血判が捺された誓詞を正式に取り交わした。これによって武田軍が駿河へ、徳川軍が遠江へ侵入することが決まった。

二

駿河侵攻を前にして、信玄は背後にいる上杉輝虎への工作を活発化した。越後国に向けての内部攪乱《かくらん》である。信玄は、戦いを仕掛ける前に必ず調略《ちょうりゃく》によって、味方に有利な態勢を一つひとつ精緻《せいち》に積み上げていく。

負け戦を、自分からは決して仕掛けない。それが信玄のやり方である。直接戦火を交えるのは、あくまで勝ちに行くときだ。周到な信玄の働きかけによって、輝虎の重臣の中に信玄に内通する者が出始めていた。

なかでも北越の本庄繁長《ほんじょうしげなが》への働きかけが功を奏し、輝虎が本願寺に通じた越中の将を討伐に向かっているさなかに、繁長は反輝虎の兵を挙げた。

繁長は同じ重臣の中条藤資《なかじょうふじすけ》に誘いの手紙を送った。外様同士《とざまどうし》で領地が隣り合っていたからであるが、藤資はこの手紙を越中の輝虎のもとにそのまま転送した。

輝虎は急遽帰国し、信玄が繁長と呼応して越後の国境に侵入するのを防ぎ、十一月に入って本庄繁長の村上本城（村上市）を包囲した。繁長は武田との連絡を絶たれて孤立した。

結局繁長は輝虎に降服したが、越後軍の陣営はこれによってすっかり混乱し、信玄の陽動作戦は成功した。

それと併行して、甲・駿両国を結ぶ武田軍南下のための軍用道路を、信玄は行く先々の住民代表に諸役免許《しょやくめんきょ》の恩恵《おんけい》を与えて整備させた。これが終るのを見定め、十二月六日にいよいよ甲府を出立した。

今川氏真は駿州往還《すんしゅうおうかん》を南下してくる武田軍の不穏な動きに、総勢二万の兵をもって国境付近の防備に当たらせた。しかしすでに武田方に内通している者が多く、武田軍の姿を目にすると、たちまち後退するばかりとなった。

今川の重臣庵原安房守《いはらあわのかみ》は、駿府城への侵入口となる由比《ゆい》町と興津《おきつ》町との境に当たる、東海道の難所薩埵峠《さったとうげ》を固めたが、味方の兵の動揺は激しくなるばかりだった。そのまま本陣に引き上げ、氏真とともに駿府城に退却した。

武田の先鋒は山県昌景、馬場信春、内藤昌豊らの率いる精鋭で、十二日夕刻には駿府のすぐ近くまで迫った。宇八原《うわはら》と呼ばれる地に布陣し、そのまま夜明けを迎えた。

馬場信春は、信虎の時代から武田家に仕えた猛将で「鬼美濃」の異名で知られた原美濃守虎胤《はらみののかみとらたね》の官途を名乗るようになっていた。信玄が特別にそれを許したのである。

虎胤は四年程前に、六十八歳で病没していた。信玄ははじめ、

「当家に美濃守を称せる者はもはやいない」

と、その死を惜しんだのだが、その一年後になって、

「鬼美濃の武名にあやかれ」

と、信春にその名乗りを許した。信春の武名はそれだけ際立っていたのである。

昌景らの先鋒隊はなんの抵抗も受けず、駿河府中に乱入した。駿府は防備のための態勢は十分でなく、いわば城というより今川館と呼ばれる居館群でしかなかった。背後には詰めの城もあったのだが、この城に入って戦うだけの準備はできていないありさまだった。

氏真は薩埵峠や周辺の八幡山砦《はちまんやまとりで》などで食い止めてくれるであろうと見ていたか

ら、ただ慌てふためくばかりとなった。そのまま重臣の朝比奈泰朝《あさひなやすとも》の居城である、遠州《えんしゅう》掛川《かけがわ》城に逃げ込んでしまった。

城中にいた女子供はただ逃げ惑《まど》うばかりで、氏真の正室で北条氏康の長女は自分が乗る輿《こし》もないままに、裸足で今川館を脱出する有様だった。氏康は怒り狂った。

「この恥辱《ちじょく》すすぎがたく候」

近隣の将に宛てた氏康の書状に、そう記されていた。

駿河に乱入した武田軍は信玄から、

「駿府の町に火をかけるな」

と命じられていた。だが、馬場信春は信玄の命令を無視して、真っ先に今川館に火を放った。今川家には代々伝わっている古書、茶道具、絵画などの文化財が多く、

「後になって、財宝欲しさに氏真を攻めたのだと噂されよう」

と、信春が独断であえて火を放ったのである。

それを後になって知った信玄は、信春の考えの深さに感心し、いっさい咎《とが》めよ

うとはしなかった。

昌景もまた、信春のとっさの処置に敬服した。

自分には信玄の命令は絶対である。無視することなど、ありえないことだ。信玄より七歳年上の、信春だからこそそれができたと言えるのか。またそれ以上に、信春がどんな人間かを、信玄が一番見抜いていたからでもあったのか。

昌景は自分を顧《かえり》みて思った。

この頃、徳川家康もまた、遠江への侵略を開始し、十八日には引馬《ひくま》城（浜松城）を攻略し、酒井忠次を入れて守らせ、いよいよ氏真の逃げ込んだ掛川城に迫った。これは駿河を占領した信玄から、掛川城の氏真を攻めるよう催促されたからでもある。

だがこれより後、信玄と家康の仲は急速に悪化していった。その発端は家康からの、信玄に向けられた抗議によって明らかになった。

「なんでも、天竜川下流の見附《みつけ》（磐田《いわた》市）付近で、家康方の兵と下伊那衆との間で衝突が起こったということのようだ」

馬場信春が、信玄の陣営からの噂を耳にして、昌景に向かって語った。

「下伊那衆を率いているのは秋山信友殿のはず。秋山殿が徳川方の陣営に攻撃を仕掛けたとでも言われるのですか？」

昌景はまったく意外に思った。

義信が自刃した後、信玄は勝頼を甲府に呼び寄せ、高遠城にはふたたび秋山信友を入れていた。今度の駿河侵攻に際しては、下伊那衆を率いた信友が武田本軍の動きに呼応して天竜川を南下し、北から今川勢を牽制《けんせい》する手筈になっていた。

「お屋形の命令で信友が動いたのだろうか？」

信春もこの間の事情はなにも知らされていないと見えて、昌景と内藤昌豊の三人が連れ立って信玄のもとを訪れた。

「山岡半左衛門《やまおかはんざえもん》と申す者が家康の使いでやってまいった」

信玄は不機嫌そうな表情で言った。

「なんと申してきたのですか？」

信春がすかさず尋ねた。

「家康方に付いている奥三河の奥平《おくだいら》、菅沼《すがぬま》といった者たちが、信友の兵と交戦したと言い立てて、家康が盟約に背く行為ではないかと厳しく抗議してきたのだ」

「見附付近といえば遠江に深く入った、徳川方の本拠岡崎城と掛川城を分断する地点になりますが……」

信玄の腹中を探るかのように、信春が言った。

「……」

信玄はそれにはなにも答えなかった。

「お屋形が信友に命じていたことなのですか?」

「家康にはさっそく手紙を書いて、山岡に持たせてやった」

「いかように申されましたのか?」

信春は執拗だった。ここで家康を怒らせてしまっては、氏真と手を結びかねないと、危惧《きぐ》してのようだった。

「信友をはじめ下伊那衆が遠江に攻めかかるつもりはまったくなかった、すぐにこちらの陣に合流させるゆえ、そちらは掛川城に早急に攻めかかられよ、と申し送った」

「それで家康が納得いたしましょうか?」

「うむ……」

裏目に出たと思ってのことか、信玄は言葉少なにじっと考えにふけるばかりだった。

昌景は信玄の真意を測りかねた。

いま徳川を敵に回してしまっては、この先どうなるか。

「駿河を挟んで背後にいる北条と徳川を、共に敵に迎えねばならないことになります」

馬場信春の危惧は、誰の胸のうちにもあった。

事実、この頃すでに北条軍は氏真救援のために駿河に向かっていた。だが、武田軍によって駿府は占領され、氏真やその正室も掛川城に逃れていたことから、伊豆の兵を海路救援に向かわせ、同時に陸路からも兵を駿河に向かわせていた。

昌景には、今度の駿河出兵に際しては、いつものお屋形らしい慎重さが欠けているように思えてならなかった。とくに北条家に対しては、事前になんらの手も打たれてはいないと思えた。

氏真が武田領への塩留《しおど》めを強行した際、北条側も氏真に協力し、伊豆や相模方面からの塩の輸送を禁止した。そんなことから駿河侵攻に当たっては、その気配を少しでも察知されたくなかったのだろう。

駿府を占領した後、翌正月早々、信玄は北条家に向けて使者を発した。

「氏真が当方とは叔父、甥の関係にあるにもかかわらず、越後の輝虎と通じて武田を滅ぼそうと企てたことがはっきりしたので、信・越国境が雪で閉ざされたのを見て、兵をすすめたのだ」

と申し開きをさせた。それと同時に、

「北条家におかれても、富士川以東の地を、切り取られてはいかがであろう」

と使者に提案させた。信玄にしてみれば、もはや氏真には駿河、遠江を維持していけるだけの力量はなく、いずれ徳川家康などに奪われるだけと言いたかったのである。

だが、北条の側からしてみれば、もともと北条家初代の早雲以来、今川家とは縁が深く、また氏康の娘が氏真の正室である以上、見捨てるわけにはいかなかった。それどころかその娘が、裸足で今川館から逃れ出るという恥辱をなめさせられてもいる。

信玄の申し出は断固拒絶された。

三

氏政の率いる北条軍は、年が改まった一月十八日に三島を出て駿河に向かい、薩埵峠に陣を敷いた。ここで武田軍の背後を突く構えを見せた。

これに驚いた信玄は、駿府に山県昌景を留めて留守役とし、薩埵峠の北条軍に対抗するため武田信豊らに興津城を築かせて対峙させた。氏政は海上から掛川城に援軍を送るとともに、興津や駿府の武田軍をも脅かした。

信玄は苦戦を強いられながらも、必死で踏み止まり続けた。両者睨み合いとなり、決定的な戦果を挙げ得ないまま長期戦の様相を呈し始めた。

だが、四月二十四日になって、越後の上杉輝虎が武田の兵が手薄になっている甲斐・信濃を突く動きを見せ始めたことから、急遽、武田軍は撤収《てつしゅう》せざるを得なくなった。

この間、北条側では上杉輝虎にさかんに講和を申し出ていた。もともと足利将軍義昭からも両者が講和し、輝虎が上洛できるようにせよとたびたび使者が発せられていた。北条にとってはその頃はそんな考えはまったくなかったが、信玄を敵に回すに及んで、今度は立場が逆になった。

輝虎との対決は負担が大きい。その上信玄と対戦するとなれば、容易ならざる事態となる。是が非でも輝虎と手を結ばざるを得なくなった。信玄の背後を脅かしてくれる相手が、なんとしても欲しかったからである。

氏康はすでに氏政に家督を譲っていたが、自分の子である氏政の弟武蔵鉢形《はちがた》城の氏邦《うじくに》、滝山城の氏照《うじてる》らを通して輝虎方の将に和を申し入れさせた。

家康の方もまた、秋山信友の兵が遠江に侵入したことで、信玄に不信を抱くようになった。掛川城の氏真を攻める一方で、氏真に働きかけ、掛川城を明け渡してくれればいずれ駿府に帰還させると申し出た。

家康は、

「自分はもともと先の主人義元さまに取り立てられた人間である。今川家に敵対する考えは少しも持っていない。しかしながらこのままでは、遠江もいずれ信玄に奪われてしまうことになる。これを自分にお預けくだされば、北条家とも協力して憎い信玄を追い払い、氏真殿が駿府にお帰りいただけるよう取り計らいます」

と口説いた。

つまり遠江を自分の手に委ねてくれるのであれば、旧主の間柄にある氏真を助けて元のように、駿府に帰還させると申し出たのである。

氏真の方はすでに輝虎と和を結んでいたから、こちらからも上杉輝虎に働きかけ、甲斐・信濃を突いてくれるよう懇願《こんがん》していた。またこの際北条氏政と手を繋《つな》ぎ、信玄を討って欲しいと伝えてもいた。

輝虎は氏真および北条側からの申し出に、難色を示しながらも、

一　氏康の子を輝虎の養子として差し出すこと

二　北条が過去に奪った山内《やまのうち》・扇谷《おうぎがやつ》両上杉の土地、上野・武蔵・下野の領地を返還すること

三　氏政は輝虎と同陣（つまり関東管領の配下として出陣）すること

などといった、北条側がとうてい受け入れられないような条件を出してきた。

上野、武蔵、下野の現在北条氏の領地となっている土地は、いずれも氏綱・氏康の代に、北条が武略をもって手に入れた土地である。

それでも、北条側はなんとしても信玄の背後から兵を動かしてもらいたいと願っていたから、やむなく養子と土地の返還を呑む意向を見せた。

信玄が甲府に引き上げたことで、北条側は輝虎の養子として氏政の弟氏秀《うじひで》を越後に赴《おもむ》かせたものの、土地の返還に関してはあいまいな表現のままに誓書を交換し、両者の軍事同盟を一応成立させた。

その後土地の返還に関し、氏政は輝虎が実際に甲斐・信濃に出兵すれば実行すると言い張り、輝虎の方は氏政が土地を返せば出兵するとし、互いに主張を譲らず、結局空手形のままに終ることになる。

これは一方で信玄が、将軍義昭と武田の同盟者である信長に手を回し、将軍の内書をもって輝虎に信玄と和睦《わぼく》を図るよう働きかけさせたからでもあった。将軍の権威を重んじる輝虎の気質を利用して、信濃出陣を思いとどまらせようとした信玄の牽制策が、一定の功を奏したのである。

信玄の上杉・北条同盟に対抗する作戦は、それに留まらなかった。もともと北条側とは激しく敵対を続けていた関東の豪族たち、常陸《ひたち》の佐竹《さたけ》氏、岩槻《いわつき》の太田《おおた》氏、房総《ぼうそう》の里見《さとみ》氏らに積極的に働きかけ反北条の勢力を結集させて、輝虎が北条と手を結ぶことを妨害しようとした。

信玄が甲府に兵を返す際、氏政はその動きを察知して富士川沿いに追撃し、後尾の兵数百を討ち取った。

後に残った昌景は、北条軍を駿府に迎え撃つ覚悟でいたが、徳川家康が掛川城の氏真をそのままにして駿府に迫ったので、東西から挟撃されるのを恐れ甲府に帰った。家康は、

「わたしが駿府の氏真さまの館を再建いたしましょう。新しい館ができましたら、氏真さまご夫妻を駿府の新しい館にお迎えいたします。そのかわり掛川城を開城し、それまでは相模で氏政殿の庇護《ひご》をお受けください」

と申し出た。結局この申し出を氏真が受け入れて、家康に掛川城を明け渡した。これによって遠江は、完全に家康の制圧するところとなった。

昌景は今度の駿河出兵に関しては、家康がことごとにうまく立ち回ったという印象を受けた。初めから仕組んでいたことではないにしても、二十八歳の若年ながら信玄に初めは歩調を合わせ、信玄が遠江までをうかがっていると見ると、すぐさまその敵方と通じ、上杉・今川・北条と手を結ぶ動きに出た。

信玄の出方を冷静に見つめ、なにより信玄を敵と見る者たちに擦り寄り、味方に付くと見せて結局自分の当初の目的を果たしてしまっているのである。

また織田と武田が姻戚関係を結んでいるのを承知しながら、あえて信長に諮《はか》ることなく、独自の行動に出てもいた。信長と信玄との間が決して親密なものではなく、互いに裏に回って牽制し合っているのを承知していたからだ。

甲府に帰った後、昌景は信玄がこのまま北条・徳川の出方を黙って見過ごしにするはずはないと見た。

「お屋形は初めから遠江に、兵を向けようとされていたのだろうか?」

内藤昌豊が、昌景に耳打ちした。

たしかに秋山信友の兵が見附付近で徳川方と交戦したのがきっかけで、武田軍は一気に苦境に追い込まれていった。北条軍が総力を挙げて氏真の救援に向かってきたことも、信玄には大きな誤算であったろう。

今川領は武田が手を出さなければ、いずれ家康の手に渡ると危惧した。この点では、北条氏康も同じ考えと見ていたろう。さらには北条が上杉輝虎と手を結ぶなど、決してありえないことと思っていた。

北条氏の関心は挙げて関八州に向けられている。その点では北条は武田の敵にはなりえない。信玄の関東に向けた目は、北条と同じ上杉輝虎に対してであり、箕輪《みのわ》城の奪取によって、その方面の武田の役目は終っている。

輝虎の動きを封じることができれば、信玄の目はどこに向けられるか。

「駿河を武田、遠江を徳川と取り決めはしたが、あくまで東側と西側から同時に攻め込むと申し合わせたまでのこと。お屋形はそう見ていたのではないか。お屋形の腹のうちでは、家康を警戒しつつ、いずれは敵に回る相手と見ていたようだ」

「それが信友にも暗黙のうちに伝わって、下伊那衆にも伝染していったということか？」

昌豊の疑問に、昌景はなんとも応えなかった。

「お屋形の目はすでに都に向けられている。義信さまになんとしても駿河に兵を向けることを承服させようとされたのは、そのことがあったからだ。戦国の世にあっては、自国を支えられない者は、その地位に留まる資格はない。血縁の者であろうとなかろうと、その者は早晩誰かの手で倒される運命にある。それがついに義信さまに理解されなかったことで、お屋形はなにもかもを背負って動き出されたのだ」

「それにもかかわらず、駿河への侵攻は失敗に終ったということか……」

昌豊は遠くを見るような目になった。

「いや、失敗に終ってはいない」

「うむ?」

昌豊は昌景の言葉に顔を上げた。

(お屋形はふたたび動き出す)

昌景は、心のうちでそう思った。その目に、はっきりそう映っていた。二人は互いの目を見つめ合った。昌豊もなにかを感じ取った。

事実、信玄は一月半ほどの後に御坂峠《みさかとうげ》を越えて御殿場にある北条方の城を攻め、続いて三島に侵入、その帰途今川方の富士大宮城を攻め落とし、城兵を降服させた。そしてさらに九月になって、武田の主力部隊をみずから率いて西上野に出陣した。

出陣に先立って信玄は、四郎勝頼、武田信豊《のぶとよ》(川中島で死んだ信玄の弟信繁の嫡

男）ら若い親族衆を前にして、

「行く先々の北条方の城は、その一部の曲輪《くるわ》を落とすだけでよい。周辺を焼き払って通過し、敵の出方によっては黙殺して先を急げ」

と命じた。信玄はこれまで、ほとんどの戦いにおいて、武田軍の通過する途中の城を、ことごとく奪取し、あるいは徹底的に破壊して先にすすむのをつねとしてきた。今度の北条方の城攻めに際しては、明らかにこれまでとは異なる意図をもって臨《のぞ》もうとしていた。

昌景にはそこにかえって、信玄のなみなみならぬ覚悟が感じられた。

四

北条方は、甲府に信濃の兵や西上野の兵が集結しているとの情報をつかんだ。すぐに越後にいる上杉輝虎に、関東へ出陣してくれるよう要請した。だがその頃輝虎は越中に出陣中で、身動きが取れずにいた。

二万に及ぶ武田軍本隊は、はじめに信濃佐久郡へ向かった。輝虎の信濃出陣に備えての出兵かと思わせつつ、一転して碓氷峠を越えて西上野にすすんだ。そのまま大きく迂回《うかい》するように武蔵国をめざし、鉢形城（埼玉県寄居《よりい》町）を包囲した。

この城は氏政の弟氏邦（氏康の三男）の居城であり、氏邦は当初から籠城策を取って守りを固めた。武田軍はこれを数日囲んだだけで、敵に後ろを見せるがごとく、平然と武蔵多摩郡にある滝山城（八王子市）へと兵をすすめた。

この地には、甲斐都留《つる》郡の小山田信茂が、武蔵・相模の国境にある小仏峠《こぼとけとうげ》を越えて進出し、信玄の本隊と合流した。ここで北条氏照（氏康の次男）の守る滝山城に連日激しい攻撃を仕掛けた。

だが容易に落ちないと見ると、これもまたそのままにして南下し、相模川を渡河したあと厚木、平塚と通過し、北条氏の本拠である小田原城に迫った。

北条氏康・氏政父子は信玄の意図しているところを探るため、徹底的な籠城策で臨んだ。小田原城は八年前の永禄四年（一五六一）にも、関東の諸豪族を引き連れた上杉輝虎によって包囲された。だが十万にも及ぶ越後・関東の連合軍が、なんの手出しもできないまま撤退している。

どんなに信玄が戦巧者とはいえ、とうていこの城を落とすことはできないと、北条側は見ていた。小田原城は敵に包囲されたまま、半年や一年持ちこたえられるだけの備えがある。それに引き換え武田軍には、はじめから長期戦に備えた兵糧の手当ては準備されていない。

まして信玄が通過してきた鉢形城、滝山城をはじめ北条方の支城は、一つも落とされていないから、武田軍は背後に不安を抱えている。小田原城を囲んでも、輝虎のときと同様手も足も出せないまま、甲府に帰っていかざるをえないと見越していた。

事実、信玄は小田原城に迫ったものの、城外のあちこちに放火し、さかんに威《い》嚇《かく》して見せただけで、それ以上の攻撃はできなかった。

十月一日に小田原に着陣し、四日には早々に兵を返す動きを見せた。北条側は信玄が鎌倉に向かうのではないかとの情報を得た。輝虎のときも、関東の諸将を率いて鶴岡八幡宮に参拝し、関東管領の就任式を華々しく挙行している。

武田も甲斐源氏の嫡流だけに、源氏の守護神である八幡宮に参拝すると見た。これはひとつには信玄自身が、敵にそう思わせようという意図があって、自分からそんなそぶりを見せてもいたのである。

信玄は自分が動くときは、自分の行動を敵に察知されないよう、嘘の情報を流したり、どちらにも転じられるような二通り三通りの選択肢を、つねに敵に見せつける。それによって真の狙いを被い隠すのだ。

またその逆に、敵にそう思わせるために、わざとあからさまな行動や意図を味方の陣営にばらまく。敵の間者《かんじゃ》（密偵《みってい》）の耳に入りやすくし、間違った情報を敵に伝えさせるためである。

武田軍はいったん鎌倉に向かうと見せて平塚まですすみ、そこから一転して相模川を北上し、津久井《つくい》郡に出て甲斐に戻る動きを見せた。兵糧が十分でない以上、いつまでも敵地に留まってはいられない。

この動きを察知した北条軍は、色めきたった。

「このまま信玄を、無事に甲斐に帰還させてしまう手はない！」

氏邦・氏照の兄弟は、信玄によって鉢形城、滝山城と包囲され、なんの手出しもできないままでいた。それだけに、面目にかけてもといきりたった。

兄弟は連合して武田軍を途中で待ち伏せする動きに出た。三増峠《みませとうげ》の上から逆落としに攻め、信玄を討ち取ってしまおうと意気込んだのだ。ただちに忍《おし》衆・深谷《ふかや》衆・河越《かわごえ》衆など関東の北条方に属する軍勢をかき集め、他にも遠山・大道寺といった北条家の重臣が合流し、その数は総勢二万にも達した。

氏政はその日のうちに越後の輝虎に向けて、

「五日には小田原からも出撃して、信玄と一戦を交える覚悟」

と、書を送った。

氏政にしてみれば、ここで輝虎が信玄の背後を突いてくれれば、信玄の首を獲ることができると踏んだのである。

こうした信玄の動きに対して、昌景はその腹のうちをうすうす感じ取っていた。

これまで三十三年もの間、ずっと信玄の側近くにあって、その一挙手一投足に至るまで、みずからの目と耳で見つめ続けてきている。

初めて晴信の旗本隊の隊長に抜擢された際に、兄の虎昌から、

「お屋形を側近くでお護りするということは、お屋形と同じところから、戦場全体を見続けられるということだ」

と言われた。その言葉を、昌景はずっと頭の奥で思ってきた。

それともう一つ、これも昌景が晴信の近習として出仕する際に、虎昌からはじめに言われたことである。

「主従にとってなにより重要なことは、心を通い合わせることだ」

という指摘だ。

お屋形の手足となって働こうとする以上、いま、そしてこの先お屋形がどう動こうとしているかを、口に出して言われる以前に、正確につかんでいなければならない。

信玄はつねに先の先を読む。目先の動きやその場の指図だけにとらわれていては、真の狙いを見落とす。

昌景の見る限り、鉢形城、滝山城、小田原城とつぎつぎに包囲した一連の動きは、そのことごとくが北条への威嚇行為である。それぞれの城を落とすつもりであれば、確実に落としてからつぎにすすむはずである。

駿河出陣に際し信玄は、北条が徳川や上杉と手を結んでまで、自分の前に立ち塞がってくるとは考えていなかった。親族とはいえ氏真を、氏康もまた見限っているとみていたのだ。

関八州を睨んでいる北条の敵は、あくまで上杉輝虎であり、むしろ背後の今川領をうかがう徳川家康である。信玄にしてみれば危惧は抱いていたものの、万が一にも北条がこの両者と手を結ぶことは、ありえないと思っていた。

だが北条は信玄の考えに反して、薩埵峠に出兵し武田の背後を脅《おびや》かした。それによって信玄の駿河占領は失敗に終った。

しかしそれであきらめる信玄ではない。今後、武田の向かう先は、東や北ではなく、まさに西である。

となれば北条に、武田軍の恐ろしさを、見せ付けておかなければならない。籠城策を取る北条軍に、信玄を敵に回せばどうなるかを思い知らせるには、どうしたらよいか。ただ三つの城を包囲して見せただけで、無為に甲府に帰ってしまったのでは目的は果たせない。

「城攻めに失敗し、すごすごと引き返していった」

北条方にそう思わせてしまうだけである。

五日の夕刻、いよいよ明日は三増峠にさしかかるというときに、信玄は軍勢の手配りをした。主力部隊は馬場信春を先頭に、続いて小荷駄《こにだ》隊を内藤昌豊に率いさせ、それを後ろから守るように勝頼隊、殿軍《しんがり》に浅利右馬助《あさりうまのすけ》隊を配し、真正面から三増峠を押し通る作戦に出た。

信玄はその右側面の高台に出てこれを援護し、山県昌景ほかを遊軍として、三増峠の左側面から大きく回り込むように、志田峠へと向かわせる手配りをした。

このとき小荷駄隊を任されることになった内藤昌豊が、珍しく信玄に不服を申し出た。三増峠を押し通ってしまえば、甲府までは一日二日の道程である。小荷駄を後生大事に護るより、峠の上で待ち構えている敵に打ちかかることこそが大事と言い募った。

そんな昌豊に向かって信玄は、

「小荷駄奉行は自分が務めたいと思うくらいだ」

と語った。昌豊は信玄の目を見て、その真意を悟《さと》った。

この頃信玄の耳には、峠の上で氏邦・氏照の兵が、武田軍の上ってくるのを待ち構えていること、また小田原の氏政ほかの兵が、ただちに出撃してくるとの報が入っていた。この時点ですでに、昌景にも昌豊にも、そして信春ほかの将兵にも、信玄の狙いとするところは見えていた。

それは、峠の上で待ち受けている北条軍の目に、小荷駄を牽《ひ》いて押し上ってくる武田軍本隊の姿を、ことさらに見せつけるということだ。

わざわざ上州を大きく回って北条の主要な城をつぎつぎに攻めたものの、武田軍はなんの成果も挙げえないままにすごすごと甲府に引き上げていく。武田軍将兵の士気は、当然に上がってはいないと北条方は見る。

山々が折り重なって続いているこの付近の地理を知り尽くしている北条軍には、武田軍が東に相模川、南に中津川を背にして北上してくるのを、高地に立って迎え撃つことになる。この絶好の機会を、断じて見逃すべきではない。

「背後に流れる中津川に武田軍を追い落とせば、大勝は間違いない」

北条軍の誰もが、心のうちでそう思っていた。

永禄十二年（一五六九）十月六日の朝は明け始めた。

五

昌景は三千の兵を率いて、夜明け前から志田峠に向かった。

前夜、信玄から軍勢の手配りを聞いた後、すぐに配下の者を遣《つか》わし峠付近の地理に詳しい地元の人間を探し出させた。敵地であるため騙《だま》されぬよう、味方の兵の中からもこの地を知っている者を選び出した。詳しく話を聞き出し、共に道案内に立たせた。

藪道《やぶみち》に踏み込んで、道に迷ってはならなかったから、念を入れたのである。山道を踏み越えるとなれば、なにより馬の扱いに慣れた兵を先に立てる必要があった。三千の兵一人ひとりを勢いづかせるためだ。

昌景自身、絶えず先頭集団を叱咤《しった》し、引率した。枯葉のびっしりと敷き詰められた山道は、滑りやすく、ともすれば馬の足を痛めてしまう。急坂では馬を降りてみずから手綱を引き、怖がる馬をなだめた。

昌景には信玄の狙いとするところが、ことごとく読めていた。駿河占領を北条軍によって挫折《ざせつ》させられた後、北条方の城がある御殿場や三島を襲った。また今回の出陣で鉢形城、滝山城、小田原城とつぎつぎに包囲した。

だがそのいずれもが早々に手を引き、いま全軍を挙げて甲府に引き上げようとしている。信玄には初めから城を落とすつもりはなかった。北条勢を城から誘い出し、これを叩くことに狙いを絞っていた。

城を落とすには多くの日数と人員を要する。ぐずぐずしていれば、越後の輝虎が信玄を追いつめる好機と捉え、北条の要請に応えて動き出す。寝た子を起こすような事態にもなりかねない。家康とて同様である。

敵が待ち受ける三増峠を、あえて強引に押し通る。その姿をことさらに敵の目にさらす。小荷駄を内藤昌豊に任せ、その前後を馬場隊、勝頼隊、浅利隊の主力が囲み、敵中突破を試みる。

背後から氏政の兵が接近してくるとなれば、武田軍の選択肢はもはや峠の強行突破以外にない。そう敵に思わせる。

三増峠の本隊は、いわば巨大な囮《おとり》部隊なのだ。北条勢を野外におびきだし、一戦を交え、敵に大打撃を与える。これに成功すれば、今回の遠征の目的は完璧なまでに果たされることになる。

それにはなにより、昌景の率いる三千の兵が志田峠を踏破し、戦闘が交えられているさなかに、まさに敵の背後に回り込まなければならない。

今回の作戦のすべてが、この一点に懸《か》かっていた。そのことを昌景は、全身全霊をもって受け止めている。信玄がなにも言わなくても、自分が率いる遊軍の兵が武田の命運を握っているのだ！

敵の目をくらませつつ、いまは一刻も早く、氏邦・氏照らの背後に回り込まなければならない。

全山が晩秋の色に染まっている山道を、赤備えの兵が息を弾ませ、汗まみれになって先を急いだ。

昌景の後に続く兵士たちのことごとくが、自分たちに課せられた役割の重大さを知っている。

「後れを取るな」

それが全兵の合言葉になっていた。

「お屋形さまの一念が、いまわれわれの手に握られているのだ」

出撃前に、一人ひとりの兵士の心の底まで染み透らせるかのように、昌景は激しい口調で叫んでいた。

武田軍本隊は、しゃにむに三増峠を押し登った。戦巧者の馬場信春を先頭に、一気に峠を踏破する勢いを示した。それまで息を潜めるようにして待ち構えていた北条勢は、一斉に鉄砲を撃ち放った。続いて遠矢を武田軍の頭上に降らせた。

北条勢はここで武田軍を食い止めていれば、小田原城から出撃してくる氏政の軍勢が武田の背後から襲いかかると見ていた。

武田軍の先陣はいきなり急戦を仕掛けた。これは志田峠に向かった遊軍の行動を、敵に察知させないためである。また小田原から出撃してくる前に、峠上に潜む敵を追い落とす狙いもあった。

本道の右の高所に陣を置いた信玄は、そこから峠全体を見下ろす位置に立った。各部隊へ向けては若い真田喜兵衛《さなだきへえ》（後の昌幸《まさゆき》）や三枝勘解由《さえぐさかげゆ》らを、指揮連絡のための検使役として派遣した。信玄の指揮を徹底させるためである。

このときの検使役は、情況によっては信玄に代わって命令を下す重要な役目を負った。かれらは信玄によって戦況を見抜く目を持った若者とみなされており、将来の武田軍の中核を担う人間とされてもいた。

銃声が周囲の山々に木魂《こだま》した。いっせいに北条軍に立ち向かう武田の兵の喊声《かんせい》が、それを撥ね返すかのように沸き起こった。

はじめは明らかに北条軍の優位がうかがえた。馬場隊、勝頼隊に援護されながらすすむ小荷駄隊が狙い撃ちにされ、荷駄を放置したまま逃げ散る隊も出た。本隊の左側から攻め上ろうとしていた浅利右馬助が、馬上で指揮を執《と》っている最中に銃撃され、落命した。浅利隊はたちまち混乱に陥った。これを高台から見ていた信玄が、ただちに検使役を送り込んだ。

峠の上から狙い撃ちにする北条の鉄砲隊に悩まされながらも、馬場隊、勝頼隊の士気はさかんだった。北条軍は各所で銃を乱射し、矢を射放った。

しかしながら小田原からの氏政の援軍は、いっこうに到着しなかった。

氏政は武田軍の動きを慎重にうかがっていた。あまり早くに出撃すれば、峠にさしかからないうちに信玄が兵を反転させてくる恐れがある。一方の氏邦・氏照の招集した忍衆や深谷衆各隊も、急な呼び出しだったから相互の連絡が徹底していなかった。

　なにより武田軍が、いきなり急戦を仕掛けてきたことで、指揮が混乱した。峠上に兵を潜め、這い登ってくる敵を狙い撃ちに阻止していれば、すぐに小田原城から出撃してくる氏政の本隊が武田軍の背後を襲ってくれると見込んでいた。北条勢はつぎつぎに這い上がってくる敵に、すっかり目を奪われていた。そんな北条軍の背後に、忽然《こつぜん》と真っ赤な武具に身を固めた兵が姿を現わした。

「かかれ！」

昌景の叫び声が、峠上に響き渡った。

北条勢が気づいたときは、噂に聞いている赤備えの兵が、ひとかたまりになって目の前に迫っていた。それはまるで山の色が、一瞬にして真紅《しんく》に染まったかのように見えた。

北条軍は意外な敵の出現に、たちまちのうちに大混乱に陥った。

「山県隊がどうしてここに！」

氏邦・氏照の兄弟は、目の前の山が迫ってきたかと思える赤備えの兵の動きに圧倒された。北条軍の兵士はわれ先に四方へ逃げ散った。

山県隊は猛然と追撃に移り、北条軍の兵士たちを麓まで追い落とした。一方は中津川に、また反対方向に逃れた敵は、遠く相模川の岸辺近くまで追った。この戦いで北条軍は、三千二百にも及ぶ犠牲者を出した。

味方の敗報を途中で耳にした氏政は、ただちに兵を返した。これ以上犠牲が出ることを恐れたのである。

北条軍は後になって、武田軍が小荷駄を打ち捨てて甲府に逃れ去ったと強弁《きょうべん》したが、実際には信玄の恐ろしさをいやというほど思い知らされる結果となった。甲府に帰還後、武田軍は一月もしないうちに駿河の蒲原《かんばら》城（静岡市蒲原町）に出撃し、この城を守っていた北条綱重《つなしげ》以下主だった将兵を皆殺しにした。

続いて信玄は、駿府から武田軍が撤退した後この地を守っていた今川方の将、岡部正綱《おかべまさつな》を駿府の僧侶を介して降服させ、再度駿府を占領した。またその年が明けた正月早々から駿府の西南にある花沢城（焼津《やいづ》市）を攻め、今川方の猛将大原《おおはら》資良《すけよし》を下した。

永禄十三年（一五七〇）は四月に、元号を元亀《げんき》と改められたが、駿河への侵攻はその後も繰り返された。信玄はこの年から翌年にかけて伊豆韮山《にらやま》城、駿河興国《こうこく》寺《じ》城とつぎつぎに襲いかかった。

北条氏康・氏政父子は、信玄の背後を突いてくれるよう、越後に向けて救援の要請を繰り返した。だが越中（富山）から関東全域にわたる領域までを配下に治める関東管領上杉輝虎にとっては、それらのことごとくはしょせん無理な要請だった。

「輝虎は当てにはならぬ」

元亀二年（一五七一）十月、病床に臥《ふ》した氏康は、氏政に越後と手を切り、もう一度信玄と手を結ぶよう遺言して死んだ。氏康は五十六歳だった。北条は氏真を見捨て、ふたたび本来の目標とする関八州の平定に目を向けることになる。

その一方で、三河・遠江の支配者となった徳川家康は、信玄の鉾先《ほこさき》がいよいよ自分に向けられてくることを察知した。ただちに輝虎に向けて起請文を送り、盟約締結を切望した。輝虎も北条と手切れとなったことで、信玄を牽制する必要かられを承諾した。起請文には、

一　武田と絶交すること

二　信長に勧めて輝虎と手を結ばせ、信玄と絶縁させること

の二ヶ条が記されていた。

三方ヶ原

一

昌景の目にも、いまは信玄がはっきり信長を、敵と見据えていることがわかった。家康ではない、その背後にいる信長を、である。

家康はたしかに、若年ながら油断のならない相手である。北条とふたたび手を結んだいま、駿河を手に入れた信玄の目の前に立ちはだかっているのはこの男だ。

だがこの頃の信玄の目には、家康はあくまで信長の同盟者としてしか映っていなかった。その背後に在って、いま京の都に君臨している信長こそが、信玄の倒すべき相手として浮かび上がっていた。

これまで、信長とは姻戚関係を結んできている。勝頼の正室は信長の娘（養女）だ。信長は自分の実の娘が幼かったことから、姪《めい》を養女にして嫁がせたのである。出産がもとで死んでしまったとはいえ、信玄の孫、武王信勝の母であることに変わりはない。

さらにまた、信長の嫡男奇妙丸と信玄の六女お松とは現在許婚《いいなずけ》の間柄にある。

上洛し、天下を掌握しようとうかがう信長にとって、今でも背後にいる信玄は絶対に敵に回したくない相手なのだ。

そして信玄にとっても、信長は特有の鋭さを備えた人間と見えていた。北の上杉輝虎と対峙している以上、自分に言い寄ってくる相手をあえて敵に追いやる必要はない。

いずれ上洛の機会は訪れる。そうなればその途上に位置する尾張の信長と通じていることは、なにかと便宜《べんぎ》と思えた。

武田家の跡継ぎと目していた義信は父の、信長への接近を嫌った。だが、好悪の感情は二の次だ。義信にはそれをわからせようとした。

それはついに果たせなかったが、その後美濃の稲葉山城を手に入れた信長の行動は、信玄自身を驚かせた。今川や北条への押さえはもっぱら同盟者である家康に任せ、みずからは足利将軍義昭を擁して京に入った。義昭を単なる飾り物として祭り上げ、実質的な権力はすべて自身が掌握した。

尾張一国から出発した信長が、美濃・伊勢・近江を手に入れ、入京後は敵対する勢力を内に抱えているとはいえ畿内五国（山城《やましろ》・大和《やまと》・河内《かわち》・摂津《せっつ》・和泉《いずみ》）をたちまち支配下に組み込む勢いを示している。

近江の浅井長政のもとに自分の妹お市を嫁がせ盟約を結んでいたが、越前の朝倉家とのつながりを重視する浅井が、その後一転して信長の敵に回った。信長は、浅井・朝倉連合軍と激しく戦うことになった。

この争いに対して、王城鎮護《おうじようちんご》の役目を担うと自負する延暦寺《えんりやくじ》は、浅井・朝倉の連合軍を比叡山《ひえいざん》の山中に引き入れ、織田軍に公然と敵対する態度を示した。七百八十年の伝統がある仏法の総本山延暦寺には、手出しができまいと高を括《くく》ったのである。

怒った信長は、元亀二年（一五七一）九月、山中はもとより延暦寺根本中堂をはじめ山王二十一の社、東塔・西塔・諸坊のことごとくを焼き払い、僧侶・衆徒一千六百人あまりを焚殺《ふんさつ》した。

「天魔の仕業《しわざ》か！」

焼き討ちの報に接したとき、信玄はそう叫んだ。神仏に対する崇拝の念に厚い信玄は、ただちに衆徒・寺院の保護・再建を表明した。

信玄にとって神仏は、単なる信仰の対象ではない。人智を超越した天の摂理《せつり》と、その先にある自然への畏怖《いふ》の念があってのことだ。このとき信玄の胸中に、はっきりと信長を敵とする決意が湧いた。

「信長ごときが、天下に号令できる人間ではない」

昌景の目には、信玄がはっきりとそう見ているのがわかった。

信長は信玄の前ではことさら卑屈に、ずるがしこく振る舞い、それでいて裏に回ればおのれ以外のことごとくを卑下し、排除しようとしている。

そこには、「王道政治」や「天の秩序」という理念は、欠片《かけら》も存在していない。信長の言うところの「天下布武」とは、自己の武力のみによって騒乱を鎮《しず》めるということだが、その先には信長一人を是とし過信する、狂気と傲慢《ごうまん》が見え隠れする。

「民のためにならぬ」

若き日に、岐秀元伯から教えを受けた「王道政治」の理想が、信玄の胸に甦った。少なくとも昌景にはそう思えた。

「将軍家より、信長を討てとの親書《しんしょ》が送られてきた」

躑躅ヶ崎館において、信玄は重臣たちを前にして語った。

「北条がわれわれと手を結んだ以上、背後を襲われる心配はなくなりました」

富士川下流の河内領（南巨摩郡・西八代郡）一帯を本拠とする穴山信君が言った。信君は最初の駿河侵攻以来、つねに北条勢に対し最前線に立ってこれと対峙してきた。それだけにその言葉には、なにより実感がこもっていた。

「常陸の佐竹、房総の里見とも誼《よしみ》を通じている。かれらとは北条と手切れになった折に手を結んだが、これからも北条や上杉を牽制する働きはしてくれる」

信玄が珍しく自分から口を挟んだ。

「しかしながら越後は家康と手を組みました」

海津城から一時帰還している高坂昌信が、心配顔で言った。

「こちらも越中・加賀の一向一揆が攻勢に出て、輝虎の背後を騒がせてくれよう。信長は京畿《けいき》一帯を征服し、いまにも石山本願寺に攻撃を仕掛けようとしている。本願寺門主の顕如がわれわれと呼応して輝虎の背後のみならず、信長とも全面的に対決する手筈となっている」

顕如光佐の妻は信玄の正妻三条殿の妹であり、互いの交渉は密だった。また本願寺側としても、信長の攻撃が本格化しつつある現在、なんとしても信玄の協力を取り付けざるを得ない情況に陥っていた。

「将軍家もひそかに諸大名に宛てて反信長の意向を明らかにしている。信長の傀《かい》儡《らい》に過ぎぬ立場に押し込められ、ついに信長を討つ決意を固められた。これによって越前朝倉、近江の浅井、中国の毛利から畿内の反信長勢力でもある三好・松永はもとより延暦寺、園城寺《おんじょうじ》の勢力に至るまで決起することになろう」

昌景にはすでに信玄が将軍家のみならず、こうした反信長勢力に対しても密かに親書を遣わし、外交戦略を展開しつつあることを承知していた。信玄の使い番を務めたことのある昌景には、信玄の部屋から出入りする者たちの顔ぶれを見るだけで、そのおおよその動きが知れた。

信玄の打つ手はつねに一点の隙もない。将軍義昭の反信長包囲網に乗ると見せて、自分からその動きを実効あるものに仕上げていこうとしていた。義昭の構想は、あくまで現実の力を伴ってはいない。将軍という虚名を頼りにしたものに過ぎない。

これを本気で信奉し、実現しようとする者が現われない限り、絵に描いた餅《もち》に終る。信長はそれを鋭く見抜いていた。もはや義昭を歯牙《しが》にもかけなくなっていた。

信玄もまた、将軍義昭をただ信奉しているわけではない。なにもかも承知で、その中心に自分を置こうとしているのだ。信長に対抗する力を呼び起こすためである。

その一方で、信長との同盟を自分から破棄しようとはしていない。相手の出方をぎりぎりまでうかがい続け、こちらがどう動くかを明かそうとしない。

昌景はしかし、自分の出陣の日が近いのを感じ取っていた。

元亀三年（一五七二）八月、信玄はふたたび重臣たちを躑躅ヶ崎館に招集した。

「信長が小谷《おだに》城に出陣した。城下を水攻めにするため一里半に及ぶ大堤防を築き、姉川の水を注ぎ込もうとしている」

信玄の話によれば、七月に信長は柴田勝家《しばたかついえ》を引き連れて近江に入り、虎御前山《とらごぜやま》に陣を構えた。木下藤吉郎には浅井の老臣阿閉貞秀《あつじさだひで》が守る山本山城を攻めさせているという。

「朝倉義景が一万五千の兵を率いて小谷山の西に陣取り、これに対抗している。浅井からは武田の出兵要請がしきりだ」

信玄の目に、一点を凝視する強い光りが宿っていた。昌景はこうした信玄の目を、これまで何回となく見つめてきた。だがいま目の前にしている輝きには、異様なまでの執念が感じられた。

「信長を倒せる者は、もはや自分を措《お》いてない」

昌景には、そうつぶやいている信玄の胸のうちの言葉が聞こえていた。いまこそがそのときであると、昌景にも思えた。

同時に昌景にはそれとはまったく反対の、信玄がひたすらみんなの前で、平静を装《よそお》うとしている姿も映し出されていた。

（お屋形のお身体に、なにかが起きているのか？）

いや、そんなことはあるまいと、昌景自身が何度も否定してきたことである。

（激しい外交戦略に、日夜神経をすり減らしておられるせいだ）

家康やその背後にいる信長、そして越後の上杉輝虎の動きに、意を注いでいることはたしかである。この頃輝虎は信玄と同様、出家して謙信と号するようになっていると、昌景の耳にも入っていた。

このところ信玄は奥座敷にこもったまま、みんなの前に姿を見せることが極端に少なくなっている。それはひとつには信玄自身が、直接各方面に向けた親書のやりとりに、明け暮れているからとも見えた。

（それにしても……）

昌景や昌豊など信玄が最も信頼している重臣や、勝頼・信豊ほかのご親族衆の誰一人として、奥座敷に招かれている様子はうかがえなかった。

だが九月に入ると、甲斐はおろか信濃・西上野の各領内に向けて、

「ただちに長期出陣の準備に入れ」

という信玄の触れが下された。

稲の刈り入れの時期と相前後し、寄親・寄子のすべてに至るまで周知徹底され

た。農作業の遅れたところは、あわただしい毎日が続くことになった。

二

昌景が実際に先鋒隊を率いて甲府を後にしたのは、九月二十九日になってである。それまで延び延びになったのは、ごく一部の者には信玄の体調を考慮してのことと伝えられていた。

信玄の率いる本隊一万七千は、昌景よりさらに四日遅れて十月三日の出陣となった。昌景自身は、赤備えの兵一千八百と、奥三河の武田側に帰服している兵ほかを合わせた、総勢五千余の別働隊を率いての出陣だった。

そのほかにも、秋山信友の率いる伊那の兵が、昌景と同様別働隊として東美濃の岩村城に向かった。

昌景は天竜川を下り、途中から東三河の山岳地帯に転じ、北設楽《したら》郡、南設楽郡へとすすんだ。まだ武田に付くか徳川に付くかで揺れ動いている山間の土豪たちを味方に引き入れ、去就《きょしゅう》を決めかねている者の山城は容赦なく攻略した。

奥三河一帯は、もともと今川義元に服していた所である。信濃と三河を結ぶ交通の要衝《ようしょう》であり、信濃から三河へ出ようとする武田の勢力と、浜松と岡崎を結ぶ東海道の生命線を北から脅かされる徳川との間に挟まれ、これまでも武田・徳川の間で争奪戦が繰り返されていた。

武田に付くか徳川に付くかは、奥三河の豪族たちにとっては、どちらが自分たちにとって安全かの選択でしかない。家康に対する義理はなかった。

すでに山家三方衆《やまがさんぽうしゅう》と呼ばれる北設楽郡田峰《だみね》の菅沼《すがぬま》氏、長篠《ながしの》城周辺の菅沼氏、南設楽郡作手《つくで》の奥平氏の三氏は信玄に服しており、武田の側に付く者の方が圧倒的に多かった。

奥三河一帯の平定を済ませた後、昌景は遠江に入って浜松城の北西およそ五里(約二十キロ)の井平《いだいら》(浜松市引佐町《いなさちょう》伊平)を占領した。三河吉田城方面からの徳川方の援軍が、家康の部将中根正照《なかねまさてる》の守る天竜二俣《てんりゅうふたまた》城へ向かうのを遮断《しゃだん》するためだ。

昌景はその間ずっと、後から出発した信玄率いる武田軍本隊の動きを注意深く見守り続けていた。信玄の体調が回復したからこその出陣である。だがなんといっても、晩秋から冬に向けての長い遠征となる。

信玄の健康面だけが、昌景にとってなにより気がかりだった。

一足先に甲府を出陣することと決まった日、昌景は一日亀沢村の自分の屋敷に戻った。母の墓参りと、妻子への別れを告げるためである。母はすでに、五年前に亡くなっていた。本来であれば甲府の屋敷におこうも源四郎も引き移させてよかったのだが、昌景はあえてそこに住まわせたままにしていた。

当時、源四郎がまだ六歳だったこともある。自分が育った地で自分と同じように自由奔放に育てた方がよい。それになにより墓の下とはいえ、母がさびしがるに違いないとも思えた。

おふさは義信が自刃したあとすっかり元気をなくし、その翌年に風邪をこじらせて死んだのである。自分の義理の息子ながら、むしろ兄とも思っていた虎昌やその子坊麻呂のことを思うと、おふさ自身にとって、義信の死が耐え難いものに思えていたに違いない。

おこうにしても、なにかと重臣たちや配下の兵の出入りが多い躑躅ヶ崎館近くの屋敷より、母のおふさといっしょに過ごしていた亀沢村の方を、明らかに好んでいるふうが感じられた。

「無事のご帰還を……」

おこうが昌景の前に深々と頭を下げた。これまでにも、何度か発せられてきた言葉には違いない。だが昌景には、いまはおこうの祈りの言葉とも聞こえた。

(今度は果たして無事に帰れるか……)

昌景の胸に、しきりにそんな思いが過《よ》ぎった。

戦いに出向いていく以上、死はいつも自分と隣り合わせである。今度に限らず、その心構えはつねに抱き続けてきた。

死を忘れたときこそが、最も死の近くにいるのだと思ってきた。死を意識することは、死を恐れることではない。むしろ真っ向から自分の死を受け止め、最後の一瞬に至るまで、目をそむけないことと、自分に言い聞かせてきている。

敵に対峙するときも同じだ。どんな敵に立ち向かうときも、相手を畏《おそ》れ、あるいは自分の心に油断が生じることのないよう心を引き締める。今度の敵もあのとき倒した相手と同じであろう、などという考えは決して抱かない。

むしろ目の前の敵が、これまでで最も恐るべき相手だ、と思うようにしてきた。

たった一人の弱兵と見える相手でも、見たこともないような大軍を目の当《ま》たりにしていても、初めて戦いに臨んだときの気持ちを思い起こし、目をそむけることなく凝視する。

冷静に相手を観察し、勝算を見出せない限り、こちらからは絶対に仕掛けない。その逆も然《しか》りである。敵の一瞬の間の隙も見逃すことはない。

それは初めて近習として出仕して以来、共に歩んできた信玄とまったく同じ考えに立っている。

「坊麻呂《ぼうまろ》は京でどんなふうに育っているのか……」

昌景は自分の子である源四郎ではなく、兄虎昌の子の身を案じた。自分が死んだ後、おこうと源四郎がどう生きていくかに、ふっと思いが及んだのだ。

「都に在っても、虎昌さまのことを忘れず、ご自分も父の生き方に近づこうと、誇りを持って生きておられると思います」

「いわれもなく、罪人の子という名が付き纏っているであろうが……」

「たとえそうでも、虎昌さまが率いた赤備えの兵は、叔父であるあなたさまが引き継いでおられるのです。虎昌さまの姿はきっと、坊麻呂さまの胸に生き続けておられると思います」

「坊麻呂は武人としては育てられておるまい」

「虎昌さまの強さは、坊麻呂さまにも必ず受け継がれていきます。強さは、戦《いくさ》にばかり役に立つものではありませんから」

「うむ」

「わたしも十一歳のときに父を失いました。その後は母と二人きりで過ごしました。わたしの心を支えてくれたのは、父に対する誇りだったように思います。生きていく上では、どんな形のものであれ、強さを心のうちに持つことが、なにより大事なことという気がしています」

昌景はそんなおこうに、じっと目をやった。

昌景の方を見るでもなく、ひたすら繕《つくろ》い物の手を休めようとしないおこうの肩の動きに、少女の頃の面影を見るような気がした。

(無事に戻ってきてやらねばならぬ)

そう思う一方で、一歩甲府の地を出れば、もはや自分の目がどこへ向けられていくかを、承知してもいた。

信玄の本隊は比較的平坦な駿河路ではなく、信濃路を選んだ。険阻《けんそ》な山道が続く信濃路を選んだのは、どこに向かうかを敵に悟《さと》らせないためである。諏訪郡に向かっているとなれば、越後や飛騨をめざしているとも取れる。

さらに杖突峠《つえつきとうげ》を越えて高遠に出た後も、信州街道（秋葉街道）を南下して青崩《あおくずれ》峠《とうげ》を越え、そこから西にすすんで三河を突くか、まっすぐ南に向かい、遠江に乱入して家康の本拠浜松城を攻めるのか、はっきりしないままになる。

信玄にしてみれば、信長が小谷城を囲んでいる間に、一刻も早くその背後を襲いたい。だが浜松城をそのままにして京へ急げば、家康が信長と呼応して信玄の背後を脅かすことになる。ここは西に向かうと見せて家康を襲い、三河・遠江を完全に領国化することも考えられる。

他方家康の側は城を包囲されたとなれば、ひたすらこれに耐えるしかない。この場合、信長の後詰《ごづ》めは期待薄である。なにしろ自分の方でも、手がいっぱいなのだ。なにがしかの援軍を送ってよこすだけになろう。

家康にとって厄介《やっかい》なのは、籠城したまま武田軍に手も足も出せないでいれば、その噂がたちまちのうちに広まってしまうことだ。遠江・三河の土豪たちの多くが、雪崩を打って信玄の下に屈してしまう。

奥三河の山家三方衆や、遠江北部にいる犬居《いぬい》城（浜松市春野《はるの》町）の天野景貫《あまのかげつら》などは、すでに信玄に通じていた。青崩峠を越えた武田軍は、この犬居城に入ると見られていた。

そして現実に、武田の兵はこの犬居城に入った。その後二つに分かれ、一方は天竜川沿いの二俣城に向かい、信玄の率いる本隊は、そのまま南下して東海道筋に近い袋井《ふくろい》・見附《みつけ》（磐田《いわた》市）方面にまで進出した。

この地に進出することで、遠江の東部に位置する家康方の有力拠点である、掛川城・高天神城と浜松城との間を遮断したのである。

家康はこれに驚き、本多忠勝《ほんだただかつ》・大久保忠世《おおくぼただよ》ら主力部隊を率いて威力偵察《いりょくていさつ》に出た。途中優勢な武田軍と遭遇した。

このとき本多忠勝が殿《しんがり》軍を務め、巧みに武田軍の攻撃をかわし、一言坂《ひとことざか》においてこれを撃退した。

「家康に　過ぎたるものが二つあり　唐《から》の頭《かしら》に本多平八」

と、武田の兵の間で歌にまで謳《うた》われたのは、このときの本多平八郎忠勝の見事な戦いぶりを賞賛してのことだった。唐の頭とは、当時流行した海外から輸入されたヤクの毛髪を、家康が兜の飾りに付けていたことを揶揄《やゆ》したのである。

家康は危うく難を逃れ、命からがら天竜川を越えて浜松城に退却した。

信玄はこの後ふたたび北上し、二俣城の南東一里ほどの合代島《ごうだいじま》（磐田市）に本陣を構えた。ここで二俣城攻撃の指揮を取った。

一方の昌景はこうした動きをうかがいながら、一部の兵を井平に残し、みずからは合代島の信玄のもとに合流した。このあと、二俣城の攻撃にも加わった。

二俣城はさほど大きな城ではない。しかしながら天竜川と二俣川に三方を囲まれ、おまけに切り立った高い崖の上に築かれている。攻め口の限られた堅固な要塞であった。

浜松城の北北東五里（約二十キロ）の位置に在って、武田軍がこれを放置して先にすすめば、背後に有力な敵を残すことになる。

三

合代島の信玄のもとに赴《おもむ》きその顔を見るまで、昌景は気が気ではなかった。

昌景の知る限り信玄は、これまで病気らしい病気はしたことがない。それだけにその後どんな様子なのか、ひどく気になっていた。

単なる風邪との噂はしきりである。京への進撃を前にして、信長への牽制ではないかとの声も聞かれた。

信玄は敵を攪乱《かくらん》させる情報を巧みに広める。それは味方の陣営に対しても同様なのだ。味方が信じない情報は、敵も信じるはずがない。それだけに、えてして真実を知っている人間は、ごく限られた人間のみになってしまう。

情報は秘密にしようとすればするほど、洩れやすくもなる。いつもであれば、昌景はどんな秘密にしろ、それを知り得る数少ない人間の一人だ。だが今度のことに関しては、はっきりしないところがあった。

先鋒隊として昌景自身が、一足早く甲府を離れていたせいもある。信玄の口から直接出陣を言い渡された際、顔色が悪いと気づいていた。だが信玄の口からは、なにも語られることはなかった。

一ヶ月ぶりに顔を合わせた昌景は、自分の心配が、杞憂《きゆう》に過ぎなかったかと安《あん》堵《ど》した。床几《しょうぎ》に座ったまま出迎えた信玄に、やつれた様子は見られなかった。むしろその表情には、覇気《はき》さえみなぎっていた。

二俣城を囲んでいれば、家康が援軍を差し向けてくる。信玄はそれを望んでいると、昌景は見た。

「そのときはこの昌景が家康を出迎えましょう」

「いや……」

信玄は小さく首を振った。果たしてそうなってくれるかは、信玄にも読めないということか。本陣には穴山信君も、馬場信春の姿も見えなかった。

「二人とも南に下って、家康の援軍に備えている。二俣城は勝頼と信豊に任せているが、そなたもこの方の後詰めに入り、若い二人の動きを見守ってくれ」

信玄はもともと城攻めを嫌ってきた。

だがこれまでの戦いぶりは、現実には敵を甲斐や信濃に引き入れて戦うことはほとんどなく、むしろ敵城を攻めることが多かった。

甲信の山々を自分の城に見立て、こちらから討って出ることばかりだったと言っていい。時には金掘《かなほ》り衆を動員して、相手の城の下を掘り崩したり、城内に通じている水の手を断ち切ったりした。それらはどうしても日数がかかり、兵の動員も大規模なものになった。

信玄の信奉する「孫子」の兵法では、城攻めは最も拙劣《せつれつ》な策とされている。敵の謀略を見破り、敵が互いに手を結ぶことを阻止し、相手の側が出撃してくるところを討つことこそ、城攻めに優《まさ》るとする。

今回の西上作戦は、近江に滞陣している信長を討つための出陣である。本来であれば、一刻も早く兵を先にすすめたい。

しかしながら信長の同盟者である家康を、無傷のままで残しておけば、後々厄《やっ》介《かい》なことになる。信玄は二俣城を包囲していれば、苦し紛れに家康が浜松城から出撃してくると見ているのだ。

同時に勝頼や信豊など、武田の次代を担う若い二人に、難しい局面をこの際任せてみるのも大事と思っているに違いない。

だが、結局家康は城を出る気配すら見せなかった。

二俣城を落とすのに、勝頼を大将にした武田軍は、二ヶ月近くを要することになった。勝頼は強引な力攻めを、昼夜を分かたず繰り返した。また、地下道掘り崩しも探ってみた。

城方が天竜川沿いの断崖から井楼《せいろう》（水を汲み上げるために組み立てた矢倉）を使って水を汲み上げているのを知った。上流から筏《いかだ》を流し、この井楼を破壊して、水の手を断ち切った。水がなければ、落城は時間の問題となる。

降服した城将中根《なかね》正照《まさてる》は生命を助けられ、三河方面に去った。

二俣城を落とすのにこれだけの日時を要したとなると、浜松城攻めはそれ以上に難しい。誰もがそう思った。

だが信玄の意気はさかんだった。昌景には、異様な熱気すら感じられた。

「なんとしても京に上る」

そんな信玄の断固とした意志が、ひしひしと伝わってきた。

この頃すでに信玄のもとには、伊那口から東美濃に侵入していた秋山信友の別働隊が、岩村城（恵那《えな》市岩村町）を開城させたという知らせが届いていた。

この城は織田方に付いていた遠山左衛門尉景任《とおやまさえもんのじょうかげとう》が城主だったのだが、景任が死んでその妻である信長の叔母が、女ながら城主となっていた。子がなかったことから信長の末子勝長《かつなが》を養子に迎えていた。

信長は城を守らせるため、異腹の兄三郎五郎信広《のぶひろ》や重臣河尻秀隆《かわじりひでたか》を入城させていた。武田勢へ備えた織田方の最前線に当たるこの地を、なんとしても死守しなければとの意気込みからであった。

信友は連日激しい攻撃を繰り返す一方、城方が織田と武田のどちらに付く方が有利かで揺れ動いているのを利用し、さかんに和平の使者を送り込んでもいた。

やがて信長の叔母を説得し、自分が未亡人を妻とし岩村城の城主に収まることで、城兵の命を助けると約束し開城させたのである。信長の末子勝長は、人質として甲府に送られた。

信長は強い衝撃を受けた。いよいよ武田の攻勢が足元に及んできたからである。

信玄にとって、それは西上のための一方の攻め口が確保されたことを意味していた。ここで家康を叩いておけば、信長への圧力は絶大なものとなる。

二俣城を陥落させた後、この城に入った信玄は、ただちに城の修築に取りかからせた。同時に甲斐・信濃に通じる道路を補修させ、補給路を確保した。

その後つぎの作戦について熟考を重ねた。やがて重臣たちを集めて、それぞれの意見を開陳させた。

「家康は若年ながら、油断のならぬ相手。この際は浜松城を攻めて、家康の首を取るのが先決」

と、馬場信春が強く主張した。

信春は二俣城攻撃中も、神増《かんぞう》（合代島の南）に陣を敷いて、徳川軍の来攻を待ち構えていた。信春にすれば、なんとしても家康やその配下の本多忠勝らと一戦を交え、これを下しておきたいと考えていたのだ。

穴山信君も天竜川に沿った匂坂《におい ざか》と呼ばれる地で、援軍として参加している北条勢といっしょに浜松城からの出撃に備えていたが、信春と同じく浜松城を一気に攻めることを主張した。

これらの主張に対し昌景は、

「ふたたび城攻めに取りかかれば、ひと月の余をこの地で過ごさなければならなくなる。岩村城が落ちたいま、ここは一気に信長に圧力を加えていくのが上策」

と説いた。

「それでは徳川を、無傷のまま背後に残せと申すのか」

内藤昌豊が、昌景らしくもない発言と言わぬばかりの口調で言った。

「そのままにしてはおかぬ」

昌景が反論した。

「他にどんな手があると申すのだ」

信玄のすぐ脇に控えていた小山田信茂が、口を挟んだ。信茂は郡内《ぐんない》と呼び習わされている甲斐の東、都留《つる》郡一帯を支配する岩殿山《いわどのやま》城主である。母は信虎の妹で、信玄とはいとこ同士の間柄であり、穴山信君とともに親族衆筆頭といってよい地位にいた。

「家康は二俣城を包囲されながら一兵も援軍を送れず、浜松城にあって無念の思いを抱いていたはずです」

昌景は自分より年下の信茂にではなく、あえて信玄に向かって言った。

「それでもこちらを恐れ、すくんだままではないか」

昌豊が不審気な顔で言い募った。

「なんとしてもここはいったん家康を城外に引き出し、ふたたび立ち上がれないほどの大打撃を与え、その後は西への道を急ぐことが肝要かと……」

「家康はなにごとにも用心深く、腰が重い男と聞いている。そんな相手をどうやって引き出せると申すのだ」

信春がふたたび声を大きくした。

信玄は、じっと昌景を見つめたままだった。

だがそんな信玄の目がかすかに動いた。昌景と同じ思いでいることが、一瞬、昌景には感じ取れた。

(どうやって家康を城から引き出せるか)

すべてはその一点にかかっていた。

三増峠のときのように、うまく相手を誘《おび》き出すことができるか。それに対する答えは、昌景にもまだ思い浮かんではいなかった。

軍議を終えた後、信玄は昌景一人をその場に残した。

自分の口からはそれ以上なにも言い出さなかったが、なにやら思い描いていることがある様子であった。

「ふたたび立ち上がれないほどの大打撃とは、源四郎はいったい、どんなことを考えているのだ?」

信玄は昌景の若い頃の呼び名を、親しみを込めて口にした。

四

浜松城を直接攻撃せず、しかも相手に武田軍恐るべしと、骨の髄《ずい》まで思い知らせるにはいったいどんな策が考えられるか。

実のところ昌景は、井平《いだいら》を占領した頃からずっとそれを考え続けていた。昌景がまだ源四郎を名乗っていた頃、下伊那の神之峰城を包囲した。麓から攻め上ってくる姿が丸見えの山上に、じっと籠ったきりの敵をどう攻めるか。

その見晴らしのよさを逆に利用して、源四郎は麓の支城や砦をことごとく焼き払った。つぎに、その炎を山上に向けると敵に思わせ、搦手門から相手が出撃してくるように仕向けた。

また三増峠においては、信玄の深謀遠慮《しんぼうえんりょ》によって、武田軍がなんの戦果も挙げえず空しく引き上げていくと思わせ、峠の上で待ち構える敵の後ろに回り込んで襲った。

だがこれらのいずれもが、浜松城には通用しない。

城は見通しのよい台地上に在る。小田原城ほどではないにしても、城の周囲は広大である。これを包囲しても落とすのは容易ではない。また家康にとって重要拠点である二俣城が包囲されていても、ついに出撃してこなかった。

ほかに家康の泣き所といえる支城はなく、これと呼応して城から出撃してくることはない。それが可能となるのは、唯一、いま近江で身動きが取れなくなっている信長が、全軍挙げて出動してくる際くらいのものだ。信長が浅井・朝倉の連合軍を放置し、京を空にして浜松に駆けつけられるはずはない。

事実、家康の懇願によって織田の援軍がこの十二月半ば、ようやく派遣されてきたとの情報が、信玄のもとに伝えられていた。

滝川一益《たきがわかずます》、平手汎秀《ひらてひろひで》、佐久間信盛《さくまのぶもり》など、三千余の兵をともなっての入城である。しかも織田勢には戦意はなく、初めから籠城策を唱えているとのことだ。

昌景は、徳川軍と戦闘を交えるとすれば、浜松城の北に広がる三方ヶ原の台地が、最もふさわしいと見ていた。

井平から三方ヶ原までは二里（約八キロ）余の距離である。二俣城攻撃に加わる前は、井平から金指《かなさし》を経て祝田《ほうだ》の坂を上り、三方ヶ原に出て浜松城に向かうことも考えられると思っていた。

それだけに昌景は、山家三方衆の中で地理に詳しい者や付近の住民を探し出し、浜松城周辺のみならず、三方ヶ原の地形を詳しく聞き出している。

この台地は東西二里半、南北およそ三里（約十二キロ）の赤土の荒地で、樹木の育ちにくい、雑草の生い茂る草原である。浜松からは緩やかな登りとなるが、祝田の坂からは大きく下りになって金指から長篠《ながしの》、野田そして吉田（豊橋）方面へと続く。

「家康を浜松城から三方ヶ原に誘き出せれば、武田の赤備えの恐ろしさを、骨身に沁み込ませてやれるのですが……」

「うむ」

信玄の目が光った。

「いざ決戦となれば、この昌景が第一陣を承り、徳川の軍勢と対戦します。はじめに三河の山家三方衆を前面に押し出し、徳川軍に立ち向かわせます」

「……？」

信玄は不審気に、昌景の顔を凝視した。

普通敵地を攻める場合、第一陣は地元の地理に詳しい兵や、服従したばかりの兵を前面に押し立てる。それによってそれらの兵が、心から帰服しているかどうかを試すのだ。

だが今度の場合、昌景の言う武田の兵の恐ろしさを見せ付けるということとは、矛盾してくるのではないか。先頃まで家康に心を寄せていた者たちとなれば、戦意は決して高くはない。

「徳川の兵は、武田側に寝返った者を憎んでいます。血気にはやる若侍などがこれを目の前にすれば、必ず先方から仕掛けてまいります」

信玄は黙したままだった。

「山家三方衆は、徳川勢の強さを承知しています。早々に崩れ立ってしまうでしょう」

「わざと敵を勢いづかせようということか？」

「徳川勢は二俣城を見殺しにしました。さらに城に籠ったままでは、武田を恐れ切っているという噂が立ちます。それに耐えられる若者がどれほどいるか。三方ヶ原は自分たちの庭先。武田軍がこの台地に進出してくれば、戦いの仕掛けようはあると誰もが思っているでしょう。その思いに火を点《つ》け、大きく渦中に引き込んだ後に、赤備えの兵の戦い振りを見せ付けてやるのです」

「うむ」

　昌景の言葉に、信玄はうなずいた。

「しかしながら、徳川の軍勢を確実に三方ヶ原に誘き出す手立てがいまひとつ……」

　その点が昌景の泣き所であった。

　城に居すくんだまま出てこないとなれば、まったく挑発の仕様もない。戦闘に引きずり込むことなどできはしないのだ。家康は武田の軍勢を恐れている。織田の援軍も籠城策を唱えているとなれば、なおさらである。

　ここは屈辱を忍んで武田軍をやり過ごし、その後執拗に信玄の後をうかがう作戦に出ないとも限らない。あくまで信長と呼応し、挟み撃ちの機会をうかがうということだ。

だが一方で、家康がもともとの本拠地である三河岡崎城から、三年前の元亀元年に浜松城に移ってきたのは、遠江全域の経略のためである。ここで遠江の豪族や地侍たちに、家康が武田に手も足も出せなかったと嘲笑《あざわら》われるままで、果たして済まされるであろうか。

「徳川方は三方ヶ原を熟知しているだけに、戦う場所を心得ていよう。われわれがそれを承知ですすんでくるのかどうか。物見を放って探りに出てくる」

「お屋形は血気にはやる者たちが、威力偵察に出向いてくると？」

「やつらが最も戦いに有利とみなすところは、源四郎はどこだと思う？」

信玄からそう尋ねられて、昌景は一瞬迷った。自分の足で三方ヶ原を隈なく歩いたわけではない。現地に詳しい者の口から聞き出しているまでだ。

だが信玄にしても、その限りでの答えと承知していよう。

「一つは浜松城の北十町（約一キロ）の、犀ヶ崖《さいがけ》と呼ばれる地点かと……。この付近は台地上の裂け目と思われる急な断崖が五町（約五百メートル）あまりにわたって断続的に続いております。深さは三、四丈（およそ十メートル）、幅十七間（約三十メートル）にも及び、地理を知らぬ者には危険なところです。それともう一つは台地の北の外れ、祝田《ほうだ》の坂のあたりかと思われます。台地がここで終って、長い下り坂に向かいます。ここでは道が狭まり、行軍は長い縦列にならざるをえなくなります」

信玄はここで、ゆっくりと首を縦に振った。

もはや信玄の頭の中では、はっきりした作戦構想が、思い描かれていると昌景には思えた。

元亀三年（一五七二）十二月二十二日早朝、武田軍は二俣城を後にした。

はじめに山県昌景の率いる五千の兵が天竜川を渡河し、西の井平方面に向かうかと思わせた。だが渡河後は南に道を取って、秋葉街道を南下する構えを見せた。

続いて信玄の率いる本隊をはじめ、馬場隊、穴山隊、北条の援軍など、総勢二万余に上る軍勢が山県隊に続いた。そのまま直進すれば、明らかに浜松城を衝く格好になる。到着は夕刻前であろう。

浜松の城下は騒然となった。家康の重臣たちも、織田の援軍も、ほとんどが籠城策を主張した。家康はしきりに爪を嚙《か》んで逡巡《しゅんじゅん》し続けた。

籠城の準備は早くから整えられていたが、このまま城に閉じこもって、じっとしているだけでよいものか。いまでも遠江の土豪たちはおろか、奥三河の豪族たちの多くが武田の側に付いてしまっている。

なんのために浜松城まで進出して、この三年間を過ごしてきたのか。たとえどんな強敵であろうとも、一戦も交えることなく居すくんだままでは、この先武勇をもって立つという面目を保っていけるのか。

じりじりする思いで、家康は刻一刻と、時の過ぎていくのを見送った。

やがて未《ひつじ》の上刻《じょうこく》（午後一時）頃に、突然、思いがけない知らせが飛び込んできた。

「武田軍は有玉《ありたま》の付近で秋葉街道を右に折れ、そのまま三方ヶ原の台地に向かってすすんでいく模様です！」

「なんだと！」

「いったいどういうことだ？」

徳川の重臣たちは口々に叫んだ。

「台地の上に出て本陣を構え、そこから城をうかがうつもりか？」

そうも思った。有玉は浜松城の北、一里余の地点である。

「しかし信玄の旗本ならいざ知らず、先鋒の山県隊までもが、率先してわざわざ台地の方へ逸《そ》れて行くのは、なにか魂胆があってのことではないのか？」

さまざまな憶測《おくそく》が飛び交う中で、城下の血気盛んな若者たちが武田軍の行動をうかがおうと、三々五々、北に向かって走り出していった。やがて物見の兵が、意外な知らせを持って駆け込んできた。

「武田の兵は三方ヶ原の台地に出た後、今度は金指《かなさし》の方面へ向けて、全軍が退却をはじめました！」

「城を包囲するつもりではなかったのか？」

誰もが唖然とした表情で、互いの顔を見つめ合った。信玄はなにを考えているのか。ただ混乱が増すばかりだった。

なんの目的で武田軍は、わざわざ遠回りをしてまで、城の近くにやってきたのか。その上なんの手出しもせず、あからさまに後ろ姿を見せ、悠然と三方ヶ原を後にしようとしているのだ。

家康は武田軍のそんな動きを耳にして、突然、

「わが庭先を、敵に蹂躙《じゅうりん》されたまま見過ごしにしてなるものか!」

と大きく叫んで立ち上がった。

五

武田軍の将兵は、有玉まですすんでそこから大きく三方ヶ原の台地に向けて兵を転じるまで、信玄の意図するところを知らされていなかった。味方の陣営のほとんどの者が、浜松城の攻撃に向かうと思い込んでいた。

だが、いったん台地の上に出た後に二万五千の武田軍が、敵に後ろを見せながら城とは反対方向に向かうと知ったとき、一瞬ざわめきが起こった。ざわめきは兵士の一人ひとりに至るまで、信玄に対しては絶対の信頼がある。ざわめきは不審の念からではなかった。お屋形がなにを考えているのか。誰もが一様に大き

な関心を寄せたのである。

信玄がいったん兵を停めた追分は、浜松城から延びてきた道がここで前方に向かって二つに分かれる。一方はそのまま北へ進路を取り、三方ヶ原の中央部を突っ切って、地元の人間が〝根洗いの松〟と呼び習わしている地点を通過し、祝田の坂を下って金指に抜ける道である。

もう一方は、追分からやや北西にすすんで気賀《きが》(浜松市細江町)、三ヶ日《みっかび》方面に抜ける道であり、別名姫街道《ひめかいどう》と呼ばれていた。

昌景は、追分で信玄が全軍を祝田の坂に向けた時点で、すべてを悟った。そして武田軍の奇妙な行動に、家康が戸惑っているであろうことも……。それまで先頭に立ってきた山県隊は追分で陣換えをし、今度は最後尾に着くことになった。

昌景の目には遠く見え隠れに、徳川の兵が三々五々、付き従ってくるのが見えていた。このまますすめば武田軍は祝田の坂上に達する。後を追う徳川の軍勢が、次第に数を増してきているのがわかった。

昌景には家康が付かず離れず、武田軍の様子をうかがっているのが手に取るようにわかった。このまま三方ヶ原を縦断し、武田軍が祝田の坂を下り始めるようであれば、徳川の方にも勝機が訪れる。そう思っているのだ。まともにぶつかっては勝ち目がない。この際は、用心深く相手の行動を見守る。そして、なにも知らずに祝田の長い坂を下り始めたとなれば、ためらうことなく追撃に移る。

さんざんじらされた家康は、なんとか一矢《いっし》を報いようとしているに違いない。

十二月二十二日は、新暦では二月四日に当たる。時刻は申《さる》の刻限（午後四時）に近くなっていた。日脚が延び始めているとはいえ、日の暮れるのは早い。

灰色の雲が重く垂れ込め、荒涼とした草原一帯に、時折り雪交じりの寒風が吹き抜けた。それまでひたすら祝田の坂をめざしてすすんでいた武田軍が、〝根洗いの松〟附近で急に歩みを止めた。草原の真っ只中である。

全軍がおもむろに後ろを振り返った。この頃すでに武田軍の各隊に、信玄からの指令が伝えられていた。ずっと付き従ってきた徳川勢を迎え撃つ態勢を取れというものだった。二万五千の武田軍は、たちまちのうちに陣形を整え終った。

第一陣に立ったのは、中央に小山田信茂隊、右翼に山県昌景隊、左翼に内藤昌豊隊である。続いて第二陣に馬場隊、武田勝頼隊、小幡信貞《おばたのぶさだ》隊がそれぞれ第一陣の後ろに続き、さらに信玄の本陣を旗本隊ほかが二重、三重に取り囲んだ。

それに加えて、後備《あとぞな》えとして穴山信君隊ほかが控える形となった。

縦に長く層の厚い、縦深陣地《じゅうしんじんち》と呼ばれる陣形である。これは〃魚鱗《ぎょりん》の陣《じん》〃とも称される完璧な迎撃態勢《げいげきたいせい》であり、先陣がたとえ崩れ立っても、つぎつぎに新手を送り込んで敵を殲滅《せんめつ》できる陣形といってよかった。

これに対し徳川勢は、武田軍が祝田の坂に向かっているとの報に、釣り出されるように浜松城から飛び出してはきたものの、自分の方からはあくまで仕掛けるつもりはなかった。終始威力偵察《いりょくていさつ》のようなかたちで、武田軍の行動を見守っていたのだ。

それがもう少しで、敵の先頭が祝田の坂に差しかかると思われる頃になって、突然、武田軍が徳川勢に向かって戦闘態勢を整え、すぐにも攻撃を仕掛けるかのような素振りを、見せつけるかたちになったのである。

家康は巧妙に信玄に誘い出されたことを、このとき悟った。しかしそのときはもう、引くに引けない事態に追い込まれてしまっていた。

徳川軍は、織田の援軍を合わせて一万一千にのぼったが、武田軍に比べて明らかに劣勢だった。そのまま〝鶴翼《かくよく》の陣形《じんけい》〟と呼ばれる、鶴が大きく翼を広げて敵を包み込むような態勢で武田軍に対峙し、睨《にら》み合いに入った。

この陣形は味方の数が多いときは、敵を押し包んで殲滅するのに適している。しかしながら徳川の軍勢はどの隊も層が薄く、いわば第一陣のみで横に大きく広がった形、といってよかった。この時点では徳川方はまだまだ、敵陣をうかがう態勢を取っていたといってよかったのである。

家康は日没を待って、兵を引くつもりだった。

だがこのとき、武田の第一線に立っていた小山田隊が、突然、ばらばらと前に走り出てきた。なにをするのかと目を見張っていると、子供の拳ほどの大きさの礫《つぶて》が、徳川陣営の左翼を守る石川数正隊の頭上に、すさまじい勢いで降ってきた。騎馬武者が乗っている馬が暴れだし、振り落とされる者が出た。あからさまな挑発である。

石川隊の若侍たちは、たちまちこの挑発に乗ってしまった。馬を駆って、敵陣に突っ込んでいく者が続出した。三河武士は勇猛で聞こえた荒武者が多い。小山田隊はその勢いに恐れをなし、大きく後退した。

同じく左翼に陣取っていた山県隊は、その前方に山家三方衆が勢揃いしていた。石川隊の隣りに位置していた本多忠勝隊がこれを目敏《めざと》く見つけ、石川隊に続いて前に出た。武田に寝返った奥三河の兵士たちに、一泡吹かせようとの意気込みである。

石川隊、本多隊の強さは、奥三河の土豪たちは誰もが承知していた。山県隊はたちまちのうちに崩れ立ち、大きく後退する形になった。山県隊、小山田隊、共に緒戦は徳川勢に一方的に押しまくられる格好になった。

それまでさんざん武田軍に振り回される一方だった徳川方の若い兵士たちは、このときとばかりに勢いづいた。武田の第一線の部隊を、ことごとく追い崩す勢いを示した。

その一方で右翼に陣取っていた織田の援軍は、初めからまったく戦う姿勢を見せず、あくまで物見に徹しているかのようだった。

大きく崩れ立った武田の第一陣に、勢いづいた石川隊、本多隊がさらに追い討ちをかける格好になった。これを見て武田の第二陣に立っていた勝頼隊と馬場隊が、突出してきた徳川勢に横槍を入れたことから、たちまち混戦状態に陥った。

三方ヶ原要図

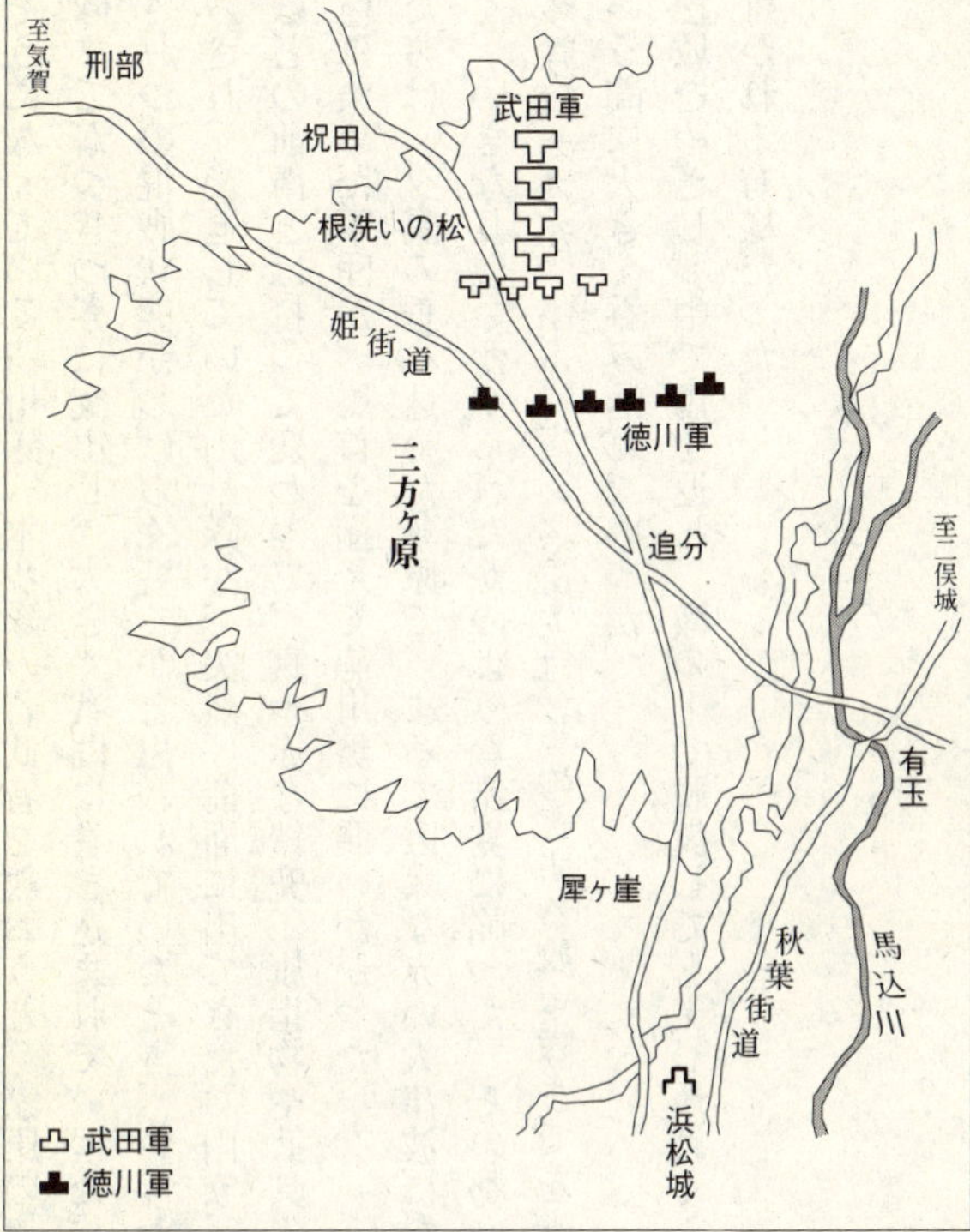
至気賀
刑部
祝田
武田軍
根洗いの松
姫街道
徳川軍
三方ヶ原
追分
至二俣城
有玉
犀ヶ崖
秋葉街道
馬込川
浜松城
武田軍
徳川軍

崩れ立ちそうになっている石川隊、本多隊の若武者を救おうと、家康の旗本隊や酒井忠次隊までがつぎつぎに突出し、大きく戦闘に巻き込まれていった。

押しつ押されつの混戦状態がしばらく続くかと思われていたとき、いったん大きく追い散らされ、後退していた山県隊が、突然、前面に出てきた。山家三方衆を交えた先ほどの前衛とは打って変わって、真っ赤な鎧兜《よろいかぶと》、旗指物《はたさしもの》や武具のことごとくを朱色に染めた軍団が、馬首を揃えて徳川勢に襲いかかった。

徳川の兵たちは、夕靄《ゆうもや》の垂《た》れ込めた草原で、まるで巨大な赤い大津波になんの前触れもなく、いきなり襲いかかられたかのような錯覚に陥った。その勢いは、石川隊、本多隊はおろか、中央にいた家康をはじめとする旗本隊までを巻き込み、あっという間に大きく呑み込んでいった。

家康は浜松城をめざし夢中で馬を返し、鞍《くら》の上で脱糞《だっぷん》しても気づかぬくらいの恐怖に取り付かれる有様だった。

京への道

一

昌景配下の騎馬兵は、昌景の指導によって誰もが乗馬の技術に長けていた。甲斐は山国だけに、兵の移動に難渋《なんじゅう》する。険しい山坂、峠道を重い鎧兜《よろいかぶと》に身を固め、武具を背負って越える際、馬の活用は大きくものを言う。

敵の予測している時間より早く、しかも兵の疲れが少ないままに敵陣に到着できれば、相手に乗ぜられることはない。その他にも、陣構えのための資材の運搬や食糧の輸送に馬が活躍する。

だが、先鋒隊を担う山県隊の馬の働きはそれだけではなかった。

馬は神経質な動物である。突然の物音や、礫《つぶて》や矢が飛んできたりすれば、たちまち怯《おび》え、乗り手の言うことを聞かなくなる。おまけに人の心を敏感に読み取り、接し方を心得ない相手には、手痛いしっぺ返しを加える。

とくに戦場で役立つ癇《かん》の強い馬は、しばしば無神経な相手を長い後足で蹴り上げ、やたら嚙《か》みつき、手がつけられなくなる。役に立つどころか、散々手こずらされるだけに終るのだ。

だがその逆に、馬の御《ぎょ》し方に精通している相手には、手の平を返したように従順に従う。以心伝心《いしんでんしん》、人馬一体となってすさまじい力を発揮する。

とくに負けず嫌いな馬同士を横一線に並べていっせいに走らせれば、先を争って前に出ようとする。たとえ前方に敵兵が立ちはだかっていようが、一気に蹴散らして走り抜けてしまう。

昌景はこの馬の勢いを、敵陣の第一線を突破する際に、しばしば活用している。兄虎昌が、〝赤い稲妻〟の異名をとって戦場を疾駆した際も、人数こそずっと少なかったが、しばしば見られてはいた。

昌景はそれをいっそう大規模なものにした。時と場所に応じて、積極的に導入するようになった。普通、騎馬兵一人には槍や旗指物などを手にした徒歩立《かちだ》ちの兵が、三名から多いときは六名くらいずつ従っている。

騎馬兵が走り出せば、これらの兵が後ろから必死に付き従う。先行の騎馬兵が敵陣を蹴散らした後、散り散りになっている敵の一人ひとりに襲いかかる。突き殺し、斬り捨て、縦横に暴れまくる。

とくに三方ヶ原のような草原地帯ともなると、この騎馬兵の先行突撃態勢は、大きな力を発揮する。

馬にとって見渡す限りの草原は、水を得た魚、いや文字通り〝生まれ落ちた草原に解き放された馬〟そのものとなる。

その上仲間たちといっしょに走り回るとなれば、目の前に立ちはだかる人間など、少しも恐れることはない。むしろつぎつぎに蹴散らしたくなるくらいなのだ。

昌景は第一陣に立ち、わざと赤備えの騎馬兵を後方に下がらせていた。

石川隊や本多隊が、崩れ立った山家《やまが》三方衆《さんぽうしゅう》を討ち取ろうと、前へ前へと出てくるのを目にしながら、辛抱強くこらえた。前衛が完全に崩れ去り、第二陣の勝頼隊、馬場隊が横槍を入れるのを待って、昌景は突撃命令を下した。

このときはもう家康の本隊も前進していた。これを目にした昌景は、

「家康一人を討ち取れ！」

と激しく下知した。

もうあたりは薄暗くなりかけている。それでも赤備えの兵は初めから家康の本陣に目を据えていたから、その姿を見失うことはなかった。

馬首を一線に揃えた赤備えの軍団が、層の薄い徳川の陣営にいっせいに突入していった。先陣を破られそのまま後ろに回り込まれると、鶴翼《かくよく》の陣形はあっけなく崩壊した。

「引け、引け！」

あちこちから声が上がり、徳川軍は総崩れとなった。

追撃戦となると、騎馬の兵団はさらに威力を発揮する。逃げる敵に追いすがり、馬上から槍を突き刺し、大刀《だいとう》を振るって容赦なく斬りつける。四散した敵を一人も逃さず打ち倒し、勝ちを拡大しようとする。

戦場で最も多く犠牲者が出るのは、まさにこのときである。

「さても恐ろしきは山県」

と、後々までこのときの山県昌景の戦いぶりを、家康は語り草とした。自分の生涯の戒《いまし》めとして、恐怖に襲われた自分の顔を絵に描かせ、日夜眺めたと言われる。それだけ赤備えの兵の恐ろしさを、いやというほど痛感させられたのだ。

後の世に武田が滅んだ際、徳川四天王の一人である井伊直政《いいなおまさ》に、この赤備えの兵制をそっくり受け継がせてもいる。これが井伊の赤備えとして、長く勇名を馳《は》せていくことになる。

家康にとっては、薄暮の三方ヶ原で目にした大津波のような赤の集団が、恐怖の色そのものとしてくっきりと映し出されていたのだ。

織田の援軍は、徳川勢があっけなく崩れ去ったと見て取ると、一戦も交えることなく兵を返し、浜松城に逃げ帰ってしまった。だが地理に暗かった平手汎秀《ひらてひろひで》は赤備えの兵の激しい追撃から逃れられず、ついに途中で討ち取られてしまう。

汎秀は信長の傅役《ふやく》(守役)だった平手政秀の子である。尾張のうつけと悪評の立っていた信長を諫《いさ》めるにはこれしか方法はないと切腹して果てた、信長の最も信頼していた忠臣の嫡男でもあったのである。

その一方で、ひたすら逃げ帰っただけの佐久間信盛《さくまのぶもり》は、ずっと後になってこのときのことをことさらに信長に咎《とが》められ、高野山に追放されてしまう。

これに対して徳川勢は、戦いが終った後で馬場信春が戦場を検分して回った際に、

「三河の兵の死骸は、一人残らず三方ヶ原の方に頭を向けて死んでいる」

と、ひどく感心されたという。

つまり一人として、浜松城に向けて逃げ帰る姿勢のままでは倒れておらず、最後には敵に向かって行く姿勢を崩さなかった、ということなのだ。

三河武士の勇猛さを物語るもう一つの例がある。本多忠勝の叔父本多《ほんだ》肥後守《ひごのかみ》忠真《ただざね》は、三方ヶ原で徳川軍が大敗し、味方がつぎつぎに浜松城をめざして逃げ帰っていくさなかにあって、自分から殿軍《しんがり》を買って出た。

道の左右に旗指物を突き立て、

「これより後には一歩も引かぬ」

と叫んで、追撃してきた武田勢に大刀一本で立ち塞《ふさ》がり、みずから斬り込んでいって奮戦した。そして最後までその地に踏みとどまり、三十九歳をもってつい

に討ち死にした。

夜になって武田軍は、このまま浜松城を攻め落とそうと多くの将が主張したが、信玄はこれを許さなかった。

夜襲となれば、地理に精通していなければ危険である。城方が死に物狂いにどんな逆襲に出てくるか。勝ちに乗じることの危うさを、信玄はよくよく自分に言い聞かせてきていたのである。

それでも、もうすっかり夜に入っていたため武田軍は三方ヶ原に留まり、その地で宿営した。

後備《あとぞなえ》えを担《にな》い、勝《か》ち戦《いくさ》の戦闘に加われなかった穴山信君隊は不満だった。もともと浜松城攻撃をはじめに強硬に主張していたのは、馬場隊と穴山隊である。勝利に沸き立っているほかの部隊を尻目に、ひと働きしたいという思いを募らせていた。

城方から夜陰に乗じて夜襲を仕掛けてくるかもしれないとなれば、これを撃退して見せることこそ、残された唯一の功名である。

第一線で活躍した部隊に代わって、穴山隊が今度は浜松城の最も近くに陣を構える番になった。

「こちらからは決して、城に攻め入ってはならぬ」

信玄があえて釘《くぎ》を刺した。華々しい働きから取り残された穴山隊の兵士の気持ちを、信玄は察していた。せめて徳川の夜襲部隊に備えさせることで、不満を解消させようとしたのだ。

命からがら逃げ帰ったのであれば、もはや反撃に出てくる気力も気迫もないであろうと、ほとんどの兵士たちは予想していた。

だがすっかり闇に閉ざされた深更《しんこう》に、突然、穴山隊の陣営を襲った者がいた。人数はせいぜい数十名であろうが、穴山隊の篝火《かがりび》を頼りにこっそりと近づいてきた。夜陰に乗じて少しでも武田の部隊をあわてさせようとの魂胆《こんたん》であろう。

穴山隊の兵士たちはただちにこれに反撃した。信玄からむやみに動くなと厳命されてはいたが、向こうから襲いかかってきた相手に反撃できなかったとなれば、なにを言い出されるかわからない。わざわざ前衛を買って出た意味がない。

城の近くの犀《さい》ヶ崖《がけ》の存在については、信玄の口から聞かされていた。信君の口からも兵士の一人ひとりにまで伝わっていた。だが目の前の敵をみすみす逃がしてなるものかという心理が働いた。

松明《たいまつ》をかざしながら追ううちに、敵の姿を見失った。続いて落とし穴にでもはまったかのように、追跡していた兵士たちがつぎつぎに崖から転落していった。話に聞いてはいたが、なんでもない平地に突然長い亀裂《きれつ》が出現し、亀裂の向こうにはこちらと少しも変わらない平地がそのまま続いているのだ。

「まさか、こんなところにいきなり！」

と、ただ黒々とした闇の深さに絶句した。

二

敗れたとはいえ徳川勢のしたたかさに信玄は、翌日になって兵の移動を命じた。警戒しつつ、一方でもはや、

「家康に追撃してくるだけの余力はない」

と見たのである。いたずらに城を包囲していては、ふたたびどんな危険や小競り合いに巻き込まれるか知れたものではない。

なにより京への道を急ぐべきなのだ。

信玄は祝田《ほうだ》の坂から西方へ向かった刑部《おさかべ》(浜松市細江町)という地で、全軍を留めた。ここで徳川方の反撃があれば、迎え撃つ姿勢を示した。浜松城からはわずかに二里半(約十キロ)の距離である。だが家康は城に籠ったまま、もはや動く気配を見せなかった。

信玄はこの時点になって初めて、信長に向けて絶縁状を送った。三方ヶ原での徳川方の戦死者の中に、信長から派遣された兵が見出されたからである。それまで表面上はまだ誼《よしみ》を通じた形を取り続けていた。

信玄はこの刑部の宿営地で、各地にさかんに書状を送った。徳川の兵を三方ヶ原において完膚《かんぷ》なきまでに打ち破ったこと、このまま西上を急ぎ、信長を撃滅する覚悟でいることなど、高揚《こうよう》した口調で綴《つづ》られていた。

この手紙を受け取った反信長包囲網の足利義昭はじめ、浅井長政、三好義継《みよしよしつぐ》、松永久秀、本願寺顕如《けんにょ》などは武田軍の大勝を喜び、もはや信長は風前の灯《ともしび》とほくそえんだ。だが実際にはこの頃すでに、反信長包囲網の一角がもろくも崩れ去ろうとしていたのである。

信長のため水攻めの危険にさらされていた小谷城の浅井長政を救援するため、一万五千の兵を率いて越前から出撃していた朝倉義景が、信長が信玄出陣の報に驚きいったん岐阜に帰ったことから、自分も兵を連れて越前一乗谷の館に帰ってしまったのである。

戦国大名としての資質に欠けるところのある義景には、いまこそ宿敵信長を滅ぼすまたとない好機という認識が薄かった。信玄に歩調を合わせることで大敵を倒すという、高度な戦局眼を備えてもいなかった。

信長が岩村城を秋山信友に奪われ、小谷城攻めを中止したことから同盟者浅井長政の危機は去ったとし、本国を長く留守にしていること、雪に閉ざされることを心配して、そそくさと帰国してしまったのだ。

義景には、自分の目の前のことしか見えていなかったのである。信玄はこれに驚き、義景にもう一度出陣するよう要求した。まさかこれに応じないはずはないと思っていたので、三方ヶ原での大勝を報告かたがた再三出陣を要請した。

だがこれに対する義景の反応は鈍く、信玄の失望は大きかった。

そしてそれ以上に、この頃、武田軍にとっての重大事が密かに進行しつつあった。ほかでもない病魔が、信玄の身体を蝕み続けていたのだ。

冬の野営が三ヶ月近くにも及ぶことになり、発熱を繰り返すようになってい
た。昌景がはじめに心配していたように、信玄の身体は甲府出陣の以前から、変調を来《きた》していたのである。

にもかかわらず、それを押して出陣に踏み切ったのは、信長を討つまたとない機会が訪れたとの、信玄の認識があった。将軍義昭の打倒信長の要請に応える形を取りながらも、信玄の脳裏には雄大な構想が描き出されていた。

緻密な外交戦略を展開し、越後の輝虎の背後を騒がせて後顧《こうこ》の憂《うれ》いを断ち、万全の体制を整えて敵に迫る。

若き日に岐秀元伯の教えを受け、「王道政治」の実現に向けて歩み出し、いつの日か京に上ることを自分に課していたのだ。

駿河の海を手に入れ、兵員の輸送、補給のための水軍の編成にも力を入れてきた。嫡男義信を犠牲にしたのも、あくまで「私《わたくし》」を捨て、「天の声」に従って行動しようとの思いがあったからである。

若き日の晴信に近侍《きんじ》し、共に戦場を疾駆し、その苦悩をも身近に見てきた昌景

である。信玄の熱い思いは手に取るように理解できた。

信玄もまた、義信の守役であった昌景の兄虎昌が、みずから義信の罪を背負って切腹して果てたのも、昌景が出世のため兄を売ったと陰口を叩かれていたことも、その兄の一粒種である坊麻呂が京の三条家で密かに育てられていることも、口には出さなかったがことごとく承知していた。

信玄の身体を病魔が蝕み、容易ならざる事態へとすすみつつあることが、昌景には無念でならなかった。

（お屋形はこれまで強靭《きょうじん》な意志によって、病魔さえも寄せ付けなかった。だが、張り詰めた糸がふっと切れて、一気に異変が襲いかかったのだろう）

昌景には、そう思えた。信玄は最大の山場とも言えるこの時期に、その一角があまりにも突然にほころび去ろうとしていることに、衝撃を受けたに違いなかった。

武田軍はそのまま刑部の地で、新しい年を迎えた。信玄の病気はあくまで極秘である。穴山信君や小山田信茂などの親族衆ですら、信玄に直接目通りをゆるされなかった。

どこから噂が流れ出すかわからないから、その間の事情について重臣たちの間でさえ、口の端に上らせることはなかった。

信玄が刑部の地を動かないのは、

「朝倉義景からの返事を待っているからだ」

「いや徳川の反撃を、この地で待ち構えているのだ」

という言葉が行き交った。

小谷城周辺から織田、朝倉の両軍がともに撤退してしまった以上、なにがなんでもいま上洛を急ぐという必要性は薄れた。むしろ信長の後方を脅かす態勢を、再構築することが必要とも思えた。

そうであれば、信玄の巧妙な外交戦略が、ふたたび駆使される。武田軍の将兵の多くはそう思い込んだ。だが一月七日になって、武田軍はふたたび動いた。向かった先は、三河の野田城である。

この城は武田側に降っている長篠城の南西およそ二里半（約十キロ）に位置しており、家康側の吉田城（豊橋市）、岡崎城へと向かってすすんでいけば、真っ先に立ちはだかる格好になる。伊那街道からの武田軍の補給路を確保する上で、是非とも落としておく必要があった。

豊川右岸の台地上にある小さな城だが、二年前にも武田軍によって包囲された。その際、城主菅沼定盈《すがぬまさだみつ》が武田に降るのを嫌って城に火を放って逃亡した。その後に家康に庇護《ひご》され、ふたたび家康の援護の下で城を奪い返していたのである。

信玄自身の口から出陣命令が下されたとき、武田の陣営は一気に活気づいた。

「われらの面子《メンツ》にかけても下しておきたい城だ」

馬場信春が、ことさらに大声を出して触れ回った。

「お屋形は、山道を越えられるだけのお身体になられたのだろうか」

内藤昌豊が昌景に向かって、小声で言った。

刑部から野田城に出るには、陣座峠《じんざとうげ》を踏み越えなければならない。山道を越えるとなれば、たとえ輿《こし》に乗って越えるにしても、体力の回復を待ってということになる。

昌景は信玄が小安《しょうあん》を得て、なんとしても京への道を急ぐという決断を下したことに、ほっと安堵する気持ちだった。同時に、信玄の執念の並々ならぬ大きさを思わないではいられなかった。

重臣たちは言うに及ばず、親族衆に至るまで緘口令《かんこうれい》を敷くほどの病を押してまで、

「いまこそ信長を討つ時である」

とする信玄の気迫が、昌景には感じられた。

たしかにここは無理をせず、いったん甲府に兵を返し、すっかり身体を治して

から、万全の態勢を整えて出撃するという選択もある。事実、親族衆の多くは口

にこそ出さないながら、そう思っている者が多かった。

絶対に無理をしないのが、これまでの信玄の戦い方である。

だが昌景の脳裏には、もやもやした予感めいたものが付き纏っていた。信玄が

これだけ西上作戦に固執するのは、

(ひょっとして自分の病気に、ただならぬものを感じ取っているからではないの

か……)

これまでずっと、身近に在ったからこその予感であった。決してそうあって欲

しくはない。また誰にも言い出せないことである。

昌景は信玄が晴信と名乗っていた頃から、毎日のように身を清め、神仏に向かって拝礼する姿を、ことあるごとに目にしてきている。

単なる神頼みではない、天の摂理をこそ感得し、大いなるものを甲斐の国の民に、そして広くこの戦国の世にもたらせようと願ってのことなのだ。

そうした点では、自己に厳しい、およそ私事を極度に削《そ》ぎ落とした毎日といってよい信玄の生活態度と、昌景の目には映っていた。

武田軍は三つに分かれ、一隊は井伊谷《いいのや》から進路を北に取り、井平《いだいら》を経て長篠城に向かった。もう一隊は北西の陣座峠を越えてすすんだ。信玄の輿は、この陣座峠越えの部隊の中に混じっていた。

そして残る一隊はいったん西に向かい三ヶ日《みっかび》に出て、そこから吉田城を攻めると見せ、宇利峠《うりとうげ》を越えて野田城にすすんだ。これは家康・信長に、信玄の意図するところを悟らせないためである。

あくまで京への道を急ぐのか。いったん長篠城に入って戦備を整えるのか。敵側から見ればいずれとも取れるのである。

武田軍は野田城の近くで、ふたたび三つの部隊を合流させた。包囲された野田城は、二万五千の武田軍に攻められたのでは、ひとたまりもないように思えた。

信玄は本営を、杉山ヶ原と呼ばれるところに置いた。そして一月十一日に、攻撃命令を下した。ただちに城の周囲に柵木を作り、竹矢来をめぐらせて城外へは一歩も逃げ出せないようにした。

三

城の周囲は、低い丘や台地の起伏が続いている。武田軍はあちこちに小屋を作り、長陣の構えを見せた。

上洛を前にして、極力兵の損失を避けようとの狙いだ。城方に信玄の覚悟の程を見せつけることで降服を呼びかけ、心理的威圧を加えようとの思惑《おもわく》もあった。

大手門は城の北西に位置していた。そこから東南に向かって、三の丸、二の丸、本丸と続き、本丸の背後を侍屋敷や南曲輪（出丸）などが本丸を囲むように連なっており、その後ろは急斜面で守られていた。

連郭式《れんかくしき》といわれる縄張りで、縦に長く、大手門から本丸まで一直線に結ばれている。その左右は、東北面に桑淵《くわぶち》、西南面に竜淵《りゅうぶち》と呼ばれる天然の水流を利用した水堀と、高い崖で区切られていた。

大手門から一番奥の侍屋敷までは、およそ四町（約四百メートル）ほどの距離である。大手門口を除く城の三方が切り立った崖で、その下は沼や湿地帯になっていた。小規模ながら攻め口のない、まさに天然の要害である。侍屋敷の下は南面の豊川に続いており、段々畑が広がっていた。

城内からはすでに、家康に向けてしきりに援軍が要請されていた。だが、徳川の軍勢は吉田付近に兵が集結しているものの、武田の大軍を恐れて近づくことすらできない有様だった。家康もまた信長に向けて、しきりに援軍を要請していた。

信長はこの頃、小谷城攻めの陣を引き払って岐阜に帰っていた。だが東美濃を秋山信友に攻められ、また長島の一向一揆にさかんに脅かされ、まったく手が回らない状態だった。

家康も信長も、共にこの時期、越後の上杉輝虎に向けてしきりに書状を送っていた。輝虎が信濃に向けて出陣し、信玄が帰国せざるを得ないようにしてもらうためである。

だが輝虎にしても、越中の一向一揆に手こずり、それどころではなかった。

武田軍は当初、大手門や三の丸付近の崖や城壁によじ登り、城内に攻め込むことをさかんに試みた。その都度、城側から激しい銃撃を浴び、何度も撃退された。家康からは、かなりの数の鉄砲が運び入れられていた。

強引な力攻めを避けた結果、武田軍はこの城を持て余す格好になった。これを見透かしてか、城内の士気は高かった。

「甲州から金掘り衆を呼び寄せよ」

信玄が断を下した。

十年前の永禄六年（一五六三）二月にも、信玄は大規模な金掘り衆を使った城攻めを敢行している。嫡男の義信とともに出陣した、武州松山城における攻城戦がそれである。

北条氏康・氏政父子の要請によって上杉憲勝《のりかつ》の籠る城を、周囲の要所を掘り崩すことによって落城させたのだ。それは、越後の輝虎の救援が深雪で一歩遅れたためもあったが、今度も同じ手を用いて、水の手を断ち切り、城の下を掘り崩して落城させようというのである。信玄の断固たる意志が感じられた。

甲州からの金掘り衆はいったん長篠城に入って、そこで付近の農民たちを徴発し、野田城にやってきた。

金掘り衆は、はじめに野田城の周囲を隈なく検分した。土質を調べ、城内の井戸がどのあたりにあるのかを探り出した。同時に大手門から三の丸、二の丸、本丸と続く連郭式の城のどのあたりを掘り崩すのが一番効果的かを、慎重に調べて回った。

その結果、城の南西側にあたる竜淵と、城の反対側の桑淵と呼ばれる両方の堀から、同時に掘りすすめるということになった。何人もの金掘り人たちが、崖下に人の背丈を越えるほどの高さの坑道を穿《うが》ち始めた。

さまざまな道具が運び込まれ、工事は手際よくすすめられた。土質が硬いと見えて、鑿《のみ》と鎚《つち》が使われ、昼夜の別なく篝火《かがりび》を焚《た》いて続けられた。

掘削《くっさく》に当たっている者たちはおよそ八時間ごとに交替し、村から狩り出された農民たちは、寝る間と飯を食う時間が与えられるだけだった。

城内からさかんに鉄砲で狙い撃ちされたが、土を運び出す百姓たちが狙われるだけで、坑道に入っている金掘り人たちに少しも危険は及ばなかった。城方は一向に効果がないと見たのか、次第に鉄砲の音が途絶え勝ちになっていった。日が経つに連れ、坑道は奥深くまで延びた。やがて掘削は上に向けても盛んに行われた。城の地盤を底から突き崩そうというのである。

「連郭式の城の中央部を掘り崩して、二つに分断してしまうのだ」

昌景は配下の将兵に語った。

大規模な坑道を目の前にして配下の兵も、お屋形の病み上がりとはとても思えない執念に息を呑んだ。

水の手は断ち切られ、城が二つに分断されるのは時間の問題だった。時折、あちこちで地面が崩れ立つ音が聞こえるようになった。

二月十日になって、遂に城方は降服を申し出た。本丸と二の丸の間が断ち切られる寸前である。

城将菅沼定盈と、家康が遣わしていた徳川方の将松平忠正《まつだいらただまさ》をはじめ、城兵三百人余りは捕らえられた。少し後になって、山家三方衆の妻子が浜松城に人質となっているのと、捕虜交換されることになった。

武田の側にとって、山家三方衆を今後も味方に引きつけておくためには、それが必要だったのである。家康にしても、みずからが武田の地下掘り崩しをみすみす傍観していただけに、最後まで籠城し、抵抗を続けた兵士たちを見捨てるわけにはいかなかった。

野田城を陥落させた信玄は、いよいよ吉田城、岡崎城と都への道を邁進《まいしん》するかに見えた。だが、武田軍の進撃はここまでで終った。

どうしたわけか武田軍本隊は野田城に一部の兵を残し、そそくさと長篠城に向けて撤退を開始したのである。

信長も家康も、共に絶体絶命の窮地に追いやられ、頼みの綱は越後の上杉輝虎の動向にかかっているかに思われた。これに対し当の輝虎にしてみれば、信玄が家康や信長と戦ってくれていた方が安心とも言えた。

また足利義昭も、本願寺顕如も、浅井長政も、信長からの脅威は薄らいだと思い込んでいた。

顕如は、朝倉義景に向けて、再度出陣するようにとしきりに呼びかけた。これは野田城を落とした直後の二月十六日に、信玄から発せられた顕如宛の書状によって、義景の出馬を催促するよう依頼されていたからだ。

しかしながら顕如の奔走にもかかわらず、義景はついに再出馬しなかった。

長篠城に入った武田軍は、そのままひと月余を過ごした後、重臣たちの間で話し合いが持たれた。

「ここはいったんお屋形さまに甲府にお帰りいただき、十分にご静養いただくのがよいと思う」

親族衆の一人、小山田信茂が口を切った。

「いや、いましばらくはこの城に留まり、京の動きを見極めるのが第一だ」

勝頼がすかさず反論した。

「先日、朝倉義景に再出馬を要請して、まだその返事がきていない。将軍家も毛利などに働きかけ、みずから京において兵を挙げると息巻《いきま》いておられるとのこと。お屋形がいまだ撤退を口にされない以上、われわれがあえて申し出るべきではない」

勝頼に同調した信豊が声を荒げた。

「しかし、医者の申している言葉にこれ以上逆らっていては、お屋形の身に万一のことが出来《しゅったい》しないとも限らぬ」

　親族衆筆頭とも言える穴山信君が、小山田信茂の意見に賛同するかのように口を添えた。

　信玄の容体は、一進一退を繰り返してはいるものの、いっこうに快方に向かう気配は見られなかった。

　甲府から随行してきている信玄お付きの医師の見立てでも、

「肺肝《はいかん》の病がこのところ著しく進行し、病患が腹心に萌《きざ》して悪化の一途をたどり始めているようです」

　ということだった。

　持参してきた中国の霊薬の処方も、効き目を顕《あらわ》すまでに至っていなかった。朝夕発熱を繰り返し、次第にそれが常態のようになってもいた。

「お屋形は甲府出撃の際、ご自分の病患をすでにご存知であった。それにもかかわらず、出陣に踏み切られたのは、今日あるを覚悟の上で、なおかつ信長をご自身の手で討伐する悲願を立てられたのだ」

　勝頼がなおも、甲府へ兵を返すことに反対した。昌景もまた、信玄の気持ちに立って考えれば、勝頼の言葉が正しいと思えた。

これまで決して無理な戦いを自分から仕掛けることのなかった信玄が、自分の病気を承知で西上作戦に踏み切った。しかも、朝倉義景の帰陣を知りながら、なお野田城を包囲し、金掘り衆まで動員してこれを陥落させた。

その間、確実に病気が悪化しつつあるにもかかわらず、自分からは退陣を口にしようとはしなかった。

信玄の気持ちは、いまもなお京へ一歩でも近づくことにある。いやせめて信長一人を、なんとしても自分の手で、倒しておきたいと考えているに違いなかった。

(いま兵を返したら、自分にはもう二度と、信長を降《くだ》す機会が訪れない)

信玄は心のどこかで、そう思っているに違いなかった。

(ご自分の身体は、誰よりもお屋形自身が知っておられるのだ)

昌景には、そう思えてならなかった。

四

「この地で快方に向かう兆しが見えないとなれば、一日も早く躑躅ヶ崎館に帰って、静養に専念されることこそ肝要ではないか」

穴山信君は、なおも勝頼の意見に反対した。信君にしてみれば、

「お屋形の身体に万一のことがあれば、京に上ること自体がなんの意味もなさなくなってしまう」

と言いたいのだ。

信君の胸のうちには、勝頼に対する複雑な思いが絡み合っていた。信君は自刃した義信より三つ年下だが、かつては信玄から同年代の小山田信茂《おやまだのぶしげ》と共に、武田家の嫡男義信を支える最有力の人間とみなされてきた。

信君の母は信玄の姉（南松院）であり、正妻は義信の妹（見性院）である。見性院は信玄の正妻三条殿を母としているだけに、信玄が滅ぼした諏訪頼重の娘を母として生まれた妾腹の子勝頼に対しては、明らかに反感があった。

その上勝頼は、一度は諏訪家を継いだ身だという思いが、信君にはあった。つまり諏訪氏の家督を継いで外に出た形の勝頼より、むしろ自分の方が武田の正統に近い立場にいる、という自負があったのである。

事実、過去に穴山の血が絶えそうになったときは、何度か武田宗家から穴山の家の名跡を引き継ぐ形が取られてきた。また、信君の父信友の代以後は、武田の姓を名乗ることも許されており、信友、信君とも武田と穴山の姓を使い分けてもいた。

一方、諏訪大明神を崇拝する信玄にしてみれば、勝頼にはあくまで諏訪氏の名跡をそのまま継がせておきたい気持ちが強かった。勝頼の子信勝に、武田の家を継がせる腹積りになっていたのはそのためだ。

となれば、信勝がまだ幼いいまの時点では、勝頼はあくまで信勝の後見人の立場でしかない。信君のこうした考え方は、信君一人に限らず親族衆にも、そしてまた他の重臣たちの多くにも、暗黙のうちに意識されていることだった。

こうしたなかで、川中島で戦死した信玄の弟典厩信繁の子信豊は、年齢的には勝頼に近かった。義信亡き後の武田家の次代を担う最有力の一人として、信玄はこの信豊を勝頼の補佐役として活用しようとし始めてもいた。

義信が死んで、勝頼を高遠の城主から躑躅ヶ崎館に呼び戻すに及んで、信君と勝頼・信豊との関係が微妙なものになっていった。はじめは勝頼と信君との間に立って揺れ動いていた信豊は、やがて勝頼に近い立場を取るようになった。

また同じ親族衆でも、甲斐東部の郡内《ぐんない》地方を領有する小山田信茂は、信君より一歳年長であり、独自の立場にいた。もともと武田宗家の一員ではあっても、独立の気概が最も強い家柄である。武蔵国秩父地方の平氏の名族の出で、信虎が自分の妹を信茂の父信有に娶《めあわ》せ、ようやくの思いで服従させるようになったのだ。

それだけに、西上作戦が長引き、いっこうに帰国の途につけないいまの状況に、内心不満を募らせていた。信玄の号令とあれば、これに反対を唱える余地はない。だが、長く病床にあって動けない信玄に代わって、なお強引に京へ向かおうとする勝頼や信豊らの意見には、なんとしても従いたくはなかった。

一方は信玄の健康状態を考慮して、そしてもう片方は信玄の「意志」を第一として、次第に対立を深めていった。

信玄にとっては、いまこの時を措《お》いて信長を討つ機会はない、という思いが強い。自分の先行きの健康状態を思えば、なおさらである。同時に信長を討ち果たせる人間は、自分以外にはいないという、強烈な自覚と現状認識とがある。

信長には天をも恐れぬ思い上がりと、この地上のことごとくをおのれの足下に踏みつけにしないではおかない傲慢《ごうまん》さがあると、信玄は見抜いていた。

「このところの信長の所業は、天魔の仕業としか思えぬ」

信玄の目にはそう映っていたのだ。

だからこそ最大限の力を振り絞って、遠い道程を承知の上で、一気に動き始めたのである。そこに至るまでのあらゆる手立てを講じ、一歩を踏み出したのだ。

嫡男義信を犠牲にしてまで「天の声」に耳を傾けようとした、信玄の理想がそこには甦《よみがえ》っていたと、昌景には思えてならなかった。

勝頼や信君らの対立は、表向きはあくまで、

「お屋形第一」

に違いはない。だが、たとえ「意志」がどうであれ、健康状態が許されないとなれば、その方に従わざるをえないことになる。回復の兆しが見えないどころか、明らかに悪化の一途をたどっているとなれば、いったん甲府に帰るしかない

という決断を下さざるをえなくなる。

「ここに至っては止むをえぬ」

勝頼の断が下され、武田軍は四月十日に全軍が密《ひそ》かに退却を開始した。長篠城を出た後、本隊は奥三河の山間の道をたどり、やがて信州伊那郡駒場《こまんば》の宿《しゆく》（下伊那郡阿智村）に到着した。

そこまでの移動が、精いっぱいだった。

その地で信玄は、自分の死期を悟った。混濁した意識の下で、ときにその意識が戻ったりしたが、ふたたび夢とも現実ともつかない状況に陥っていった。

そんな中にあっても、信玄の脳裏を絶えずよぎるのは、京へと続く道を歩み続けている、おのれ自身の姿のようだった。

また朦朧《もうろう》とした意識の中で、信玄の口を突いて出てくる言葉は、しばしばこの世にいない者たちの名前であったりした。なかでも義信や昌景の兄虎昌の名は、何度となく口の端にのぼった。

その口調のことごとくが、相手を説得し、あるいは咎《とが》めだてでもしているかのような口ぶりになった。昌景の耳には、もはや信玄がこの数年の間、絶えて口にしてはいない言葉のように聞こえた。

（そう言えば勝頼さまに対しては、義信さまにかつて言い聞かせていたことの一つとして、語られたことはないのではないか）

昌景は、ふとそう思った。

それが信玄の勝頼に向けた愛情表現なのか。それとも嫡男義信であったからこその、どうしても信玄が伝えないではいられない厳しい言葉の数々だったのか。その区別はいまではつかない気がした。

元亀《げんき》四年（一五七三・七月に天正と改元）四月十二日になって、信玄の容体はいくらか回復の兆しを見せ始めたかに思えた。寺院の本堂に横たえられた信玄は、自分のまわりに主だった親族、重臣たちを呼び寄せた。それから落ち着いた口調で語り始めた。

もはや自分が京への道をすすんでいるのではなく、甲府に向けて帰還中であることを、承知している様子だった。それを少しも咎めることはなく、静かに語り始めた。

「自分は甲斐源氏の嫡流の家に生まれた。いつの日か必ず京に上り、若き日に師と仰いだ岐秀元伯から学んだ『王道政治』を、この手で少しでも実現させたいと願ってきた。朝に夕におのれを省み、天の声に耳を傾けてきた。天道を敬う心を養い、決して自分一個を過信することなく励んでもきた。天下はまさに戦国世のであり、小国といえども自国の民の力を養うことから、一歩一歩と歩みをすすめてきたつもりである。だがここに至り、志半ばで自分の使命は終ろうとしている」

ここ数日なかったほどの、はっきりした口調であった。昌景には、なにかが信玄の身体に乗り移って語らせているのかと思えたほどだった。

それはまさに若き日の、父信虎を鮮やかな手口で追放したときの、颯爽《さっそう》とした姿を蘇らせているかのようにすら思えた。さらにはまた、あの上田原での手痛い敗戦の後、深く沈潜していた姿から一転して塩尻峠での鮮やかな勝利を呼び込んでいった際の手腕を、昌景の脳裏に思い起こさせるに足る述懐であった。

昌景は、近習として初めて晴信に目通りした日のことから、今日に至るまでの信玄とのさまざまな出来事が目の前をつぎつぎと流れ去っていくのを、じっと見つめているような思いにとらわれた。

ふっと気がつくと、いつしか信玄は、ふたたび長い沈黙の中にいた。

その後、どのくらいの時間が過ぎたであろうか。静かに勝頼一人を枕辺に招き寄せ、おもむろに語った。

「わしが死んでも、三年の間喪を秘し、その間は領国の備えを固くし、兵を養うことに専念せよ。だがわしの死はいつか洩れる。わしが敵とした相手は、必ずそれを機に反撃に出てくるであろう。その覚悟を忘れず、守備専一に努めよ」

と告げた。

勝頼はすでに二十八歳を迎えていた。信玄が父信虎を駿河に追って武田の宗家を継いだのは、二十一歳のときである。

それにもかかわらず信玄の口からは、遂に勝頼に家督を譲るという言葉は出ないままに終った。その点が曖昧のままに残される格好になった。

というのは、勝頼はあくまで諏訪氏を継いだ形になっている、と受け取っている者が多くいたからである。

やがて信玄はそのまま深い眠りに落ちていった。そして時折うわごとのように、夢幻の中をさまよい続けているとも取れる言葉を発した。息を引き取る間際になって、信玄が最も信頼する昌景の名を呼んだ。

「その方、明日は瀬田に旗を掲げよ」

それは混濁した意識の下で、京の入口である琵琶湖の瀬田大橋に、いよいよ武田の旌旗を高々と掲げ、都へ入っていくことを命じている言葉に他ならなかった。

信玄の妄執《もうしゅう》が肉体を離れんとする、まさにその瞬間に発せられたものと受け取れる言葉であった。

五

昌景は衝撃を受けていた。それは兄虎昌の自裁《じさい》のときと同じである。

いや、それ以上だった。

何回となく信玄の死の予感を心に抱いてはいた。それにもかかわらず、その現実を目の前にしたとき、この世のなにもかもが、大きく音を立てて崩れ去っていくような、巨大な喪失感に襲われていた。

いつの日からか、お屋形あっての自分であると、心のどこかで思っていた。そんな自分を不甲斐ないと思いつつ、だからこそそれを乗り越えようと、誰にも引けを取らないほどに自分を鍛え上げてきた。

「源四郎は強くなりたいのか？」

かすかに笑みを浮かべながら、初めて目通りした日に、自分に向かって晴信が発した言葉を、いまでも昌景は耳の底に止《とど》めていた。人間の「強さ」とはなにかを、絶えず自分に問い続けてもきた。

いまになって思えば、あれが自分の出発点だった。そんな気がしきりにした。一つしか歳は違わなかったのに、なにもかもを押し包むかのように、自分や多くの重臣たちの側近くにいつでも大きく存在していた。

信玄の命じる先がたとえどんなところであろうとも、間違いなくそこが自分たちのめざすところであった。

勝頼は、信玄の死後その最期の言葉をよく守り、領国の守備専一に努めた。だが、信玄が一代で築き上げた領土は広大である。甲斐・信濃はもとより駿河、西上野、飛騨・美濃・遠江・三河の一部を覆《おお》った。

敵の手から奪ったばかりの、いわば敵半地《てきはんち》とも言える最前線は、服喪中でも毎日のように争奪戦が繰り返されていた。

とくに奥三河・遠江の大半を奪われた徳川家康は、三方ヶ原での手痛い敗戦にもかかわらず、果敢に失地回復を企てていた。

信玄が死んでひと月後の五月には、家康や信長の耳にその情報は伝わり始めてもいた。家康は半信半疑ながら、確証をつかむためにあえて駿河や奥三河に出陣を繰り返した。

三方ヶ原での戦いの後、武田軍の動きは急に鈍くなった。それでも野田城を包囲するに至り、信長・家康は共に、いよいよ信玄との直接対決が近いと読んでいた。

朝倉義景が越前に兵を返したとはいえ、京周辺にはまだまだ信長に敵対する勢力は多かった。信玄との決戦ともなれば本願寺勢力をはじめ、浅井長政、松永久秀、遠く中国の毛利が立つと見た将軍義昭は、二条城において反信長の兵を挙げた。

これは結局兵が集まらずに失敗に終ったが、信玄の京への動きが加速していたら、どんな波及効果を引き起こしていたかわからない。

それなのに突然、家康や信長の側から見ればまるで奇跡が起こったかのように、武田軍全軍が甲府に向けて撤退してしまったのだ。どんなに巧妙に隠蔽《いんぺい》しようとさまざまな憶測《おくそく》が飛び交うのも無理はなかった。どんなに巧妙に隠蔽しようとしても、これまでの動きと比べれば、一つひとつ明らかな違いが見えてくる。

その年の八月には、家康も信玄の死を確実なものとして受け止め、長篠城を包囲するに至った。武田方に付いていた菅沼正利《すがぬままさとし》・室賀信俊《むろがのぶとし》らは、勝頼に救援を求めてきた。

勝頼は親族衆の武田信豊、信玄の弟信廉《のぶかど》、穴山信君らを送り込んだが、各地で苦戦を強いられ、九月十日に長篠城は徳川方の手に渡った。

これに続いて山家三方衆《やまがさんぽうしゅう》の一人、作手《つくで》城の奥平貞能《おくだいらさだよし》・貞昌《さだまさ》父子も城から脱出して家康側に付いた。

この頃武田軍の上層部は、大きく二つに割れていた。信玄の遺言に従い、

「いましばらくの間は専守防衛に努め、極力兵を動かさない方がよい」

とする者と、

「せっかく奪い取った地を、みすみす敵の手に奪われたのでは、守備専一にも反するではないか」

とする意見である。

三年の間は信玄の死を、敵に悟《さと》られないように努めるにしても、

「どこからか敵は嗅《か》ぎつけ、それを確かめるために戦いを仕掛けてくる」

「それをいつまでも無視し続けていたのでは、お屋形さまの死をこちらから明かしているようなものではないか」

という声が出ていた。

年が改まった天正二年（一五七四）二月五日、勝頼は山県昌景と共に、兵を率いて信長の属城東美濃の明智城（恵那市明智町）を攻め、周辺の十八の小城と共に攻め落とした。

明智城は岩村城の南西一里（約四キロ）余のところにあり、信長が他の多くの小城と共に岩村城を奪い返すために築いた城である。勝頼は信長の意図を断固打ち砕き、武田軍が美濃に攻め入る構えを捨ててはいないことを明らかにして見せた。

これに対して家康側も、四月に入って遠江の天竜二俣《てんりゅうふたまた》城を攻撃する構えを見せた。勝頼は救援に出動し、その勢いを駆って南に下り、五月に浜松城の東八里(約三十二キロ)のところにある高天神《たかてんじん》城を包囲した。

この城は、東海道を西へ上る際通過する掛川城の南東に位置し、掛川城と共に浜松城防衛のための最重要拠点でもあった。攻めるに難しい城で、信玄もこれまで何度か攻囲したことがあるが、いずれも失敗に終っていた。

城主小笠原長忠《おがさわらながただ》は二千の兵でよく守り、頑強に抵抗した。勝頼は一ヶ月余にわたる果敢な攻撃によって西の丸を占拠し、圧倒的な攻勢を示して本丸に迫った。それでも屈しようとはしなかったのだが、家康の援軍がついに送られてこなかったため、勝頼の調略に乗って城を明け渡した。

勝頼の調略とは、駿河国富士郡に一万貫(およそ十万石)の地を与え、籠城の兵の所領を安堵《あんど》するとしたものだった。

高天神城の奪取は、勝頼に大きな自信をもたらした。父でさえ落とせなかった城を、みずからの手で陥落させたのである。

その一方で、信玄の死を秘してあくまで兵を動かさないことを主張する者、家康などの画策によってせっかく武田の側に付いている豪族たちの離反を、手を拱《こまぬ》いて見ているだけと非難する者、勝頼の手腕を疑問視し武田の家督を継いだ人間ではないとする者など、いずれも自説にこだわり、容易に一つにまとまろうとはしなかった。

要するに信玄と比べ、勝頼を新しいお屋形として仰ぐことに不足を抱く者たちが、てんでに自己主張を繰り返すばかりになっていたのである。

勝頼にしてみれば、父の言葉に従い、守備専一にしていたのではますます無策を口にされるばかりである。油断のならない動きを見せる家康を討ち、父の悲願とも言えた信長討滅に向けて一歩でも前に出ることでしか、上層部の意思統一は果たされないと見做《みな》しはじめた。

こうした家中の動きに対して昌景は、

「先を急がれますな」

と若い勝頼に向かって、言い添えたことがある。

「急ぐな、とは?」

思いがけない言葉を聞いたと言わぬばかりに勝頼は、昌景を見返した。

「若い頃の晴信さまは、父信虎さまに疎まれながらもそれをじっとこらえ、また敵に対するときには相手のなすがままにさせ、敵味方双方を油断させておりました。そうした中から見えてくるものをじっくりと観察し、誰もが見落としている一点を見出そうとされていたように思います」

「そなたら宿老たちのように、亡くなったお屋形を第一とする者たちばかりの中では、わしはこの先、身動きひとつできないことになろう」

勝頼は反発するように言った。

「そうではありません。喪を秘している間、敵の動きをじっくりうかがい、敵味方双方の弱点をこそ、目を凝らして見極めるのがよろしいのではと……」

「敵のなすがままにしていたのでは、家中の者がますますわしを見くびるばかりとなる」

「いまはそれに耐えて、真に力になってくれる人間を見出していく眼力を養うことこそが、なにより大事かと思います」

このときの昌景の言葉は、しかしながら勝頼の耳には届かなかった。

こののち勝頼は、高遠城主だった頃からの側近で、武田家の名門の流れを汲む吏僚派ともいえる二人、長坂長閑斎光堅《ながさかちょうかんさいみつかた》と跡部大炊助勝資《あとべおおいのすけかつすけ》の意見に、もっぱら耳を傾けていくことになった。

朝靄の銃撃戦

一

「今度のご出陣は、どなたを相手の戦いとなるのでしょうか？」

おこうが遠慮がちに昌景に問うた。これまで戦《いくさ》ごとについては、ほとんど口を挟んだことはない。おふさが生きていた頃に、厳しく咎《とが》められたからである。昌景とて、自分から口にしたことはいっさいなかった。

「それを知ってどうするのだ？」

「源四郎があれこれ知りたがるものですから……」

二人の間にできた嫡男の源四郎は、すでに十四歳になっていた。しきりに戦に出ることを願っているようだったが、昌景はまだまだ先のことだと、相手にしてはいなかった。そんなことから母親のおこうに、それとなく尋ねているのであろう。

いまでは母子とも、亀沢村の家から躑躅ヶ崎館に近い屋敷に移っていたから、噂は耳に入っているはずである。

「そんなことを詮索するより、いまは文武の修練にひたすら励んでおればよい、と伝えておけ」

「はい……」

と答えたものの、おこうは自身が気になっているものと見えて、ためらいがちにその場に留まっていた。

「勝頼さまが法性院《ほっしょういん》(信玄)さまの三年秘喪《ひも》の喪が明けるのを期に、徳川方に奪われた長篠城奪回のため、出陣することを決意されたのだ」

おこうがなにかの予感を抱いてでもいるのか、今度ばかりは顔をこわばらせているのが、昌景にもわかっていた。

信玄が死んだことで、武田の領内に不安を抱く者が多くなった。昌景をはじめ重臣たちは、そんな空気を払いのけようと苦慮していた。

その一方で勝頼の手で明智城、高天神城とつぎつぎに奪い取ったことが、多くの兵士たちに活気を取り戻しつつあった。それをこの際、一気に広げて見せようとの思惑《おもわく》が今度の出陣には込められていた。

勝頼のみならず武田の将兵の間には、一度は武田の側に付いていた山家三方衆の一人、作手《つくで》城の奥平貞能・貞昌親子が武田を裏切って徳川方に付き、おまけに貞昌が家康の娘亀姫と縁組を結んで長篠城に入っているという報に接し、

「断じて許せぬ」

という思いがみなぎっていた。

家康の方にしてみれば、貞昌ならもはや武田への降服はありえないと読んでいるのである。

「今度の戦いは、長くなるかも知れぬ」

ポツリと昌景が言った。そんなことをこれまで、口にしたことはない。

だが、なにかが昌景にそれを言わせたのである。長篠城奪回だけでは終らず、家康とその背後にいる信長との戦いが、容易に決着を見ることなく続いていくよ

うな予感が、昌景の脳裏をよぎった。

「わしの留守中は、源四郎には戦に出ることばかり考えず、いまは文の修養に励めとよくよく言い聞かせておけ。人間の強さは心から生まれる。これは法性院さまが、わしがいまの源四郎と同年輩の頃に、直接わしに申された言葉だ。この意味を、源四郎にも考えさせるのだ。自分の心を鍛えるのは武によって可能だが、他人の心を知るには文によるしかない」

「あなたさまには、今度の戦は難しいものになると？」

「そうではない。そなたが尋ねたから口にしたまでのこと。わしはいつでも戦いに臨《のぞ》む際は、初めて戦場に赴《おもむ》いた日のことを頭に思い描く。うまくいったときのことはたまたま運がよかったのだとすぐに忘れるようにし、人一倍慎重に、畏《おそ》れの気持ちを決して失わないようにと、自分に言い聞かせている」

「源四郎はつねづね父上の率いる兵が、武田の兵の中で最も敵から恐れられていると、誇らしげに語っておりましたが……」

「自分を強いと思えば慢心が先立つ。作戦や工夫が粗雑になり、思わぬ不覚を取ることになる。武の道というものは、寝ても覚めても油断を見せてはならぬものだと、源四郎にもそなたの口から申し伝えておけ」

昌景はことさらに、それを明るく言い放った。

おこうの気持ちが少しでも晴れるようにとの、昌景の密かな気遣いであった。

これまでも出陣のたびに、二度と戻れぬかもしれないという気持ちを抱いてきた。だが、今度はいっそうその思いが強かった。

なにごとにも、未練を残してはならない。そう自分に言い聞かせつつ、それでも昌景は自分の側を離れていくおこうの後ろ姿を目で追った。

「いい嫁だ」

ずっと以前につぶやいた、母のおふさの声が甦ってくるのを覚えた。自分にとっては年の離れた、愛くるしい妻である。多感な少女時代に父を失っているだけに、いっそう憐《あわ》れを感じるのか。

十一歳から十七歳まで母と二人きりで過ごした。口に出したことはないが、昌景の出陣をいつもどんな思いで送り出しているのか。それを思うと、いままで一度として抱いたことのない未練の思いが、昌景の胸に一瞬ながらも強く湧いた。

天正三年（一五七五）四月二十一日、勝頼の率いる武田軍一万五千は、城兵五百が立て籠る長篠城を包囲した。この頃岡崎城では、家康譜代《ふだい》の家臣大賀弥四郎《おおがやしろう》が武田に通じて岡崎城を乗っ取ろうとしたとの企《たくら》みが洩れ、大騒ぎになっていた。

勝頼の、家康の家臣に向けた調略が露見したわけだが、まだまだ武田に付く方が有利と見ている者がいることを示していた。

長篠城を包囲の後、勝頼は一部の兵を残して家康がいる吉田城に向かい、城外で戦闘を交えた。徳川方の混乱を、一気に突こうとしたのである。

だが家康はすぐに城に引き上げてしまった。籠城の準備は整えられていた。家康は信長に援軍を要請しており、単独で戦うつもりはなかった。信玄亡き後とはいえ、武田軍の強さを思い知らされていたからだ。

高天神城が包囲されたとき信長の援軍が間に合わず、みすみす勝頼に名を成さしめている。信長は一向一揆の反撃に遭って苦戦していたから、城が包囲されて一ヶ月も経ってようやく吉田まで兵をすすめ、浜名湖の南まできた。城が勝頼の手に落ちたと聞いて、そそくさと兵を返してしまった。信長も勝頼と戦うことを恐れ、高天神城が落ちるのを待ってのろのろと前進してきたのではないか、との憶測《おくそく》が流れたくらいである。

一方の勝頼にしてみれば、家康との決戦こそが最大の狙いだった。高天神城を手に入れたことにより、遠江の大半は勝頼の手中に帰しつつあるといってよかった。家康は浜松城に籠ったままひたすら信長の援軍を待つのみであった。

いま家康が吉田城に籠ってしまったのでは、この地で後詰めに出てくる信長を迎え撃つ格好になる。ふたたび長篠城を包囲するよりないと、勝頼は思い直した。

「長篠城を落城寸前まで追い込めば、やむなく家康は城から出てくる」

それにともない家康との盟約上、信長も出馬してくるであろう。今度は形だけの援軍では済まされない。

(信長をこの地まで誘《おび》き出し、これを叩く絶好の機会にもなる)

父信玄が病を押してまで、信長を討つことに執念を燃やしていたことは、親族衆や宿老たちとて承知している。

(それをこの手で果たせれば、もはや誰一人としてあれこれと、自分に対し余計

な口出しはできなくなる）

勝頼は密かにそうも考えていた。

長篠城は、東から南に流れ下る大野川と、西側を流れる寒狭川《かんさがわ》との合流地点の崖上に築かれた城である。この両方面は急な断崖をなしており、攻撃は容易ではなかった。武田軍は城を北から見下ろす大通寺付近に陣を敷いた。

勝頼の本陣はそこからさらに奥の、尾根伝いに通じる医王寺山に置かれた。

また大野川を挟んだ対岸の山上、城の東から南にかけて、君《きみ》ヶ伏戸《ふせど》、姥《うば》ヶ懐《ふところ》、鳶《とび》ノ巣山《すやま》、中山、久間山《ひさまやま》などに砦を築いた。長篠城の周囲をどこからでも見下ろせるように、完全に包囲したのである。

五月十一日に、武田軍は総力を挙げて長篠城の攻撃に取りかかった。夕暮れになって、守備側の裏をかいて大野川を筏《いかだ》で渡り、最も困難と思われる南側の断崖をよじ登って、野牛門《やぎゅうもん》に襲いかかった。

この門は本丸の裏側を守る曲輪《くるわ》の入口である。備えが最も薄いと見て、奇襲を試みたのだが、城方からは激しく鉄砲が撃ちかけられてきた。家康は予想をはるかに上回る数の鉄砲を、城に運び入れていた。

武田軍はこの方面からの攻撃が難しいと知れると、今度は一日おいた十三日に、寒狭川寄りの城の北と西側、追手門と弾正曲輪を攻め、また北東の搦手門口から瓢丸《ふくべまる》を同時に攻撃した。

武田軍の攻勢は激しく、総力を挙げた人海戦術により塀を壊し、土居を崩し、金掘り衆を使って三の丸、帯曲輪とつぎつぎに掘り崩していった。その日のうちに籠城の兵を本丸と野牛曲輪に追い込み、たちまち落城寸前に追い込むかと思われた。

だが城兵五百余りは、狭い本丸と野牛曲輪に追い込まれながらも、ここから激しい抵抗を続けた。突撃してくる武田軍に向かって、鉄砲をそろえいっせいに発砲した。

攻め口を失った武田軍は、やむを得ず力攻めを中止し、十四日以降は兵糧攻めに切り替えることになった。五百に近い城兵が一町余四方（およそ百メートル四方）の狭い地に追い込まれ、一歩も抜け出せない情況に置かれたことになる。

断崖の途中はおろか、周囲のいたるところに鳴子綱《なるこづな》が張り巡らされ、蟻《あり》一匹這い出る隙間もない厳しい監視下に置かれた。もはや徳川・織田の援軍の到着を待つよりほか、城兵はなすすべはなく、落城は時間の問題となった。

二

戦闘が止んで四日経った十八日、医王寺山の勝頼の本営に、信長が長篠城の西一里（約四キロ）の設楽原《したらはら》に進出してきたという知らせが入った。二日前に城方の鳥居強右衛門《とりいすねえもん》を磔《はりつけ》にして殺したばかりである。

強右衛門は十四日の夜、決死の覚悟で城から抜け出て、岡崎城の家康に籠城軍の窮状を知らせ、一日も早く援軍がきてくれるようにと訴えた。当日岡崎城に到着していた信長が共に救援を約束したので、城兵に知らせるため引き返してきた。

だが武田軍の監視が厳重で城に戻ることができず、捕らえられて勝頼の前に引き出された。それまでのいきさつをすらすらと明かしたので、今度は城に向かって援軍がこないことを告げ、籠城を諦《あきら》めさせれば命を助け、所領も望みのままに与えると説得した。

強右衛門はそれを素直に承知して、武田の兵と共に豊川《とよかわ》（大野川と寒狭川が合流後は豊川と名を変える）を挟んだ対岸にすすみ出た。だが城兵に向かって叫んだのは、

「信長殿はこの地に二、三日のうちに到着する。わしにかまわず最後まで城を守れ！」

というものだった。強右衛門は取り押さえられ、その場で磔にされた。敵ながら天晴《あっぱ》れなやつと、武田の将の中にも同情する者が出た。昌景は城兵の士気が高いことを悟《さと》った。喉《のど》から手の出るような有利な条件を捨て、自分の命を犠牲にしてまで、城を守り抜こうとする意気込みには、ただならぬ空気が感じ取れた。

だが勝頼は断じて許さなかった。

「信長は連吾川《れんごがわ》と称する川を前にして、しきりに柵を作っているらしい」

医王寺山の本陣において、十九日の夕刻に軍議が開かれ、勝頼が真っ先に口を切った。設楽原のその後の様子は、その日一日かけて調べ上げられていた。物見の報告によれば、織田・徳川の連合軍は総勢三万八千にも及び、断続的に

降り続く雨の中で、なにやら念入りな、兵士総出の土木作業が続けられているという。

「信長は岐阜を発つときから、兵士一人ひとりに丸太と荒縄を携行させてきた。用意周到になにかを企んでいるようだが……」

信玄の弟逍遥軒信廉《しょうようけんのぶかど》が、不審気につぶやいた。

「連吾川に沿って二十町（およそ二キロ）の余にわたって二重、三重に柵木を立て並べている模様だ」

勝頼のいとこの信豊が、叔父の言葉に続いた。

「信長はどうやら彼の地に陣を据え、こちらまでは出てこない肚《はら》と見える」

内藤昌豊の言葉に、

「戦うのを恐れ、大軍を引き連れてきたことを誇示してこちらに圧力をかけ、われわれが退陣するのを待つ構えであろう」

勝頼が即座にそれに答えた。

「信長がこれ以上出てこないのであれば、こちらはこのまま城を包囲し続け、干し殺しにするまでのこと。敵が大軍であればなおのこと、味方はこの地で相手の動きを見据えていればよい」

戦巧者《いくさこうしゃ》の馬場信春が、諸将の顔を見回すようにして言った。

「城に籠っている者たちは生気を取り戻し、味方の兵と呼応していまにも城から討って出ようと気勢を上げている」

勝頼の側近である跡部大炊助勝資《あとべおおいのすけかつすけ》が、すかさず反論した。いつもであれば勝頼の側にはもう一人、長坂長閑斎《ながさかちようかんさい》が控えているのだが、甲府の留守役にまわり今回は出陣していなかった。それだけに跡部勝資は、勝頼の意を代弁するのに躍起になっていた。

「城から出てくれば、こちらの望むところではないか」

「いや、敵は設楽原の陣構えが整えば、大兵を用いてこちらの補給路を断ち、地理に精通した者を使って、執拗《しつよう》に味方の各陣所に奇襲を仕掛けてくる腹積もりであろう」

「それを恐れるのであれば、この際一気に城を押し包み、昼夜を舎《お》かず攻め立てて見せれば、援軍を誘い出すこともできよう」

「城方は鉄砲を集中してくるから、いたずらに犠牲者を出すばかりだ!」

「鉄砲はどんなに多く見ても三百。それを上回る兵を一気に投入する覚悟で挑めば、城内に攻め込むことも不可能ではない。なまじ近くにいるだけに、信長・家康を慌てさせることもできる」

信春の気迫に、跡部大炊助は言葉を失った。

「信長がせっかく近くまで出てきているというのに、もっぱら相手の出方ばかりをうかがうつもりか？」

勝頼が不快気に言った。

信玄の秘喪の間、家康は信玄の死をかぎつけ、恐る恐る三河・遠江の各地に兵を出動させてきた。勝頼が父の遺言を守り自重してきたことを逆手に、泥棒猫のような行動を繰り返してきた。

一方の信長は家康の要求に応じると見せて、形ばかりの援軍派遣で済ませてきた。それでも信玄の死を境にして、武田に付いていた地侍たちは、明らかに動揺し始めていた。

いつまでも信玄一人を神格化し、後を継いだ人間を軽んじていては、ますます敵に乗じられる。一度諏訪家を継いだ身とはいえ、信玄によって嫡男の信勝《のぶかつ》を家督とし、勝頼はその陣代《じんだい》であり後見人と定められてもいるのだ。その信勝は、まだ九歳になったばかりである。自分がなにもしないでいられるものではない。

昌景は、勝頼がそう思い続けていると見ていた。

「信長も家康も、ひたすらわれわれと戦うことを避けている。各地の地侍たちの動揺をこれ以上広げさせないためには、せっかく出てきた信長・家康を叩いておくべきではないか」

勝頼は、頬を紅潮させて言った。

「家康でさえ長篠城にあれだけの数の鉄砲を用意したとなれば、堺や近江を支配下に置いている信長が、どれほどの数を準備してきているか……」

穴山信君が、慎重に言葉を選ぶようにして言った。

信君は徳川の動きや京・大坂の事情に精通しており、物見の報告からも大量の鉄砲が信長の手で、設楽原に持ち込まれているとの情報をつかんでいた。武田軍も駿河湾を手中にしたことから、水軍を利用して鉄砲や硝石《しようせき》の入手を可能にしていた。

現に今回の長篠城攻めには、武田の側も五百挺を上回る鉄砲を持ち込んでいるのである。だが、銃眼の向こうや壁に隠れて鉄砲を放ってくる城兵たちを倒すのは、容易な業ではなかった。

「このところの連日の雨からすれば、野外での鉄砲は、なんの役にも立つまい……」

跡部大炊助の言葉に、うなずく者は多かった。

〝雨覆《あめおお》い〟と呼ばれる小道具を使えば、雨中でも火縄銃を使えないことはない。雨水をはじくよう蠟《ろう》を表面に刷り込んである雨火縄というものもあるが、それでも火薬は湿りがちになり、弾込めはいっそう面倒になる。鉄砲は晴れた日や、籠城戦にこそ威力を発揮するものと、誰もが信じていた。

「柵の構築が、なにを意図して二十町の余にもわたって用意されているのか。もう少し詳細に探り出すことはできぬものか」

それまで黙したままじっと耳を傾けていた昌景が、初めて口を切った。

「恐らく家康などの話から、信長も武田の騎馬隊に恐れをなし、馬塞《うまふさ》ぎの柵《さく》の後ろに居すくんで、ひたすら数を頼んでこちらを威圧しようとしているのであろう」

「たしかにそれもある。だが果たしてそれだけかどうか……」

「信長は法性院さま亡き後も、勝頼さまに明智城、高天神城とつぎつぎに奪われた。城兵の手前ここまで出張ってきてはいるものの、ひたすら退散してくれることを待ち望んでいるだけに違いあるまい」

そう力説する大炊助の顔を、昌景はじっと見つめた。

すでに六十に近い年齢だが、信玄の生前にはあまり軍議の席に加わったことのない人間である。

信濃佐久郡の名家の出であり、古くは甲斐守護代を務めたこともある家柄であるという。勝頼が伊那の高遠城主だった頃、信玄によって長坂長閑斎と共に側近としてつけられたのである。いわば内政の面に通じた男といってよい。

昌景をはじめとした内藤昌豊、馬場信春、高坂昌信などの、信玄に重用された戦上手の将たちとは肌合いを異にしていた。譜代の家柄にもかかわらず、長い間隅に追いやられてきたという意識が強かった。

信玄にしてみれば、秋山信友によって伊那地方はすでに、ほとんど平定され尽くしていると見ていた。木曽には娘婿の義昌がおり、飛騨地方は昌景や信友がいつでも出撃できる態勢が整えられている。勝頼には軍事面よりなにより、諏訪神家の威光そのものを担わせたい考えだったのだ。

「家康にとっては三方ヶ原の負け戦が、よほど応えていると見える」

昌景がそう言いかけたとき、大炊助がすかさず言った。

「赤備えの活躍した話は、もはや聞くまでもないこと。そんなことより明智城、高天神城を奪われたことをこそ、信長・家康は恐れている。その勢いに乗られては敵《かな》わぬと、いまはひたすらそれを心配しているのだ」

その目は冷たく光っていた。

大炊助が自分に対し長年どう思ってきたかを、昌景はいま、はっきりと目の前にした。

だが昌景は、勝頼の置かれている立場もわかっていた。これだけは、言っておかなければと思い直した。

「信長も家康も、必要以上に警戒心を抱いている。信長という男はときには大胆な策に出るが、なにより用意周到な男と聞いている。油断のない敵を相手にするには、味方もそれ以上の用心深さをもってかからなければ……」

そんな昌景の言葉を途中で遮《さえぎ》るように、大炊助が口を挟んだ。

「いたずらに警戒しすぎて、居すくんでいる張子の虎を猛虎と見誤り、みすみす敵を見過ごしにしてしまってはなんとするぞ」

戦場経験の少ない人間の言いそうな言葉である。ただ勝頼の思いだけを優先しようとする物言いなのだ。昌景はむらむらと、怒りがこみ上げてきた。

「この昌景、一度として敵を見誤ったことがあろうか！」

思わず面と向かって叫んでいた。

「いや、ものたとえに申したまでのこと……」

大炊助があわてて言いつくろった。

三

「味方五分の勝ちはよく、七分や八分の勝ちは大敗を招く」

信玄が日頃口にしていた言葉が、昌景の脳裏に甦っていた。

三方ヶ原の戦いは、家康・信長に必要以上の警戒心を植え付けてしまった。そのことを昌景は言いたかったのだ。

大炊助は、昌景がただ自分の手柄を、いつまでも吹聴すると受け取っているのだ。

「法性院さまのお言葉に……」

昌景がようやく心を静めてそう言いかけたのを、勝頼は手を振って遮った。もはや聞く耳をもたない、といった表情だった。

死の床にあって信玄がなにを思っていたか。いや信玄ばかりではない。自裁《じさい》して果てた兄虎昌が、後にどんな思いを残していたのか。

昌景は勝頼にただ、それが伝われればと願ったのである。

「先を急がれますな」

もう一度その言葉を、昌景は口にしたかった。だがなにもかもを一人担って、ひたすらに気負い立つ勝頼に、昌景の思いは伝わらなかった。

「ここはいったん兵を返し、その後の信長の動きを見るのもよいと思うが……」

穴山信君がためらいがちに言った。敵を前にして退却を口にするなど、その者の士気を問われかねない。

だが信玄であれば、許されていたことなのだ。どんなに消極的と思われる意見でも、その中に含まれているわずかな危惧《きぐ》をこそ、洗いざらい出させようとした。

「畏《おそ》れを畏れのままに、内に抱えて策を練る」

それが用心に繋がると、昌景は心得ていた。

「腰の引けている信長を恐れたとなれば、ますます離反する者が出るばかりだ」

苛立ちを内に含んだ、勝頼の発言だった。

「兵を引いたと見せて、信濃の天険に信長を誘い込むのも一策……」

馬場信春があえて言い添えた。

「昌景殿といい、穴山殿といい、よほど信長が恐ろしいと見えるが……」

大炊助がふたたび口を切った。

その言葉の裏には、昌景や信君に対し、側室の腹から生まれた勝頼を軽んじているとみなす、あからさまな敵意が感じられた。信玄の正室三条殿が生んだ義信を第一とする人間を、ことごとく警戒してきた様子がうかがえるのだ。昌景はもはや、義信に未練を残してはいない。たとえ兄虎昌の思いがどうであったにしろ、苦渋の選択を下した信玄の思いを承知している。信玄にとって、諏訪家を勝頼に継がせたことも、義信の武田家に劣らぬ大事だった。昌景にはそれがわかっていた。

勝頼も、勝頼の側近である長坂・跡部の二人も、やみくもに目の前の答えのみを求め過ぎている。周囲の者たちから自分たちが軽んじられていると思い込み、いまの自分たちの立場ばかりを見ているのだ。

信玄は、なにごともじっくりと見据えていた。敵ばかりでなく味方の一人ひとりを、目を凝らして見つめていた。その観察の中から、なにかをつねに見通そうとしていた。そこからさらにおのれ自身の力をも、見出そうとしていたのだ。

晴信のもとに初めて出仕したときから、晴信は源四郎を冷静に見ていたと思う。源四郎という人間を、正確に見抜いていたからこそ、源四郎昌景はそれに応えようと、自分を奮い起こし、力の限りを尽くしてきたのだ。

おのれを正しく見抜いてくれているとわかったときの部下の喜びを、勝頼にもわかって欲しかった。いまはただ、昌景はそれだけを伝えようとした。

「これまでのこの昌景の働き、腰が引けていると思われまするか？」

昌景は意を決して、勝頼に迫った。

だが大炊助は、さらに言い募った。

「法性院さまが信奉されていた『孫子』の一節にも、『激水の疾《はや》くして、石を漂《ただよ》わすに至るものは勢いなり』とある。兵の勢いにこそ、岩をも押し流す力が宿る。敵が恐れおののいているのであれば、この機を逸せず一気にこれを粉砕する。これこそが勝ちに乗じるということだ。そうなれば、この先敵に寝返ろうとする者もいなくなる」

たしかに大炊助の言うように、信長の進出を恐れていったん兵を引けば、この先も武田から離れようとする地侍たちが出る。だがむりやり攻め急いだところで、犠牲を多く出すだけではないのか。

援軍が近くにいるというだけで、城兵の士気が一気に高まってしまった。また信長が腰を据えて武田の補給路を断つ作戦に出れば、否応なく撤退せざるをえない羽目に陥るのも確かだ。

「勝ちに乗じるというのであれば、主力を率いて設楽原まで押し出し、敵陣の一角を打ち破って見せることでも目的は果たせよう」

逍遥軒信廉が、両者の主張の間を取るような言い方で、その場を収めようとした。

馬防柵《ばぼうさく》などどれほどのものであろうと、たちまち打ち破って見せるとの自負は、どの隊の将であろうと持ち合わせていた。

(なにより敵に後ろを見せたとなれば、この先面倒になる)

一人ひとりの将の心底に、そうした思いが働いていたのも確かである。信廉の肚《はら》のうちには、長篠城の救援に駆けつけていながらひたすら馬防ぎの柵などを築いて、そこから出てこようともしない信長にははじめから戦闘を交えるつもりなどないのだ、との判断があった。

威嚇《いかく》して相手の出方を見るのも一策、と考えたのである。出てくるなら一戦も覚悟の上だが、出てこないのであればそれから兵を返しても遅くはない。武田軍の面目は保てるとの見方なのだ。

昌景自身は、引くときはなにものにもとらわれることなく、大胆に引くのがいいと思っていた。

だが、勝頼の最後の断は、設楽原への進出と決まった。

軍議の席では、いったんお屋形の最後の断が下ったら、もはや覆《くつがえ》すことはできないという不文律があった。これは代々の武田家の家宝、新羅三郎義光から伝わる御旗《みはた》・楯無《たてなし》(鎧《よろい》)に誓うという形が取られた。

家宝が戦場にまで持ち込まれているわけではないが、諸将の心を一つに結集するための儀式といってよかった。

二十日の午後に、武田軍諸隊は長篠城に小山田備中守昌行など二千余の兵を残して、つぎつぎに織田・徳川の三万八千の兵が待ち受ける設楽原《したらはら》へと向かった。

この日は土砂降りに近い雨が、一日中降り続いていた。

行く手の低い山並は、薄墨《うすずみ》を流し込んだような靄《もや》に覆い尽くされ、視界は極端に悪かった。道はぬかるみ、馬が泥に足を取られ、坂道になると横滑りに滑った。

最左翼を担う昌景隊一千五百の兵は、水量の増した豊川の流れを左に眺め、三十町の余も続く有海原《あるみはら》と呼ばれる低地をすすんだ。やがてその先の、ゆるやかな丘陵を越えた地点に到着した。

昌景はすでに、物見の兵を設楽原付近に遣《つか》わし、現地の様子を探らせていた。その報告により、設楽原一帯の地形と、敵のおおよその陣立てを頭に描き上げてもいた。

設楽原は、南北に細長く広がる田園地帯である。そのほぼ真ん中を連吾川という、川幅二〜三間（約三〜五メートル）の小川が流れていた。川を挟んで東西の丘陵と丘陵の間はおよそ三〜四町（約三〜四百メートル）の距離があり、このところの雨で、田畑はぬかるみ、連吾川の水嵩《みずかさ》は増していた。

昌景が陣を据えた先は、連吾川の流れが南の豊川に向けて合流していく川路村と呼ばれる所である。この一帯だけが東の丘陵から連吾川まで、平地が八町ほども広がっていた。

左側面は豊川で遮断され、この付近だけは連吾川の川幅も広く、川岸が深く切れ込んでいるとのことだった。

敵の馬防柵は川路村の右手、連吾橋から上流に向けて延々と築かれていた。その柵はいずれも三重に設けられ、各所に出入口らしきものが作られているという。

四

夕闇の迫った中で、遠く敵陣とおぼしき一帯に旌旗《せいき》が散見された。目を凝らせば、その下に馬防柵と思えるものも見出せる。離れて見る限りでは、低く南北に伸びる丘陵を背に、まばらな竹垣のようにも見えた。

「あれが馬防柵か」

昌景は思わず小さくつぶやいた。

見るからに貧弱なものである。急ごしらえの柵木に過ぎず、太い綱を絡《から》めて馬に引き倒させれば、打ち破るのは容易に思えた。

だがそうであっても、あたり一帯は三方ヶ原のような、馬を自在に走らせることのできる草原などではない。大半が水田であり、それでなくともこのところの長雨で、地面はすっかりぬかるんで見えた。

おまけに騎馬兵を先頭に一筋に敵陣めがけて突入していくとなれば、真っ先に連吾川によって行く手を阻まれる。小川とはいえ水量が増した川面は、馬で一気に踏み越えられるほどに狭くはない。

ところどころに板橋を渡してつぎつぎに渡り切ったにしても、今度はすぐ目の前に馬防柵が迫ることになる。

馬は臆病な生き物だから、柵に体当たりすることなどありえない。遠くから見て貧弱なものでも、丸太を組み上げたものとなれば、見た目よりも頑丈《がんじょう》に違いない。また鉄砲が大量に持ち込まれているとなれば、柵の向こうで銃口を揃えて待っていると見てよい。

だが、雨がこのまま降り続けばどうなるか。恐らく弓矢の応酬と、馬防柵を引き倒そうとする激しい攻防が繰り広げられることになる。

昌景が陣を敷いた前方は、徳川方の将大久保忠世《ただよ》・忠佐《ただすけ》の兄弟が四千の兵を揃え、その右、連吾橋から北に向かって榊原康政《さかきばらやすまさ》、本多忠勝らが最前線に立ち、その背後の弾正山の高台に徳川家康の本陣が、さらに石川数正、織田方の滝川一益《たきがわかずます》、丹羽長秀《にわながひで》、佐久間信盛の隊が続いているという。

信長はその遥か後方、極楽寺山に本陣を構えている模様、とのことだった。

着陣してまもなく、勝頼からの伝令が、武田側の陣営の様子を知らせてきた。昨夕の軍議の席で、昌景もそのおおよその配置は承知していた。

昌景に続く左翼隊は小山田信茂、内藤昌豊、原隼人祐《はらはやとのすけ》らが竹広と呼ばれる地点に、弾正山の家康の本陣から右の柳田と呼ばれる付近には中央隊の甘利信康《あまりのぶやす》、武田信豊、逍遥軒信廉などが、そして連吾川の上流の丸山、浜田へと続く最も北の山岳寄りには右翼隊として土屋昌次《つちやまさつぐ》、馬場信春、一条信龍《いちじょうのぶたつ》、その後方に穴山信君隊などが進出する手筈になっていた。

勝頼の本陣は医王寺山からすすんで、設楽原に至る中間地点の清井田まで進出しているという。この地で諸隊の着陣を確認し、各隊から敵の様子を詳細に報告させ、夜明けを待ってさらに前進するということだった。

雨は夜に入って次第に小降りになり、やがて止んだ。

漆黒《しっこく》の闇の中で、昌景は次第に緊張が高まっていくのを肌で感じていた。長年の経験から、否応なく戦機が熟していくのを覚えた。

当初信廉が口にしていたような、敵を威嚇するだけの布陣では済まされない予

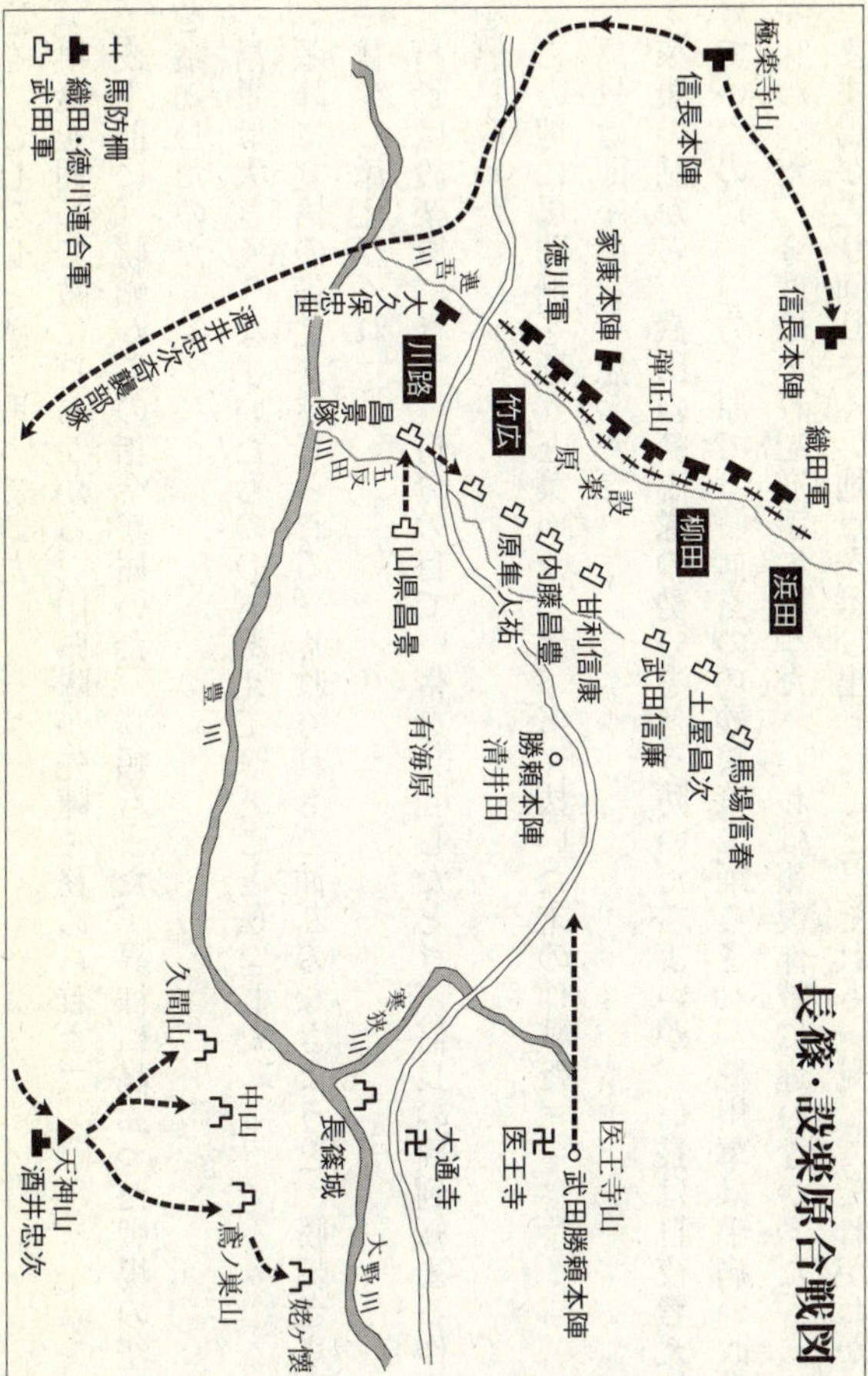
長篠・設楽原合戦図
極楽寺山
信長本陣
信長本陣
織田軍
弾正山
家康本陣
徳川軍
浜田
柳田
竹広
川路
連吾川
大久保忠世
設楽原
五反田川
昌景隊
酒井忠次奇襲部隊
馬場信春
土屋昌次
武田信廉
甘利信康
内藤昌豊
原隼人祐
山県昌景
勝頼本陣
清井田
有海原
豊川
医王寺山
医王寺
武田勝頼本陣
大通寺
寒狭川
長篠城
大野川
久間山
中山
鳶ノ巣山
姥ヶ懐
天神山
酒井忠次
馬防柵
織田・徳川連合軍
武田軍

感を、ひしひしと感じ取っていた。

「早暁《そうぎょう》を期して敵に打ちかかる。山県隊が先陣を務められよ」

夜半前に、勝頼からの指令が届いた。勝頼もまた、異様に高ぶった戦場の空気を察知したのだ。

昌景は大きくうなずいたものの、あえてひとこと伝言した。

「敵陣に覚悟の備えが感じられる。くれぐれもご油断のなきようと、勝頼さまに一言申し添えてくれ」

昌景は設楽原にきて、自分の目で一帯を見回したとき、信長の周到極まる作為を感じ取った。

「この地に馬防柵を延々と築いたのは、考え抜いた末の作戦だ」

昌景は即座にそう思った。

家康の話から、武田の騎馬隊の勢いをどう防いだらよいか、信長は日夜考え続けていたのだ。三方ヶ原では、信玄の巧妙な策に踊らされ、徳川軍は手痛い敗戦を味わった。今度はそれを逆手に取った、いわば報復作戦に違いなかった。

まず馬が走り回りにくい地点を選び出したこと。それも一見してそれがわかってしまうような場所ではない。敵が警戒して近づいてこなければ、用を成さないからである。適度な広がりと、敵味方が真正面から対陣できる地形を選ぶ。またひとたび戦闘が開始されれば、相互の戦況が自分の目で見渡せるところ……。

両陣営を隔てて流れる小川は、勢いをつけた馬が一見踏み越えられそうにも見える。だが、あたり一面はぬかるみである。少なくとも、隊列をなして疾駆することなどできない水田地帯なのだ。

また、たとえ天候次第で鉄砲が使えなくとも、弓矢の応酬と、敵を圧倒する数の兵が馬防柵の中に籠り、敵の来襲を待ち受ける。

「武田の勢いを恐れて、ひたすら馬防柵の中に居すくんでいる」

相手側にそう思わせることが、信長の計算し尽くした作戦だったのだ。

だがすでに、勝頼からの攻撃命令は下っていた。

義信亡き後、諏訪家から信玄の後継者として、勝頼が急遽立てられることになった。昌景の見るところ、勝頼は決して凡将ではない。むしろ臆するところのない、勇将といえる素質を備えている。

しかしながら、最も血気盛んな時期に、兄に代わっていまの地位に押し上げられたのである。その性急さが、父信玄の死に続いて付き纏《まと》った。

武によって立ってきた昌景には、そんな勝頼の孤独がわかるのだ。自分と勝頼との大きな違いは、はじめからずっと晴信（信玄）が、昌景を見据えてくれていたということである。

昌景は念のため自分が感じ取った危惧を、ありのままに勝頼の陣営に向けて、再度申し送った。単なる気後れの気持ちからではない。すでに昌景の心の中では、おのれの命を捨てて敵陣に向かう覚悟はできていた。

折り返し勝頼から送られてきた伝言は、

「いくつになっても、命は惜しまれよ」

というものだった。この期《ご》に臨んでもまだ命を惜しむのかという、皮肉とも受け取れた。昌景はもはや、なにも言うことはなくなった。

やがて東の空が、少しずつ白み始めた。

もう雨はすっかり止んで、灰色の上空はところどころ、薄く青味を刷《は》いたように見えた。

それでも地上近くは、まだ白い靄《もや》が立ちこめていた。

「武田の赤備えの働きぶりを、いま一度、徳川の兵に見せつけてやろうぞ！」

昌景の檄《げき》に、山県隊の一人ひとりが、

「おう」

と、馬上で大きく叫んだ。

卯《う》の刻《こく》（午前六時）を期して、山県隊は前進を始めた。川路村の一帯は畑地が多い。左手の豊川に向けて緩やかな傾斜はあるが、前方は遮るものとてない平地である。

徳川軍の最右翼を守る大久保隊四千の姿が、前方の朝靄の中におぼろげに見て取れた。ここだけが連吾川のこちら側に進出して布陣しており、騎馬の兵や徒歩の兵が、弓や槍を手に身構えていた。

ドンドンドンドドドドと、地を這うような押し太鼓の音が響き渡った。赤一色の騎馬兵がいっせいに前に出、敵陣めがけて攻撃態勢を整えていった。どんなに堅固な備えであろうとも、一瞬のうちに蹴散らしてしまう、巨大なうねりが大久保隊めがけて突きすすんでいった。だが、

「わあっ」

という喊声《かんせい》に続いて、突然、すさまじい轟音《ごうおん》があたり一帯を覆った。硝煙が朝靄をいっそう濃くし、赤備えの騎馬兵の姿を押し包んだ。

「引け、引け！」

昌景の叫ぶ声が、銃声の途絶えた中に聞こえた。

何百挺とも思えるような数の鉄砲が、突進してくる赤備えの兵士めがけて放たれたのである。朝靄の中で、騎馬兵の蹄《ひずめ》の音を頼りに手当り次第ともいえる、周囲を圧する一斉射撃だった。

朝靄が少しずつ薄らぎ、いつのまにか姿を消した弓隊や槍隊と入れ替わって、鉄砲を構えた多くの足軽兵の姿が浮かび上がってきた。その前方には、血を流して倒れている者や、轟音に驚いて狂ったように右往左往する、乗り手を失った馬の姿があった。

圧倒的な数の鉄砲隊を前にして、昌景はいったん兵を引いた。

改めて竹束を抱えた兵をつぎつぎに送り込んだ。城攻めの際に用いる、銃弾を弾き飛ばす武田独特の防弾具である。その後方からは弓隊がいっせいに遠矢を放った。

続いて武田の鉄砲隊がじりじりと前進し、銃撃戦が開始された。

敵味方の応酬《おうしゅう》が続いた後、騎馬兵のさらなる突撃に先立って、〝うし〟と呼ばれる竹束を台車の上に一列に並べた一隊が繰り出された。その後ろからは、敵陣をめがけて間断なく弓や鉄砲が放たれ、激烈な戦闘が繰り広げられていった。

やがて辰《たつ》の刻《こく》（午前八時）近くなって、思いがけず遥か後方の長篠城の方角から、鉄砲のつるべ打ちとも受け取れる轟音が響き渡った。

それは武田軍の背後を脅かす、不吉な銃撃音だった。

五

「鳶《とび》ノ巣山《すやま》の信実《のぶざね》さまの砦が急襲され、信実さま以下全員が討ち死にされた模様です」

勝頼の本営からの伝令が、昌景のもとに走り込んできて叫んだ。

「なんだと！」

昌景は絶句した。

大野川の対岸、長篠城を見下ろす武田側の砦が、ふいに急襲されたというのである。前夜、闇にまぎれて酒井忠次に率いられた徳川・織田の奇襲部隊四千が、地元の豪族設楽《したら》氏の案内によって、五百挺の鉄砲を携え、密かに豊川を渡河した。

船着山の後ろを大きく迂回《うかい》し、松山から天神山の山頂に至り、そこからふいに鳶ノ巣山の砦ほかに攻め下ったのだった。

武田信実（信玄の弟）をはじめ、君ヶ伏戸、姥ヶ懐、中山の守兵一千余は、これをまったく予想もしていなかった。激しい攻防を繰り返したものの、力尽きてつぎつぎに討ち死にを遂げた。

これに勢いを得た長篠城兵は相呼応して気勢を挙げ、設楽原の味方の兵に向かって空砲を放ち、歓呼の声を送った。

その様子は設楽原の武田の各陣営でも、はっきりと聞き取ることができた。

昌景ははじめになんとしても川路村の大久保隊を葬りたかった。数においては圧倒的な違いがあるが、勇猛を誇る武田の赤備えの力をもってすれば、敵を連吾川に追いつめ、あるいは豊川に一気に追い落とせると思っていた。

ここを突破できれば、続いて連吾橋に進出し、あるいは豊川を迂回して徳川の馬防柵の背後に回り込むことも可能である。

いやそれよりなにより、緒戦で一気に敵を蹴散らすことができれば、武田の優位を敵に見せつけられるのだ。

その後は敵の出方をじっくりと見極め、信廉の言っていたように兵を引いても、周辺の地侍たちに武田の強さを印象付けられるというものである。

だが、長篠城周辺をことごとく敵の手で制圧されたとなれば、大久保隊を撃破しただけでは、もはや兵を引くことはできなくなった。

（設楽原に誘《おび》き出した後、信長はこちらがなんとしても一戦を遂げずにはいられないよう、策を練り上げていたのだ）

騎馬隊の活発な動きを封じる場所を選び、連吾川沿いに延々と馬防柵を設けて待ち受けたとしても、勝頼が戦いを仕掛けてこなければどうにもならない。用心深い相手であれば、絶対に自分の方から出てくることはない。

周到に準備されたことごとくを、無駄に終らせないためにも、武田軍に戦闘を強要する決定的な駄目押しが必要だった。勝頼にはそれが読めなかった。

いや、昌景をはじめ誰一人として、武田軍の設楽原への進出と合わせて、織田・徳川勢がその背後に回り込んでくることを、予想できた者はいなかった。

多くの将兵は、設楽原で戦闘を交えることをすら躊躇《ためら》っており、それぞれの思惑が交錯《こうさく》したままだった。信玄の最も重視してきた軍議における意思統一と、互いの納得が得られてはいなかったのだ。

「敵の虚《きよ》を討つ」

これこそが信玄の最も得意とする戦法だった。

「強さは人間の心から生まれる」

初めて源四郎が晴信に出会ったとき、晴信の口から洩れた言葉である。その言葉を、昌景はずっと心に抱き続けてきた。

だが、この言葉の裏返しこそが、目の前で展開されている戦いなのだ。

昌景は無念の唇を嚙《か》んだ。そして、態勢を整えながら大きく叫んだ。

「あの馬防柵を突き破れば、敵は浮き足立つ。臆《おく》するな！」

一人ひとりの心が繫がっていなければ、どこかに必ず隙ができる。昌景は当然のこととして、つねにそう思ってきた。

だがここに至っては、もはや他に選択肢はなかった。となれば、残された一点を突破する以外に先に通じる道はない。

信玄とともに多くの戦場を駆け巡ってきた日々が、昌景の脳裏につぎつぎと浮かんでは消えた。

戦いを決する最後の一瞬が迫っていた。かつての一瞬といま目の前の一瞬とが、外見的にはどれも同じように思えた。敵陣めがけて駆け入って行く際の、なにもかもを忘れて突出する一瞬は、同じ夢の中のことのようにも思えた。

それらは高揚《こうよう》し切った、全身全霊を擲《なげう》った無の境地といってよかった。

「源四郎は強くなりたいか」

若き日の晴信の面影が、くっきりと瞼に浮かんだ。

「自分は結局、あのときの晴信さまの言葉に応えるために、生きてきたのかもしれない」

神之峰《かんのみね》城攻略のときも、川中島での越後軍との死闘に直面したときも、三増《みませ》峠《とうげ》のときも、そして三方ヶ原での戦いに際しても、昌景はつねに信玄と心を一つにしようとして戦ってきた。

いや、信玄が昌景の働きのことごとくを、少しも過《あやま》たずに見抜いてくれていたがために、生命を賭《と》して戦い抜いてこられたのかも知れない、という気がした。

「なにもかもを、互いに認め合っていた」

そう思えるからこそ、どんな危険をも恐れることはなかった。昌景はいま、痛切にそれを思った。

昌景には、信玄が死の床にあって勝頼に向けた思いも、兄虎昌が義信やひとり残される坊麻呂に注いだ思いも、そして自分が甲府に残してきた源四郎やおこうに対しての思いも、いまは一つに混ざり合って、目の前に大きく広がっているように見えた。

(なんとしても敵を倒す)

むらむらと闘志が湧き上がった。

鳶ノ巣山の砦が陥落したという報に接した武田軍全兵は、つぎつぎに連吾川の対岸に向かって突撃を開始した。二十町に及ぶ馬防柵と対峙《たいじ》した武田軍各隊は、果敢な攻撃を各所で繰り広げた。

昌景は執拗に大久保隊への攻撃を繰り返した。その都度、何百挺もの銃口をそろえた轟音が響き渡り、無数の赤備えの兵士たちの身体が血に染まった。それでも決死の覚悟で接近する山県隊によって、大久保隊はじりじりと後退した。

だがその背後の連吾川は崖が深く、対岸に渡ることは困難だった。家康は連吾橋を死守するため新手の鉄砲隊を投入し、側面からの援護を途絶えさせなかった。

昌景は次第に連吾川の上流へと攻撃の矛先《ほこさき》を変えた。弾正山の家康の本陣前、竹広の地点が、両軍の最も激しい攻防拠点になった。

板橋がつぎつぎに架け並べられ、ぬかるみをものともせず、山県隊、小山田隊、内藤隊が徳川の陣営にじりじりと接近した。

「どちらが馬防柵を、先に打ち破って見せるか」

内藤昌豊から、昌景に向けて伝言が寄せられてきた。昌景はニヤリと笑みを浮かべた。昌豊らしい挑戦状だった。

これまでどの戦場においても、先陣を担うのはつねに赤備えの山県隊だった。

昌豊はいつも二番手、三番手に位置し、戦いを決する大事な働きを、陰に回って演じてきた。信玄からの感状は一枚も受けておらず、またそれに対し一度とし

て苦情を口にしたことはなかった。信玄はそんな昌豊の性格を、誰よりも愛し、側近の者がなぜ昌豊を賞しないのかと問うと、

「修理亮《しゅりのすけ》ほどの者であれば、その働きは誰よりも群を抜くのが当然」

と笑って語った。

だが今度ばかりは、いつも華々しい活躍を遂げる昌景に負けはせぬと、みずから名乗り出たのである。昌景ははるかに離れた昌豊の陣営に向かって大きく手を振り、先頭を切って馬防柵に立ち向かった。

竹広の馬防柵はこの後、山県隊、内藤隊によって、二重の柵までがずたずたに引き倒された。

だがそれからまもなく、内藤修理亮昌豊と山県三郎兵衛尉昌景の二人は、共に無数の銃弾を身に受け、壮烈《そうれつ》きわまる討ち死にを遂げていた。

（完）

あとがきにかえて――昌景と信玄を繋《つな》いだもの

「さても恐ろしきは山県」

と徳川家康が後々まで語り草にしたと伝えられているが、戦国最強の赤備え軍団を率いた猛将となれば、誰もが身体つきのいかめしい、精悍《せいかん》な、気性の激しい人間を連想するであろう。だが、昌景の風貌《ふうぼう》は、

「信玄をひとまわり小さくしたような」

と評される小柄な体格だったという。

また、信玄の八番目の弟である一条信龍《いちじようのぶたつ》が、昌景の日頃の戦いぶりを見ていて、

「貴殿の兵が一度も敗れたことがないというのは、日頃の訓練の賜物《たまもの》であろう」

と問うたのに対し、

「肝心なのは戦《いくさ》に臨《のぞ》む心がけです。いつもうまくいくものと思ってしまうと慢心が先立ち、作戦や工夫が疎《うと》くなり、思わぬ不覚を取ることになってしまいます。いつでも初めて戦に臨むものと思い定め、人一倍慎重に、勝算ありと確信しない限り戦わない」

「ことさら武の道というものは、寝ても覚めても油断を見せてはならぬものです」

と答えたことが、小早川能久《こばやかわよしひさ》の著した『翁《おきな》物語』という本に記されている。能久は毛利元就の孫に当たる人物で、甲州流軍学者小幡景憲《おばたかげのり》について兵法を修め、子供らに軍事上のエピソードをわかりやすく、教訓の和歌などを交えて書き与えたのがこの書である。

わたしが山県昌景という人物に心を惹《ひ》かれたのは、こうした猛将と呼ばれた人物の意外な一面を垣間見せられたこともさることながら、信玄と昌景との間に、深い心の結びつきがあったと思えたからである。

京の都からは幾重にも折り重なる山々に隔てられた山峡《やまかい》の地、甲斐国に生まれた武田晴信（信玄）は、新羅三郎義光の流れを汲む武家の名門の血筋を強く意識していた。源平の戦いに大きな働きを果たした甲斐源氏は、源頼朝によってその実力をかえって警戒され、不遇の地位に甘んじることになった。

甲斐の人々の中にはいつの日か必ず、

「中原《ちゅうげん》に馬を進める（中央政権にみずからが進出する）」

という意識が強く流れ続けていた。武田家の第十五代信虎の嫡男として生まれた晴信には特にこの意識が強く、同時に天の理に従うという中国古来の「王道政治」の思想を、学問の師岐秀元伯《ぎしゅうげんぱく》から教え込まれてもいた。

必ずしも恵まれた環境下になかった甲斐の人々と共に、その理想に一歩でも近づくには、自分のまわりの人間に着目し、その能力を最大限に引き出すことからスタートするしかない、と晴信は考えた。

信玄（晴信）の最も優れた点は、人を見出し、その人間が持っている長所を最大限に伸ばし、活用していくところにあった。互いを鼓舞し、高めあう相乗効果とも言える関係が強く意識されていた。

これは、自分だけを特別の人間と見るのではなく、多くの人間たちにはさまざまな、心に埋もれたままになっているマグマがあるとみなす人間観に依《よ》っている。若き日の晴信は、自分自身の中にそれを見出すと同時に、同年輩の飯富源四郎の中にも同質の思いを見出していたに違いない。

この点を中心にわたしは、信玄と昌景の二人の交流を見つめてみようと思った。信玄と昌景のゆるぎない信頼関係は、戦国最強の軍団とも言える武田の「赤備え」の活躍の中に垣間見ることができる。それは同時に他の多くの家臣たちとの交流の一端をも鮮やかに映し出していると言える。

こうした関係は、当然に昌景とその配下の兵たちの間にも生まれていったと思われる。本書六十九頁で昌景が初めて晴信の旗本足軽隊長に任じられたとき、兄虎昌の口から、

「ここに集められた兵は、いずれも将来を約束された者たちばかりだ。それを育て上げる役目が、隊長であるおまえに託《たく》されている」

という言葉が語られているが、昌景の率いた兵士たちがその後どうなっていったかについては、本文では詳しくは触れられずに終った。

人間それぞれが有する能力を最大限に活かして使う、という点に関心をもって接した信玄と、共に歩んだ昌景である。その配下の将兵たちが昌景を通して学ん

だことは、さまざまあったに違いない。

しかしそれらが開花するには昌景が壮烈《そうれつ》な死を遂げた後、十数年の歳月を要することになる。そしてその果実を巧みに自分のものとしていったのが、他でもない徳川家康だった。天下を治める眼力を備えていた家康が、この点を見逃すはずはなかったのである。

長篠の戦いに敗れた武田勝頼がその八年後に天目山に自刃し、武田家が滅亡した後、家康は主に甲斐や上野《こうずけ》の武田家旧臣を当時二十二歳だった井伊直政《いいなおまさ》に預け、徳川の先陣を担う軍団を創設させた。それは昌景の率いた「赤備え」の兵制と人員をそっくりそのまま、その中核に引き継ぐ形を取らせることになった。

これは言うまでもなく、三方ヶ原で家康を恐怖のどん底に陥れた山県昌景のイメージが、家康の脳裏に強烈に焼き付けられていたからに他ならない。それはその後も、終生家康の脳裏から離れることはなかった。

後に彦根藩三十万石の基礎を築いた井伊直政は、本多忠勝、榊原康政《さかきばらやすまさ》らと並んで「徳川四天王」の一人に数えられるまでになっていくが、この彦根藩三十万石の家臣たちの中に、他ならぬ昌景の下にいた人々が多く見出されていくのである。

その主だった者を挙げれば、井伊家に仕えて四千石の筆頭家老にまでなった川《かわ》手文左衛門良則《てぶんざえもんよしのり》の名がまず挙げられる。もっともこの家は養子の良行が大坂の陣で討ち死にしたため断絶し、その後再興されたものの、余り栄えないままに終ってしまう。

同じく広瀬郷左衛門《ひろせごうざえもん》は、初め板垣衆に属していたが昌景の下で活躍し、敵の家康からも名を知られるばかりになっていた。勝頼の代には足軽大将を務め、武田が滅んだ際にすぐに家康から召し出され、井伊直政に付けられることになった。この家は千五百石で幕末まで続き、代々美濃守を名乗っている。

この他にも孕石源右衛門泰時《はらみいしげんえもんやすとき》、三科肥前守形幸《みしなひぜんのかみかたゆき》、早川幸豊《はやかわゆきとよ》らが有名である。孕石源右衛門は三方ヶ原で一番槍を果たし、武田家滅亡後に直政に仕え、旗奉行千五百石を賜り彦根城の築城に当たって功績があったが、後の大坂の陣で討ち死にしている。

三科肥前守形幸は長篠の戦いで負傷し、その後足軽隊長を務めた。井伊家に仕えてからは甲州武士の代表格のような存在になった。

また早川幸豊は、井伊直政付きとなり、昌景から直接伝授された甲州流築城術を活かし、広瀬郷左衛門らと共に彦根城築城に力を尽くし、また「井伊の赤備え」の創設にも大いにその任を果たしている。

またこの小説でも多少触れている、昌景の子源四郎昌満《まさみつ》のその後についても簡単に記しておきたい。

父の昌景が長篠で戦死した後、まだ若年であったことから昌満の陣代《じんだい》（後見役）として、成人するまで昌景のいとこに当たる小菅五郎兵衛忠元《こすげごろべえただもと》に山県隊の采配が任されることになった。

この小菅五郎兵衛は天正十年（一五八二）勝頼が天目山に滅んだとき、勝頼に背いた小山田信茂に組したと疑われ、織田信忠に嫌われて殺されたという。昌満は木曽義昌が信長に通じ武田を裏切った際、勝頼のいとこの信豊と共に義昌討伐に向かった。だが織田軍侵攻の報に接して急遽兵を返し、その後甲州に攻め込んできた織田軍によって、命を奪われたと伝えられている。

昌景がそれまで生きていたら、昌満と共に武田の最後をどう迎えたか。あるいはまた、そもそも武田の命運がどう変転していったかを想像してみると、後戻りのできない歴史の非情さとその束の間の分岐点が、改めて思い起こされてくるのである。

本書の出版に当たっては、企画段階でＰＨＰ研究所文庫出版部の根本騎兄氏、ならびに大山耕介氏にお世話をいただいた。また、編集・校正に際しては、同じく伊藤雄一郎氏に貴重な示唆をいただいた。この場をお借りして、深く御礼を申し上げたい。

二〇〇六年八月

著者

【山県昌景・略年表】

年号	西暦	年齢	事項
大永二年	一五二二	一	飯富源四郎生まれる。
天文五年	一五三六	十五	武田家嫡男晴信の近習として出仕する。
十年	一五四一	二十	晴信の使い番などを経て旗本足軽隊長に任命される。
二十三年	一五五四	三十三	源四郎、武田軍の先鋒を命じられ、伊那神之峰城一番乗りの手柄を立て、城を陥落させる。
二十四年（弘治元年）	一五五五	三十四	晴信と共に木曽福島城の木曽義康・義昌父子を攻め、降服させる。
永禄四年	一五六一	四十	越後軍信州川中島に侵入し、妻女山に布陣する。武田軍これを迎え撃ち、八幡原において激戦、飯富源四郎改め三郎兵衛尉昌景、晴信（信玄）の本営を守り抜く。

七年	一五六四	四十三	武田家嫡男義信、側近の長坂源五郎らを連れて飯富兵部の屋敷を訪れ密談。昌景これを目撃する。
八年	一五六五	四十四	飯富兵部ら義信の側近、謀反の嫌疑により切腹。義信も東光寺に幽閉される。昌景、兄兵部の率いていた赤備えの兵を引き継ぎ、信玄の命により山県の姓を名乗る。義信の弟諏訪四郎勝頼、織田信長の養女を娶る。
九年	一五六六	四十五	武田軍上州箕輪城を攻囲し、城将長野業盛を自刃させ、西上野を攻略する。
十一年	一五六八	四十七	信玄、三河の徳川家康と謀り、大軍を率いて今川領に乱入。北条氏を敵に回し、家康とも対立する。
十二年	一五六九	四十八	武田軍北条方の武蔵鉢形城・滝山城を攻め、南下して小田原城を攻める。その帰途、相模国三増峠で北条軍と交戦、山県隊の活躍で大勝する。

元亀三年	一五七二	五十一	信玄の西上作戦が開始される。天竜二俣城を落とし、浜松城の徳川家康を三方ヶ原に誘き出して撃破。昌景率いる赤備え隊が家康を猛追する。
元亀四年（天正元年）	一五七三	五十二	信玄三河野田城を落とした後、兵を甲府に返すが途中伊那駒場にて死去する。
天正三年	一五七五	五十四	武田勝頼、三河長篠・設楽原において織田・徳川連合軍と交戦し敗退する。山県昌景戦死。

〈参考文献〉

磯貝正義『定本武田信玄』新人物往来社
奥野高広『武田信玄』（人物叢書）吉川弘文館
磯貝正義・服部治則校注『改訂甲陽軍鑑』（全三巻・史料叢書）新人物往来社
清水茂夫・服部治則校注『武田史料集』（史料叢書）新人物往来社
桑田忠親校注『改訂信長公記』（史料叢書）新人物往来社
磯貝正義編『武田信玄のすべて』新人物往来社
小林計一郎『武田・上杉軍記』新人物往来社
同右『武田軍記』朝日文庫
同右『川中島の戦』春秋社
高柳光寿『三方原の戦』（戦国戦記）春秋社
同右『長篠の戦』（戦国戦記）春秋社
上野晴朗『定本武田勝頼』新人物往来社

同右『信玄の妻―円光院三条夫人』新人物往来社
柴辻俊六『武田勝頼』新人物往来社
同右『甲斐武田一族』新人物往来社
同右編『武田氏の研究』（戦国大名論集10）吉川弘文館
坂本徳一『武田二十四将伝』新人物往来社
土橋治重『甲州武田家臣団』新人物往来社
小和田哲男監修・小林芳春編『徹底検証長篠・設楽原の戦い』吉川弘文館
野澤公次郎『武田二十四将略伝』武田神社
笹本正治『武田信玄』（ミネルヴァ日本評伝選）ミネルヴァ書房
同右『武田信玄―伝説的英雄像からの脱却』中公新書
三池純正『真説・川中島合戦―封印された戦国最大の白兵戦』洋泉社
太向義明『長篠の合戦―虚像と実像のドキュメント』山日ライブラリー
鈴木眞哉『鉄砲と日本人―「鉄砲神話」が隠してきたこと』ちくま学芸文庫
名和弓雄『長篠・設楽原合戦の真実』雄山閣出版
所荘吉『火縄銃』雄山閣

小穴芳実編『信濃の山城』（信濃史学会研究叢書2）郷土出版社
信玄公宝物館編・磯貝正義監修『図説武田信玄』河出書房新社
湯本軍一ほか編『日本城郭大系』（8　長野・山梨）新人物往来社
小和田哲男ほか編『日本城郭大系』（9　静岡・愛知・岐阜）新人物往来社
『武田信玄』（歴史群像⑤）学習研究社
『風林火山』（歴史群像⑥）学習研究社
『現代視点・武田信玄―戦国・幕末の群像』旺文社
『長篠の戦い―新分析現代に生きる戦略・戦術』旺文社

本書は、書き下ろし作品です。

著者紹介
小川由秋（おがわ　よしあき）
1940年生まれ。1965年、早稲田大学第一政経学部卒業。同年、学陽書房に入社し、地方自治関係の単行本を中心に企画・編集に携わる。ベストセラー『小説　上杉鷹山』（童門冬二著）など、歴史・時代小説も多数手がけた。童門冬二氏が編集代表の同人誌『時代』の同人として小説を発表している。著書に、『真田幸隆』『木曽義仲』『里見義堯』（以上、ＰＨＰ文庫）がある。
本名：高橋　脩（おさむ）。

ＰＨＰ文庫　山県昌景《まさかげ》
武田軍団最強の「赤備え」を率いた猛将

2006年10月18日　第1版第1刷

著者　小川由秋
発行者　江口克彦
発行所　ＰＨＰ研究所
東京本部　〒102-8331 千代田区三番町3番地10
文庫出版部　☎03-3239-6259（編集）
普及一部　☎03-3239-6233（販売）
京都本部　〒601-8411 京都市南区西九条北ノ内町11
PHP INTERFACE　http://www.php.co.jp/
制作協力
組版　PHPエディターズ・グループ
印刷所
製本所　図書印刷株式会社

ISBN4-569-66702-3

PHP文庫

PHP文庫

岡倉徹志 イスラム世界がよくわかる本
岡崎久彦 陸奥宗光(上巻)(下巻)
岡崎久彦 陸奥宗光とその時代
岡崎久彦 小村寿太郎とその時代
岡崎久彦 重光・東郷とその時代
岡崎久彦 吉田茂とその時代
岡崎久彦 なぜ気功は効くのか
岡本好古 韓 信
岡野守也 よくわかる般若心経
小川由秋 真 田 幸 隆
荻野洋一 世界遺産を歩こう
オグ・マンディーノ 菅 靖彦訳 この世で一番の奇跡
オグ・マンディーノ 菅 靖彦訳 この世で一番の贈り物
小栗かよ子 堀田明美 エレガント・マナー講座
小栗かよ子 自分を磨く「美女」講座
奥脇洋子 魅力あるあなたをつくる感性レッスン
尾崎哲夫 10時間で英語が話せる
尾崎哲夫 10時間で英語が読める
尾崎哲夫 10時間で覚える英単語
尾崎哲夫 10時間で覚える英文法

快適生活研究会 「料理」ワザあり事典
快適生活研究会 「冠婚葬祭」ワザあり事典
快適生活研究会 世界のブランド「これ知ってる?」事典
岳 真也 編著 「新選組」の事情通になる!
岳 真也 日本史「悪役」たちの言い分
笠巻勝利 仕事が嫌になったとき読む本
梶原一明 本田宗一郎が教えてくれた
風野真知雄 陳 平
片山又一郎 マーケティングの基本知識
加藤諦三 「思いやり」の心理
加藤諦三 「やさしさ」と「冷たさ」の心理
加藤諦三 終わる愛 終わらない愛
加藤諦三 自分に気づく心理学
加藤諦三 「ねばり」と「もろさ」の心理学
加藤諦三 人生の重荷をプラスにする人、マイナスにする人
金盛浦子 「きょうだい」の上手な育て方
金盛浦子 「つらい時」をしのぐちょっとした方法
金森誠也 監修 30ポイントで読み解くクラウゼヴィッツ「戦争論」
加野厚志 島 津 義 弘
加野厚志 本多平八郎忠勝

金平敬之助 ひと言のちがい
神川武利 秋 山 真 之
神川武利 伊 達 宗《むね》 城《なり》
唐土新市郎 図で考える営業マンが成功する
狩野直禎 諸 葛 孔 明
河合 敦 目からウロコの日本史
川北義則 人生、だから面白い
川北義則 「いま」を10倍愉しむ思考法則
川口素生 「幕末維新」がわかるキーワード事典
川島令三 編著 鉄道なるほど雑学事典
川島令三 幻の鉄道路線を追う
樺 旦純 運がつかめる人 つかめない人
樺 旦純 女ごころ・男ごころがわかる心理テスト
菊入みゆき モチベーションを高める本
菊池道人 北 条 氏 康
菊池道人 斎 藤 一《はじめ》
北岡俊明 ディベートがうまくなる法
紀野一義 文 入江泰吉 写真 仏 像 を 観 る
桐生 操 世界史怖くて不思議なお話
桐生 操 世界史・驚きの真相

PHP文庫

PHP文庫

阪本亮一 超「リアル」営業戦術
櫻井よしこ 大人たちの失敗
佐々木宏 成功するプレゼンテーション
佐治晴夫 宇宙の不思議
佐竹申伍 蒲《が》生《も》氏《うじ》郷《さと》
佐竹申伍 真田幸村
佐々淳行 危機管理のノウハウ・PART(1)(2)(3)
佐藤綾子 すてきな自分への22章
佐藤綾子 すべてを変える勇気をもとう
佐藤勝彦 監修 「相対性理論」を楽しむ本
佐藤勝彦 監修 最新宇宙論と天文学を楽しむ本
佐藤勝彦 監修 「量子論」を楽しむ本
佐藤勝彦 監修 「相対性理論」の世界へようこそ
佐藤よし子 英国スタイルの家事整理術
J&Lパブリッシング 編著 今さら人に聞けない「パソコンの技術」
ジェラァー・ホワイト 酒井泰介 訳 「最大効果!」の仕事術
重松一義 江戸の犯罪白書
七田眞 子どもの知力を伸ばす300の知恵
篠原佳年 幸福力
芝豪 太《たい》公《こう》望《ぼう》

柴田武 知ってるようで知らない日本語
渋谷昌三 外見だけで人を判断する技術
渋谷昌三 外見だけで人を判断する技術 実践編
渋谷昌三 しぐさで人の気持ちをつかむ技術
司馬遼太郎 人間というもの
嶋津義忠 上杉鷹山
清水武治 「ゲーム理論」の基本がよくわかる本
下村昇 大人のための漢字クイズ
謝世輝 世界史の新しい読み方
シルビア・ブラウン リンジー・ハリソン 堤江実 訳 あなたに奇跡を起こすスピリチュアル・ノート
水津正臣 監修 「刑法」がよくわかる本
水津正臣 監修 「職場の法律」がよくわかる本
菅原明子 マイナスイオンの秘密
菅原万美 お嬢様ルール入門
杉本苑子 落とし穴
スーザン・ヘイワード 編 山川紘矢／山川亜希子 訳 聖なる知恵の言葉
鈴木五郎 飛行機の100年史
鈴木秀子 9つの性格
鈴木豊 「顧客満足」を高める35のヒント
スチュアート・クレイナー 金利光 訳 ウェルチ 勝者の哲学

スティーブ・チャンドラー 弓場隆 訳 あなたの夢が実現する簡単な70の方法
世界博学倶楽部 「世界地理」なるほど雑学事典
関裕二 古代史の秘密を握る人たち
関裕二 消された王権・物部氏の謎
関裕二 大化改新の謎
関裕二 壬申の乱の謎
関裕二 神武東征の謎
瀬島龍三 大東亜戦争の実相
全国データ愛好会 47都道府県なんでもベスト10
曾野綾子 人は最期の日でさえやり直せる
大疑問研究会 大人の新常識520
太平洋戦争研究会 太平洋戦争がよくわかる本
太平洋戦争研究会 日本海軍がよくわかる事典
太平洋戦争研究会 日本陸軍がよくわかる事典
太平洋戦争研究会 日露戦争がよくわかる本
多賀一史 日本海軍艦艇ハンドブック
多賀一史 日本陸海軍航空機ハンドブック
多湖輝 しつけの知恵
高嶋秀武 話のおもしろい人、つまらない人
髙嶌幸広 話し方上手になる本

PHP文庫

永崎一則　人をほめるコツ・叱るコツ
永崎一則　話力をつけるコツ
中澤天童　名古屋の本
中島道子　前田利家と妻まつ
中島道子　松平忠輝
中島道子　松平春《しゅん》嶽《がく》
中曽根康弘・石原慎太郎　永遠なれ、日本
永田英正　項羽
中谷彰宏　入社3年目までに勝負がつく77の法則
中谷彰宏　気がきく人になる心理テスト
中谷彰宏　なぜ彼女にオーラを感じるのか
中谷彰宏　自分で考える人が成功する
中谷彰宏　時間に強い人が成功する
中谷彰宏　大学時代しなければならない50のこと
中谷彰宏　運命を変える50の小さな習慣
中谷彰宏　強運になれる50の小さな習慣
中谷彰宏　大学時代出会わなければならない50人
中谷彰宏　なぜあの人にまた会いたくなるのか
中谷彰宏　「大人の女」のマナー
中谷彰宏　スピード人間が成功する

中谷彰宏　人は短所で愛される
中谷彰宏　好きな映画が君と同じだった
中谷彰宏　独立するためにしなければならない50のこと
中谷彰宏　スピード整理術
中谷彰宏　会社で教えてくれない50のこと
中谷彰宏　なぜあの人は時間を創り出せるのか
中谷彰宏　人を許すことで人は許される
中谷彰宏　大人の「ライフスタイル美人」になろう
中谷彰宏　なぜ、あの人は「存在感」があるのか
中谷彰宏　都会に住んで、元気になろう。
中谷彰宏 かまたいくよ 絵　恋の奇跡のおこし方
中谷彰宏　人を動かせる人の50の小さな習慣
中谷彰宏　本当の自分に出会える101の言葉
中谷彰宏　一日に24時間もあるじゃないか
中津文彦　歴史に消された「18人のミステリー」
中西安　数学が苦手な人の経営分析
中西輝政　大英帝国衰亡史
中野明　論理的に思考する技術
中原英臣・佐川峻　なにが「脳」を壊していくのか
永久寿夫　スラスラ読める「日本政治原論」

中村昭雄 監修 造事務所 著　図解 政府・国会・官公庁のしくみ
中村彰彦　幕末を読み直す
中村晃　児玉源太郎
中村祐輔 監修　遺伝子の謎を楽しむ本
中村幸昭　マグロは時速160キロで泳ぐ
中村義作 編 阿邊恵一 著　知って得する！速算術
中山み登り　へなちょこシングルマザー日記
中山庸子　「夢ノート」のつくりかた
中山庸子　夢生活カレンダー
奈良井安　「問題解決力」がみるみる身につく本
西野武彦　「株のしくみ」がよくわかる本
西本万映子　「就職」に成功する文章術
日本語表現研究会　気のきいた言葉の事典
日本博学倶楽部　「歴史」の意外な結末
日本博学倶楽部　「関東」と「関西」こんなに違う事典
日本博学倶楽部　雑学大学
日本博学倶楽部　歴史の意外な「ウラ事情」
日本博学倶楽部　歴史の「決定的瞬間」
日本博学倶楽部　歴史を動かした意外な人間関係
日本博学倶楽部　歴史の意外な「ウワサ話」

PHP文庫

日本博学倶楽部　「ことわざ」なるほど雑学事典
日本博学倶楽部　戦国武将・あの人の「その後」
日本博学倶楽部　幕末維新・あの人の「その後」
日本博学倶楽部　日露戦争・あの人の「その後」
沼田陽一　イヌはなぜ人間になつくのか
野村敏雄　宇喜多秀家
野村敏雄　小早川隆景
野村敏雄　秋山好古
ハイパープレス　雑学居酒屋
葉治英哉　松平容保
長谷川三千子　正義の喪失
秦郁彦 編　ゼロ戦20番勝負
畠山芳雄　人を育てる100の鉄則
畠山芳雄　こんな幹部は辞表を書け
服部英彦　「質問力」のある人が成功する
服部省吾　戦闘機の戦い方
服部隆幸　[入門]ワン・トゥ・ワン・マーケティング
花村奨　前田利家
バーバラ・コロローソ　田栗美奈子 訳　子どもに変化を起こす簡単な習慣
羽生道英　佐々木道誉

羽生道英　伊藤博文
浜尾実　子供を伸ばす一言、ダメにする一言
浜野卓也　黒田官兵衛
浜野卓也　細川忠興
浜野卓也　佐々木小次郎
晴山陽一　TOEIC®テスト英単語ビッグバン速習法
半藤一利　日本海軍の興亡
半藤一利　ドキュメント太平洋戦争への道
半藤一利　レイテ沖海戦
半藤一利　ルンガ沖夜戦
半藤一利／秦郁彦／横山恵一　日本海軍 戦場の教訓
半藤末利子　夏目家の糠《ぬか》みそ
PHPエディターズ・グループ　図解「パソコン入門」の入門
PHP総合研究所 編　松下幸之助 若き社会人に贈ることば
PHP総合研究所 編　松下幸之助「一日一話」
樋口廣太郎　挑めばチャンス 逃げればピンチ
火坂雅志　魔界都市・京都の謎
日野原重明　いのちの器〈新装版〉
平井信義　5歳までのゆっくり子育て
平井信義　思いやりある子の育て方

平井信義　親がすべきこと・してはいけないこと
平井信義　子どもの能力の見つけ方・伸ばし方
平井信義　子どもを叱る前に読む本
平井信義　ゆっくり子育て事典
平川陽一　超古代大陸文明の謎
平川陽一　世界遺産・封印されたミステリー
平川陽一　古代都市・封印されたミステリー
平澤興　論語を楽しむ
ビル・トッテン　アングロサクソンは人間を不幸にする
福井栄一　上《かみ》方《がた》学
福島哲史　「書く力」が身につく本
福田健　「交渉力」の基本が身につく本
藤井龍二　「ロングセラー商品」誕生物語
藤田完二　上司はあなたのどこを見ているか
藤原美智子　「きれい」への77のレッスン
藤本義一／丹波元　大阪人と日本人
北條恒一　〈改訂版〉「株式会社」のすべてがわかる本
保坂隆 監修　「プチ・ストレス」にさよならする本
保阪正康　太平洋戦争の失敗・10のポイント
保阪正康　昭和史がわかる55のポイント

PHP文庫

保阪正康　父が子に語る昭和史
星亮一　浅井長政
本間正人　「コーチング」に強くなる本
本間正人／本間直人　「コーチング」に強くなる本・応用編
本間正人　[図解]ビジネス・コーチング入門
本多信一　内向型人間だからうまくいく
毎日新聞社　話のネタ
前垣和義　東京と大阪・「味」のなるほど比較事典
マザー・テレサ 著／ホセ・ルイス・バラド 編／渡辺和子 訳　マザー・テレサ 愛と祈りのことば
ますいさくら　「できる男」「できない男」の見分け方
ますいさくら　「できる男」の口説き方
町沢静夫　なぜ「いい人」は心を病むのか
松井今朝子　東洲しゃらくさし
松井今朝子　幕末あどれさん
松澤佑次 監修／駒沢伸泰 著　やさしい「がん」の教科書
松田十刻　東条英機
松田十刻　沖田総司
松野宗純　人生は雨の日の托鉢
松野宗純　つぎの一歩から、人生は新しい
松原惇子　「いい女」講座

松原惇子　「なりたい自分」がわからない女《ひと》たちへ
松下幸之助　物の見方 考え方
松下幸之助　私の行き方 考え方
松下幸之助　指導者の条件
松下幸之助　決断の経営
松下幸之助　わが経営を語る
松下幸之助　社員稼業
松下幸之助　その心意気やよし
松下幸之助　人間を考える
松下幸之助　リーダーを志す君へ
松下幸之助　君に志はあるか
松下幸之助　商売は真剣勝負
松下幸之助　経営にもダムのゆとり
松下幸之助　企業は公共のもの
松下幸之助　道行く人もみなお客様
松下幸之助　一人の知恵より十人の知恵
松下幸之助　強運なくして成功なし
松下幸之助　正道を一歩一歩
松下幸之助　社員は社員稼業の社長
松下幸之助　若さに贈る

松下幸之助　道は無限にある
松下幸之助　商売心得帖
松下幸之助　経営心得帖
松下幸之助　社員心得帖
松下幸之助　人生心得帖
松下幸之助　実践経営哲学
松下幸之助　経営のコツここなりと気づいた価値は百万両
松下幸之助　素直な心になるために
的川泰宣　宇宙は謎がいっぱい
的川泰宣　宇宙の謎を楽しむ本
万代恒雄　信じたとおりに生きられる
三浦行義　なぜか「面接に受かる人」の話し方
水野靖夫　微妙な日本語使い分け字典
道浦俊彦　「ことばの雑学」放送局
三戸岡道夫　大山巌
水上勉　「般若心経」を読む
宮崎伸治　時間力をつける最強の方法100
宮部修　文章をダメにする三つの条件
宮部みゆき　初ものがたり
宮部みゆき／安部龍太郎／中村隆資 他　運命の剣のきばしら

PHP文庫

宮脇　檀　男の生活の愉しみ
三輪豊明　図解「国際会計基準」入門の入門
向山洋一編／井上好文著　中学の数学「数式」を5時間で攻略する本
向山洋一編／渡辺尚人著　中学校の「世界史」を20場面で完全理解
向山洋一編／大鐘雅勝著　中学校の「英語」を完全攻略
向山洋一編／石川裕美／遠藤真理子著　小学校の「算数」を5時間で攻略する本
向山洋一編／師尾喜代子著　苦手な「作文」がミルミルうまくなる本
向山洋一　向山式「勉強のコツ」がよくわかる本
向山洋一編／山田　彰著　「中学の数学」全公式が12時間でわかる本
向山洋一編／井上好文著　中学の数学「苦手な文章題」を5時間で攻略する本
森　荷葉　「きもの」は女の味方です。
森本邦子　わが子が幼稚園に通うとき読む本
森本哲郎　ことばへの旅（上）（下）
森本哲郎　戦争と人間
守屋　洋　中国古典一日一言
守屋　洋　男の器量 男の値打ち
八坂裕子　ハートを伝える聞き方、話し方
八坂裕子　好きな彼に言ってはいけない50のことば
安岡正篤　活眼活学
安岡正篤　人生と陽明学

安岡正篤　論語に学ぶ
八尋舜右　竹中半兵衛
薮小路雅彦　超現代語訳 百人一首
山折哲雄　蓮如と信長
ブライアン・L・ワイス／山川紘矢・亜希子訳　前世療法
ブライアン・L・ワイス／山川紘矢・亜希子訳　魂の伴侶―ソウルメイト
ブライアン・L・ワイス／山川紘矢・亜希子訳　「前世」からのメッセージ
山﨑武也　一流の仕事術
山﨑房一　強い子・伸びる子の育て方
山﨑房一　心がやすらぐ魔法のことば
山﨑房一　子どもを伸ばす魔法のことば
山田恵諦　人生をゆっくりと
山田正二監修　間違いだらけの健康常識
山田陽子　1週間で脚が細くなる本
山村竜也　新選組剣客伝
山村竜也　目からウロコの幕末維新
八幡和郎　47都道府県うんちく事典
唯川　恵　明日に一歩踏み出すために
唯川　恵　きっとあなたにできること
唯川　恵　わたしのためにできること

ゆうきゆう　「ひと言」で相手の心を動かす技術
養老孟司／甲野善紀　自分の頭と身体《からだ》で考える
吉松安弘　バグダッド憂囚
読売新聞大阪編集局　雑学新聞
李　康彦／木内　明　超初級「ハングル入門」の入門
李家幽竹　「風水」で読み解く日本史の謎
リック西尾　右脳速習・TOEIC®テスト英単語
リック西尾　英語で1日すごしてみる
竜崎　攻　真田昌幸
鷲田小彌太　「やりたいこと」がわからない人たちへ
鷲田小彌太　大学時代に学ぶべきこと、学ばなくてよいこと
和田秀樹　受験は要領
和田秀樹　受験に強くなる「自分」の作り方
和田秀樹　わが子を東大に導く勉強法
和田秀樹　受験本番に強くなる本
和田秀樹　他人の10倍仕事をこなす私の習慣
渡辺和子　美しい人に
渡辺和子　愛をこめて生きる
渡辺和子　愛することは許されること
渡辺和子　目に見えないけれど大切なもの